PRÊT(E) POUR LE BREVET

Avec la collaboratio

Caroline Bouloc
Geneviève Dubois
Sylvie Grécourt
Pierre Larivière
Florian Louis
Daniel Pompon
Cyril Richard
Julien Ruffinatto
Laurie Tassy

rue des écoles

Éditions rue des écoles – 2 ter, rue des chantiers – 75005 Paris
EAN : 9782820810502
Achevé d'imprimer par Dupli-Print en février 2020
Dépôt légal : mars 2020
N° d'impression : 2020015245

Table des matières

Français

Évaluation – Révisions – Entraînement

Reconnaître et utiliser les subordonnées circonstancielles de temps

Je m'évalue

➤ Question 1

Indique dans chaque cas si la conjonction de subordination (ou locution conjonctive) exprime une action antérieure, postérieure ou simultanée à celle de la proposition principale.

antériorité	antériorité	postériorité	postériorité	postériorité	simultanéité
simultanéité	simultanéité	simultanéité			

1. au moment où → ....
2. après que → ....
3. dès que → ....
4. pendant que → ....
5. jusqu'à ce que → ....
6. en attendant que → ....
7. comme → ....
8. avant que → ....
9. tandis que → ....

Je révise

• Grâce aux subordonnées conjonctives circonstancielles de temps, on peut exprimer **trois valeurs** : la simultanéité, la postériorité, l'antériorité.

• **La simultanéité** : le fait exprimé par la principale se situe en même temps que celui exprimé par la subordonnée.
Exemple : ***tandis que*** *nous parlions, une vitre se brisa.*
Conjonctions : *quand, lorsque, comme, pendant que, tandis que…*
Mode : indicatif.
• **La postériorité** : le fait exprimé par la principale se situe après celui exprimé par la subordonnée.
Exemple : *Les convives prirent congé,* ***après que*** *minuit eut sonné..*
Conjonctions : *après que, depuis que, une fois que, quand, lorsque…*
Mode : indicatif.
• **L'antériorité** : le fait exprimé par la principale se situe avant celui exprimé par la subordonnée.
Exemple : *Je regardais les gens s'éloigner* ***jusqu'à ce qu'****ils disparussent.*
Conjonctions : *avant que, jusqu'à ce que, en attendant que.*
Mode : subjonctif.

Je m'entraîne

➤ Question 2

Par quelle subordonnée de temps peut-on remplacer les groupes nominaux soulignés ? Complète les phrases comme il convient.

1. <u>À mon arrivée à la maison</u>, le téléphone se mit à sonner.
→ Comme ...., le téléphone se mit à sonner.
2. Au collège, <u>dès le retentissement de la sonnerie</u>, les élèves se précipitaient hors de la classe.
→ Au collège, dès ...., les élèves se précipitaient hors de la classe.
3. Il restait chez son camarade <u>en attendant la venue de la nuit</u>.
→ Il restait chez son camarade en attendant ....

➤ Question 3

Dans quelles phrases le groupe nominal souligné est-il un complément circonstanciel de temps ?

Cocher la ou les réponses exactes.

❒ a) Nous passerons par Tours <u>l'hiver prochain</u>.
❒ b) Nous passerons <u>l'hiver</u> près de la Méditerranée.
❒ c) Il a vécu <u>des jours heureux</u> dans cette maison.
❒ d) Il est resté <u>plusieurs jours</u> malade.
❒ e) Il a espéré <u>six mois</u> une proposition d'embauche.
❒ f) Le principal du collège nous a donné <u>trois mois</u> pour améliorer notre conduite.

➤ Question 4

Conjugue les verbes entre parenthèses au mode et au temps qui conviennent.

1. « La bonne Fée était dans le Royaume de Mataquin lorsque l'accident (*arriver*) .... à la Princesse. » (Charles Perrault).

2. « J'ai tout entendu, mes enfants, dit-elle ; j'arrivais dans la serre au moment où vous (*accourir*) .... près de Camille. » (La Comtesse de Ségur).

3. « Après qu'il (*écrire*) ...., il regarda de tout côté, charmé de se trouver en un si bel endroit. » (Mme d'Aulnoy).

4. « Quand (*voir*) ....-nous naître des poètes ? Ce sera après les temps de désastres et de grands malheurs, lorsque les peuples harassés (*commencer*) .... à respirer. » (Denis Diderot).

➤ Question 5

Complète chaque phrase par la conjonction de subordination qui convient.

avant que	Chaque fois que	Comme	Depuis que	jusqu'à ce que

1. .... nous rentrions des grandes vacances, nous retrouvions avec plaisir nos amis.

2. Chaque mercredi après-midi, l'équipe des poussins s'entraîne sur le court de tennis .... la nuit tombe.
3. .... Léo a déménagé, nous le voyons beaucoup moins.
4. Il a fallu attendre deux heures .... l'on nous autorise à franchir la barrière de sécurité.
5. .... ils entraient dans le village, ils entendirent les douze coups de la cloche de l'église retentir.

➤ Question 6

Remplace les subordonnées de temps par des groupes à l'infinitif.
Exemple : *Au moment où il arrivait...* → *Au moment d'arriver...*

1. Avant que vous ne partiez en Espagne, venez nous rendre une dernière visite.
→ .... en Espagne, venez nous rendre une dernière visite.
2. Après qu'il eut quitté Paris, Cézanne retourna en Provence, près de la montagne Sainte-Victoire.
→ .... quitté Paris, Cézanne retourna en Provence, près de la montagne Sainte-Victoire.
3. Avant que tu renoues avec elle, tu dois lui présenter des excuses.
→ .... avec elle, tu dois lui présenter des excuses.

Reconnaître et utiliser les subordonnées circonstancielles de concession et d'opposition

Je m'évalue

➤ Question 7

Parmi ces mots subordonnants, quels sont ceux qui n'expriment ni la concession, ni l'opposition ?

Cocher la ou les réponses exactes.

❒ a) bien que
❒ b) quoique
❒ c) quand

❒ d) même si
❒ e) puisque
❒ f) quand bien même
❒ g) si… que

Je révise

• Les subordonnées exprimant l'**opposition simple** sont introduites par *alors que*, *tandis que*, *quand*, *lorsque* + indicatif.
Ex. : ***Alors qu'****il aime la musique, Jean ne peut jamais en écouter.*
Attention à ne pas confondre ces subordonnées avec celles de temps introduites par les mêmes conjonctions.

• Les subordonnées exprimant la **concession** sont en général au **subjonctif.**
Elles sont introduites par :
– *bien que*, *quoique* . Ex. : ***Bien qu'****il soit débutant, il joue très bien du violon.*
– *qui que*, *quoi que*, *quel que*. Ex. : ***Quoi qu'****il en dise, il a l'oreille d'un musicien.*
– *si... que*, *quelque... que*. Ex. : ***Si*** *modeste* ***qu'****il soit, il réussira.*
Attention à ne pas confondre cet emploi avec *si... que* introduisant une subordonnée de conséquence (à l'indicatif).

Je m'entraîne

➤ Question 8
Indique, pour chaque phrase, quel est le moyen utilisé pour exprimer la concession ou l'opposition.

groupe nominal	subordination	subordination	subordination
tout + gérondif			

1. Malgré la longueur de son nez, Cyrano de Bergerac a beaucoup de charme.
→ ....
2. « Quoique récemment construite, cette maison tombait en ruine. » (Balzac)
→ ....
3. « Pour grands que soient les rois, ils sont ce que nous sommes. » (Corneille)
→ ....
4. Tout en respectant son ami, il était en désaccord profond avec lui sur ce sujet.
→ ....
5. « Tout enfant que j'étais, le propos de mon père me révoltait ». (Chateaubriand)
→ ....

➤ Question 9

Indique, pour chaque mot subordonnant, s'il est suivi du mode indicatif, conditionnel ou subjonctif.

conditionnel	indicatif	indicatif	subjonctif	subjonctif	subjonctif	subjonctif

bien que : ....
quoique : ....
quand bien même : ....
tandis que : ....
si … que : ....
alors que : ....
quelque … que : ....

➤ Question 10

Conjugue les verbes entre parenthèses au mode et au temps qui conviennent.

1. Bien que nous (*connaître*) .... ce film par cœur, nous le revoyons toujours avec plaisir.
2. Tandis que le chien (*aller et venir*) .... sans effort, son maître montait pesamment la côte.
3. Elle paraît n'avoir guère changé, alors que de nombreuses années (*passer*) .... depuis notre dernière rencontre.
4. Quand bien même vous l'(*prévenir*) .... plus tôt, il n'aurait pu se libérer à cette date.
5. Il ne nous a pas encore remboursés, quoique nous lui (*envoyer*) .... plusieurs lettres de rappel.

➤ Question 11

Indique, pour chaque phrase, si la subordonnée introduite par *si* exprime la condition, la conséquence, la concession ou l'interrogation indirecte.

concession	condition	conséquence	interrogation

1. « Vivrais-je comme je vis si j'étais riche ? » (Balzac)
→ ....
2. « Il se demanda si le commandant ne lui avait pas tendu quelque piège. » (Balzac)
→ ....
3. Le bruit nous sembla si proche qu'il nous parut venir de la pièce voisine.
→ ....
4. Si mélancolique qu'ait pu être son enfance, il en garda toujours un précieux souvenir.
→ ....

Reconnaître et utiliser les subordonnées circonstancielles de condition

Je m'évalue

➤ Question 12

Réécris les phrases en conjuguant les verbes aux temps et aux modes qui conviennent.

1. Si j'osais, je prendrais contact avec lui.
→ Si j'avais osé, ... contact avec lui.
2. Si notre équipe gagne le match, elle se qualifiera pour la finale.
→ Si notre équipe gagnait le match, elle se .... pour la finale.
3. Si vous me donniez le temps, je conclurais mon exposé.
→ Si vous me donnez le temps, je .... mon exposé.
4. Si je vivais sous l'Ancien Régime, je ne voudrais pas être une servante.
→ Si j'avais vécu sous l'Ancien Régime, je .... être une servante.

Je révise

• La subordonnée de condition introduite par *si* est toujours à **l'indicatif.**

Le **mode de la principale**, lui, varie :

– si la condition est considérée comme sûre, la principale est à l'indicatif (ou à l'impératif) . Ex. : *Si tu **pars**, je **t'accompagnerai.***

– si la condition est incertaine, la principale est au conditionnel. Ex. : *Si tu **partais**, je te **suivrais**.* (indicatif imparfait + conditionnel présent) *Si tu **étais parti**, je **t'aurais suivi**.* (indicatif plus-que-parfait + conditionnel passé)

• Il y a d'autres subordonnées de condition :

– les subordonnées introduites par *à condition que*, *pourvu que* ont leur verbe au **subjonctif**. Ex. : *Il gagnera <u>à condition qu</u>'il **soit** bien entraîné.*

– les subordonnées introduites par *au cas où* ont leur verbe au **conditionnel.** Ex. : *J'ai pris mon agenda <u>au cas où</u> j'**oublierais** un rendez-vous.*

Je m'entraîne

➤ Question 13

Parmi ces mots subordonnants, tous expriment la condition sauf trois. Trouve les intrus.

Cocher la ou les réponses exactes.

❐ a) au cas où
❐ b) puisque
❐ c) soit que… soit que…
❐ d) au moment où
❐ e) en admettant que
❐ f) comme
❐ g) à condition que

➤ Question 14

Complète chaque phrase avec la locution qui convient.

à condition qu'	à moins que	au cas où	pour peu qu'

1. .... vous changeriez d'avis, faites-le nous savoir.
2. Nous acceptons que les enfants jouent dans le jardin, ...ils n'abîment pas les parterres de fleurs.
3. .... mon courriel ne lui soit arrivé que ce matin, il devrait déjà m'avoir répondu.
4. Cet élève manque de confiance en lui : ....il rencontre une quelconque difficulté, il est démobilisé.

➤ Question 15

Conjugue les verbes entre parenthèses au mode et au temps qui conviennent.

1. Les vagues seraient plus fortes si le vent (*souffler*) .... du large.
2. Si vous (*désirer*) .... vous reposer, je vous conduirai à votre chambre.
3. Comment aurais-tu réagi si tu (*être*) .... à ma place ?

4. Si le canot (*s'éloigner*) .... trop, il aura du mal à regagner le large.
5. Si tu achetais des chaussures de sport adaptées, tu (*pouvoir*) .... courir sans doute plus longtemps.

➤ Question 16
Parmi ces phrases, lesquelles contiennent bien une subordonnée de condition ?

Cocher la ou les réponses exactes.
❒ a) « Tes enfants se trouveraient dans la misère si tu venais à mourir, à moins que ta femme n'eût quelque bien de son côté. » (George Sand)
❒ b) Il se demandait s'il était judicieux de poursuivre dans cette voie.
❒ c) Renseignez-vous pour savoir s'il reste des places disponibles au cinéma.
❒ d) J'aimerais que tu ailles voir si nous avons bien fermé la porte du garage.
❒ e) « Quel homme aurait été Balzac s'il eût su écrire ! » (Flaubert)

Connaître les valeurs d'emploi du subjonctif

Je m'évalue

➤ Question 17
Dans les phrases suivantes, indique si le subjonctif est employé dans une proposition indépendante ou dans une proposition subordonnée.

proposition indépendante	proposition subordonnée	proposition subordonnée
proposition subordonnée		

1. Je souhaite que tu parviennes à ton but.
→ ....
2. Pourvu qu'on s'amuse !
→ ....

3. Nous partirons avant que le soleil ne soit levé.
→ ....
4. Quoique ce soit périlleux, il veut plonger à plus de cent mètres.
→ ....

Je révise

Le subjonctif présente l'action comme possible mais non certaine.
- Il s'emploie dans des propositions **indépendantes** pour exprimer :
– le souhait. Ex. : *Pourvu qu'il* ***vienne !***
– l'ordre . Ex. : *Qu'il se* ***dépêche !***
- Il se rencontre surtout dans des propositions subordonnées :
– **complétives,** après des verbes exprimant un sentiment, le doute, la volonté, la nécessité. Ex. : *Je me réjouis qu'il* ***vienne.***
– **circonstancielles de concession, de condition, de cause niée, de but :** après certaines conjonctions comme *pour que, afin que, bien que, avant que....* Ex. : *Je l'ai appelé afin qu'il* ***vienne*** *réparer le lavabo.*
– **circonstancielles temporelles introduites par avant que.** Ex. : *Rangeons avant qu'il* ***n'arrive****.*
– **relatives** quand celles-ci expriment une idée non concrétisée ou quand la proposition principale contient un superlatif ou *le seul, le premier, l'unique, le dernier*. Ex. : *Je n'ai aucun voisin qui* ***puisse*** *me rendre ce service. C'est la pire chose qui* ***puisse*** *m'arriver ! Je vais appeler mon oncle : c'est le seul qui* ***sache*** *comment faire.*

Je m'entraîne

➤ Question 18
Dans quelles phrases les verbes entre parenthèses doivent-ils être conjugués au subjonctif présent ?

Cocher la ou les réponses exactes.
❒ a) Elle a trop de conscience professionnelle pour que l'on (pouvoir) la soupçonner.
❒ b) Cette pochette de bonbons, c'est toi qui l'(avoir) apportée ?

❐ c) Il est exclu que Richard (prendre) le maillot jaune dans cette étape.
❐ d) Avant qu'il ne (faire) nuit, les campeurs étaient tous rentrés.
❐ e) Si on (retirer) cette sculpture de l'entrée, on disposerait de plus d'espace.

➤ Question 19

Dans les subordonnées complétives suivantes, indique si le subjonctif est commandé par le verbe de la proposition principale, ou par la conjonction de subordination.

conjonction de subordination	conjonction de subordination	verbe de la principale
verbe de la principale		

1. Pourquoi exigez-vous que l'on résolve cette équation ?
→ ....
2. Quoi qu'il en pense, son choix nous semble catastrophique.
→ ....
3. Je crains qu'il ne choisisse une couleur criarde.
→ ....
4. Nous reprendrons le travail, à condition que nous soyons augmentés.
→ ....

➤ Question 20

Trouve dans chaque proposition principale le(s) mot(s) qui entraîne(nt) l'emploi du subjonctif dans la subordonnée.

1. Je ne crois pas qu' il puisse venir ce soir.
2. Il faut qu' il réapprenne à marcher.
3. C'est le plus bel endroit que je connaisse à Paris.
4. Elle apprécie que vous lui parliez de son passé.

➤ Question 21

Dans les subordonnées indépendantes suivantes, indique si le subjonctif exprime l'ordre, le souhait ou la défense.

défense	ordre	ordre	souhait

1. Qu'ils s'en aillent au plus vite !
→ ....
2. Que personne ne sorte !
→ ....
3. Que l'on me laisse seule !
→ ....
4. Vivement que le soleil revienne !
→ ....

Connaître les valeurs d'emploi du conditionnel

Je m'évalue

➤ Question 22

Conjugue chaque verbe entre parenthèses au temps du conditionnel qui convient.

1. Si nous avions disposé de la somme, nous (acheter) .... ce tableau.
2. Malgré son jeune âge, il (répondre) .... si le téléphone sonnait.
3. Elle (venir) .... si elle en avait eu le temps.
4. Si un taureau nous poursuivait, nous (courir) .... plus vite.

Je révise

• Le conditionnel a plusieurs valeurs **modales.**

– Il présente une action dont la réalisation dépend d'une condition. Exemples : *Si tu étais là, tout **irait** bien. Sans lui, je m'**ennuierais.***

– Il sert aussi à atténuer une demande ou un conseil. Exemples : ***Pourriez**-vous tenir la porte ?* (= *Pouvez-vous tenir la porte ?*) *Tu **devrais** arrêter de fumer.* (= *Tu dois arrêter de fumer.*)

• Le conditionnel a aussi une valeur temporelle de **futur dans le passé.**

Comparons :

Je sais que tu viendras.

*Je savais que tu **viendrais**.*

Je m'entraîne

➤ Question 23

Conjugue les verbes suivants au conditionnel présent, à la personne demandée.

je (manger) .... – cela (simplifier) .... – elle (envoyer) .... – tu (parcourir) .... – vous (criez) .... – je (être) .... – ils (avoir) .... – nous (pouvoir) .... – je (savoir) .... – on (mourir) ....

➤ Question 24

Conjugue les verbes suivants au conditionnel passé, à la personne demandée.

il (se recueillir) .... – ils (courir) .... – nous (reproduire) .... – vous (finir) .... – tu (survivre) .... – vous (résoudre) .... – il (advenir) ....

➤ Question 25

Complète la terminaison des verbes suivants, selon qu'ils doivent être conjugués au futur de l'indicatif ou au conditionnel présent.

1. Nous pourr.......... repartir lorsque tu auras changé ton pneu de VTT.
2. Demain, j'essaier.......... d'arriver de bonne heure.

3. J'aimer.......... beaucoup aller voir cette comédie de Musset, si j'avais un billet.
4. Si j'étais toi, je prendr.......... un parapluie.

➤ Question 26

Dans les phrases suivantes, indique si le conditionnel exprime un potentiel, un irréel du présent ou un irréel du passé.

irréel du passé	irréel du présent	potentiel	potentiel

1. Si je devenais riche, je m'installerais au bord de la mer.
→ ....
2. Tes camarades auraient bien ri, si elles t'avaient vue coiffée ainsi.
→ ....
3. Si l'homme avait des ailes, il lui serait possible de voler.
→ ....
4. S'ils s'entraînaient plus régulièrement, ils courraient plus vite.
→ ....

➤ Question 27

Dans les phrases suivantes, indique si le conditionnel exprime un jeu, une affirmation atténuée ou une information donnée sous réserve.

affirmation atténuée	information donnée sous réserve	jeu	jeu

1. Nous souhaiterions vous rencontrer dans les plus brefs délais.
→ ....
2. Trois personnes auraient trouvé la mort dans cet accident.
→ ....
3. Toi, tu serais la Fée et moi je serais Cendrillon.
→ ....

4. On irait sur Mars et on installerait la plus moderne des cités.
→ ....

Accorder le participe passé d'un verbe suivi d'un infinitif

Je m'évalue

➤ Question 28

Complète la terminaison des participes passés lorsque c'est nécessaire.

1. Léa est dans sa chambre, je ne l'ai pourtant pas entendu.......... rentrer.
2. Cette comédie que j'avais cru.......... reconnaître est de Marivaux.
3. La pianiste que j'ai écouté.......... jouer Bach est d'origine chinoise.
4. Les stagiaires tardaient à rentrer dans la salle de réunion, je les ai envoyé.......... chercher.

Je révise

• Le participe passé d'un verbe suivi d'un infinitif s'accorde avec le COD placé avant le verbe, si celui-ci est aussi **sujet de l'infinitif.**

La mésange est guérie ; je l'ai vue s'envoler.

Le pronom COD *l'* (féminin singulier) est sujet de *s'envoler : la mésange s'envole.*

Le participe passé *vue* s'accorde donc avec lui.

• Cette règle s'applique bien à **laissé,** suivi d'un infinitif.

*Elle mange les graines que tu as laissé***es** *tomber.*

Le pronom relatif COD *que* (qui remplace *les graines*) est sujet du verbe *tomber.*

• **Mais attention,** le participe **fait**, suivi d'un infinitif, est toujours invariable.

Je les ai fait attendre.

Le pronom personnel COD *les* est pourtant bien sujet du verbe *attendre !*

• Cependant la réforme de l'orthographe de 1990 a modifié la règle d'accord de *laisser*. Le participe passé de *laisser* suivi d'un infinitif est rendu invariable comme celui de *faire*, qui est toujours invariable dans ce cas. Le participe passé de *laisser* suivi d'un infinitif est donc invariable dans tous les cas, même quand il est employé avec l'auxiliaire *avoir* et même quand l'objet est placé avant le verbe.

Je m'entraîne

➤ Question 29

Complète la terminaison des participes passés lorsque c'est nécessaire.

1. Voici les habitations que j'ai vu.......... détruire.
2. Les délégués de classe, on les a autorisé.......... à se réunir.

➤ Question 30

Complète la terminaison des participes passés lorsque c'est nécessaire.

1. Admirez cette toile que Matisse a beaucoup aimé.......... peindre.
2. Ses clés, Ella les a fait.......... tomber dans la cour.
3. Ces artistes anglais, les spectateurs les ont entendu.......... jouer très souvent.

➤ Question 31

Trouve les phrases dans lesquelles l'accord du participe passé est correct.

Cocher la ou les réponses exactes.

❒ a) Mes sœurs, je les ai <u>vues</u> ranger leur chambre chaque dimanche.
❒ b) Vous souvenez-vous de ces skieurs que nous avons <u>vus</u> dévaler la piste noire ?
❒ c) Je ne connais pas cette danse que j'ai <u>vue</u> interpréter.
❒ d) Voici les reproductions que j'ai <u>faites</u> faire pour toi.

Accorder le participe passé d'un verbe pronominal

Je m'évalue

➤ Question 32

Complète la terminaison des participes passés lorsque c'est nécessaire.

1. Une foule agitée s'était pressé.......... devant la billetterie.
2. Les deux artistes se sont succédé.......... sur la scène.
3. Elle s'en est toujours voulu...........
4. Les volleyeuses se sont imposé.......... dès le début du match.

Je révise

En général, le participe passé d'un verbe pronominal s'accorde, soit avec le sujet, soit avec le COD.

• Quand le verbe est **essentiellement pronominal** ou de **sens passif,** le participe passé s'accorde avec le sujet.

*Les oiseaux se sont envolé***s.**

La maison s'est vendue rapidement.

• Quand le verbe pronominal est de **sens réfléchi** ou **réciproque,** le participe passé s'accorde avec le COD, s'il y en a un et qu'il est placé avant le verbe.

Paul et Armand se sont battus comme des chiffonniers. (le pronom réfléchi *se* est COD)

Mais attention :

Jeanne s'est donné du mal. (le COD *du mal* est placé après le verbe ; par conséquent, il n'y a pas d'accord)

Je m'entraîne

➤ Question 33

Trouve les verbes pronominaux dont le pronom réfléchi est COI.

se téléphoner – s'avancer – se succéder – se servir – se contempler – se suffire – se sourire – se déguiser – se bousculer

➤ Question 34

Accorde les participes passés des verbes pronominaux comme il convient.

1. Elle s'était tu.......... en me regardant bizarrement.
2. Dès les premièrs rayons du soleil, les lumières se sont éteint.......... et les brouillards se sont évanoui.......... lentement.
3. Les enfants se sont bien reposé.......... pendant ces vacances à la mer.
4. Lorsque ces anciens condisciples se sont rencontré.........., ils se sont longuement confié sur leur passé.

➤ Question 35

Indique si la terminaison de chaque participe passé est correcte.

1. Les rois se sont <u>succédé</u> sur le trône d'Angleterre.
→ oui – non
2. Dès leur première rencontre, les deux comédiennes se sont <u>déplu</u>.
→ oui – non
3. En autarcie, les habitants s'étaient <u>suffi</u> à eux-mêmes.
→ oui – non

➤ Question 36

Complète la terminaison des participes passés lorsque c'est nécessaire.

1. Les pénitences qu'il s'est imposé.......... nous paraissent bien lourdes.
2. Elle s'est fixé.......... des objectifs élevés.
3. Après qu'ils se sont lavé.......... les mains, ils commencent à préparer leur gâteau.
4. À la récréation, les élèves se sont expliqué.......... leurs solutions de mathématiques.

Accorder le participe passé d'un verbe impersonnel

Je m'évalue

➤ Question 37

Complète la terminaison des participes passés lorsque c'est nécessaire.

1. Les cadeaux qu'elles lui ont offert.......... ont été bien accueilli...........
2. Les gelées qu'il y a eu.......... en avril ont endommagé certains arbres fruitiers.
3. Quelle persévérance il lui a fallu.......... pour atteindre le sommet !
4. Combien de messages avez-vous reçu.......... ce matin ?

Je révise

Un **verbe impersonnel** se conjugue uniquement à la 3e personne du singulier : *il pleut, il neige, il grêle, etc.* Le sujet *il* est dans ce cas un « sujet apparent » qui ne désigne aucune personne ni aucune chose. Comment donc accorder le participe passé d'un verbe impersonnel ?

• La plupart des **verbes impersonnels** sont des termes employés en météorologie : *neiger, pleuvoir, venter, bruiner, grêler, geler, tonner*, etc.

• **Le participe passé** des verbes impersonnels est toujours **invariable** :

Ex. : *Il a **neigé** hier.*

*Il a **plu** deux jours durant et cela a rendu le sol très boueux.*

• Certains **verbes** ne sont pas impersonnels mais peuvent être **employés impersonnellement** : *faire, falloir* et *y avoir* sont les plus courants. Dans ce cas, le **participe passé** est également **invariable**.

Ex. : *Avec les chutes de neige qu'il y a **eu**, on ne peut plus circuler dans le village.*

*Que d'écueils il a **fallu** affronter pour arriver ici !*

Je m'entraîne

➤ Question 38

Dans quelles phrases le participe passé invariable appartient-il à un verbe impersonnel ?

Cocher la ou les réponses exactes.

❒ a) Elle a cueilli des fraises et en a mangé quelques-unes.
❒ b) Quels déluges il y a eu en Indonésie !
❒ c) Combien de jours a-t-il neigé l'an dernier ?
❒ d) Que de précautions il a fallu pour sortir sans qu'ils nous voient !

➤ Question 39

Complète la terminaison des participes passés lorsque c'est nécessaire.

1. Quels efforts il a fallu.......... pour nettoyer cette plage !
2. La montre qui a été trouvé.......... appartient à mon père.
3. Quelle chaleur il a fait.......... !

➤ Question 40

Complète la terminaison des participes passés lorsque c'est nécessaire.

1. Une nouvelle pharmacie s'est installé.......... sur la place centrale.
2. Les ouragans qu'il y a eu.......... en Floride ont tout dévasté.
3. Que de catastrophes il est apparu.......... dans le monde l'an dernier !

Connaître et utiliser le vocabulaire de l'argumentation

Je m'évalue

➤ Question 41

Dans les textes suivants, chaque couple de deux phrases se compose d'une thèse et d'un argument. Retrouve-les.

argument	argument	argument	thèse	thèse	thèse

1. « Si j'avais à soutenir le droit que nous avons eu de rendre les nèges esclaves, voici ce que je dirais. » → ....
« Le sucre serait trop cher si l'on ne faisait travailler la plante qui le produit par des esclaves. » (Montesquieu) → ....
2. « Jean Calas était un vieillard de soixante-huit ans, qui avait depuis longtemps les jambes enflées et faibles. » (Voltaire) → ....
Il n'avait pas pu commettre le crime dont on l'accusait. → ....
3. « Le symbole des ingrats/ Ce n'est point le Serpent, c'est l'homme » → ....
« Tout n'est bon que pour lui seul : mon lait et mes enfants, dit la Vache. » (La Fontaine) → ....

Je révise

Quelles sont les caractéristiques principales d'un texte argumentatif ?
Prenons pour exemple ce texte extrait d'un article de journal :
« La France est aujourd'hui un pays bigarré, une terre de mélange : c'est de tous les continents que proviennent nos concitoyens. Le génie du football est d'avoir permis de constituer une équipe où toutes les origines, tous les types physiques coexistent et œuvrent en commun. Combien de temps pourra-t-on ignorer cette leçon en politique et prétendre constituer en représentation nationale une institution presque exclusivement composée de Gaulois blanc-bleu ? La question, je le sais, est iconoclaste en France. République une et indivisible, notre pays s'honore de ne pas faire de discrimination entre ses citoyens. Est-ce une raison pour ne pas exiger du corps politique qu'il prenne en compte les différences et qu'il s'en fasse le représentant ? »
Extrait de : Jean-Christophe Rufin, dans *Le Monde* du 14 juin 2002.

Les marques de subjectivité

• Le discours argumentatif est un **énoncé ancré dans la situation d'énonciation**. Il est rédigé au présent, le plus souvent à la première personne. Ex. : « La question, **je** le sais, est iconoclaste en France. »
• Le locuteur est plus ou moins engagé dans son argumentation. Pour exprimer clairement **une position subjective**, il peut utiliser des modalisateurs, par exemple :

– des adverbes d'opinion (*hélas, sans doute, évidemment,* etc.) ou d'intensité (*trop, pas assez,* etc.) ;
– un champ lexical péjoratif, c'est-à-dire exprimant un point de vue négatif, dévalorisant ;
– un champ lexical mélioratif, c'est-à-dire exprimant un point de vue positif, valorisant. Ex. : « Le **génie** du football est d'avoir permis…. »

• Pour **impliquer le destinataire** dans son raisonnement, le locuteur peut utiliser la deuxième personne et recourir à des injonctions ou à des interrogations rhétoriques. Ex. : « **Combien de temps** pourra-t-on ignorer cette leçon en politique… ? »

Un discours organisé

• Pour être efficace, le discours argumentatif doit être organisé : les arguments sont souvent reliés par des **connecteurs logiques**, qui expriment l'opposition (*mais, or, cependant, néanmoins, pourtant, toutefois, en revanche,* etc.), la cause (*car, en effet,* etc.), la conséquence (*donc, c'est pourquoi, aussi, ainsi, par conséquent,* etc.).
• La première étape d'une argumentation correspond souvent à l'exposé de **la thèse** que l'on veut défendre ou réfuter. Puis le locuteur présente **des arguments** ou des objections, souvent étayés sur **des exemples** (tirés de l'expérience personnelle, de l'histoire ou de l'actualité).
• Le **schéma argumentatif** (c'est-à-dire le plan de l'argumentation) peut varier : le locuteur peut choisir de défendre sa propre thèse et de passer sous silence la thèse adverse ; il peut aussi commencer par réfuter la thèse adverse ou, à l'inverse, feindre de concéder certains points à la thèse adverse afin de mieux disposer le destinataire à accepter la sienne.

Je m'entraîne

➤ Question 42

Complète chaque phrase avec le mot qui convient.

convaincre	démentir	objecté	persuader	réfuter

1. Tu peux développer tes meilleurs arguments, tu ne parviendras pas à le ....
2. Il m'a .... que l'avis des spécialistes économiques contredisait mes affirmations.

3. Dans sa plaidoirie, l'avocat de la défense a réussi à .... la thèse de l'accusation.
4. Elle aurait bien voulu me .... d'aller voir ce film, palme d'or à Cannes.
5. Le gouvernement a tenu à .... toutes les fausses rumeurs qui circulaient sur cette affaire.

➤ Question 43

Donne les antonymes des adjectifs suivants.

1. partial → ....
2. objectif → ....
3. arbitraire → ....
4. juste → ....

➤ Question 44

Indique à quelle catégorie appartient chaque argument.

argument absurde	argument d'autorité	argument de causalité	argument par analogie

1. « Pas de feu, ni de pain dans le galetas. L'homme, sa fille et l'enfant eurent froid et faim. L'homme vola. » (Hugo)
→ ....
2. « Chrysale — L'un me brûle mon rôt en lisant quelques histoires,
L'autre rêve à des vers quand je demande à boire. » (Molière)
→ ....
3. « Horstius, professeur en médecine dans l'université de Helsmtadt, écrivit en 1595 l'histoire de cette dent. » (Fontenelle)
→ ....
4. « Les noirs ont le nez si écrasé qu'il est presque impossible de les plaindre. » (Montesquieu)
→ ....

Connaître et utiliser un vocabulaire abstrait

Je m'évalue

➤ Question 45

Parmi les phrases suivantes, quels sont les mots soulignés qui appartiennent au vocabulaire abstrait ?

Cocher la ou les réponses exactes.

❒ a) Vraiment, tu as fait des <u>folies</u> pour l'anniversaire de ta fille !
❒ b) En découvrant cette orientation, il semble qu'il ait trouvé sa <u>voie</u>.
❒ c) Élizabeth a réuni quelques <u>économies</u> au cours de l'année précédente.
❒ d) La maintenance des <u>voies</u> de chemin de fer est très délicate et coûteuse.
❒ e) L'<u>économie</u> est un domaine vaste et complexe que l'on peut aborder en Seconde.
❒ f) Nous préférons parler de maladie mentale plutôt que de <u>folie</u>.

Je révise

• Les noms **concrets** (*un bébé, une pomme, un flacon*, etc.) s'opposent aux noms **abstraits** (*la réflexion, la crainte, une odeur*, etc.)

• Les noms **abstraits** évoquent des éléments impalpables, intangibles : des idées, des qualités, des sentiments, des émotions, etc., difficilement quantifiables.

Ex. : *La **liberté** n'a pas de prix.*
*Cette **différence** ne saute pas aux yeux.*
*Il a l'**intelligence** de son grand-père.*

• On utilise souvent des noms abstraits pour mener à bien une réflexion, émettre un jugement, donner son opinion et débattre des grandes idées qui animent nos sociétés.

Je m'entraîne

➤ Question 46

Complète chaque phrase avec le nom abstrait (appartenant au vocabulaire de l'argumentation) qui convient.

hypothèse	préjugé	réfutation	thèse

1. Fontenelle, dans l'anecdote de la dent d'or, s'attaque à un .... très ancien.
2. Dans sa .... de l'esclavage, Montesquieu énumère des arguments variés pour dénoncer cet usage.
3. Pasteur a émis une .... riche d'enseignements, après avoir observé les effets de la rage sur des chiens.
4. La .... soutenue par Flora Tristan était que les femmes restaient toute leur vie soumises.

➤ Question 47

Donne le nom dérivé abstrait de chaque adjectif.

1. vrai → la ....
2. crédible → la ....
3. absurde → l'..........
4. subjectif → la ....

➤ Question 48

Donne un nom générique pour chaque série de mots.

1. la méchanceté, l'envie, la jalousie, la traîtrise, la lâcheté → les ....
2. le ski, la plongée, le tennis, la natation, le volley-ball → le ....
3. la danse, le dessin, la peinture, la sculpture, la musique → l'..........
4. la franchise, la bonté, la persévérance, le courage, la fidélité → les ....

➤ Question 49

Dans chaque phrase, repère le terme abstrait.

1. Antigone et son oncle Créon se déchirent car leur conception du bonheur diffère considérablement. Et vous, quelle est la vôtre ?

2. L'une des premières valeurs de la Constitution française est la liberté.

3. Voltaire feint d'adopter le point de vue de ceux qui condamnent les livres : en fait, il plaide pour la lecture.

4. Conférences, discussions, entretiens… c'est à ce prix-là que se négocie souvent la paix.

Savoir ce que sont la dénotation et la connotation

Je m'évalue

➤ Question 50

Dans les phrases suivantes, indique si les mots soulignés sont employés au sens propre (dénotation) ou pour leur signification mentale (connotation).

connotation	connotation	dénotation	dénotation

1. On trouve beaucoup de roseaux en bordure de cette rivière. → ....

2. L'albatros est un oiseau de mer. → ....

3. Baudelaire compare le poète à l'albatros : « ses ailes de géant l'empêchent de marcher ». → ....

4. « L'homme n'est qu'un roseau, le plus faible de la nature ; mais c'est un roseau pensant. » (Pascal) → ....

Je révise

Un mot peut avoir plusieurs sens (polysémie). Ces sens peuvent être dénotés ou connotés.

• Le **sens dénoté** est celui qu'on trouve dans le dictionnaire et qui est commun à tous les utilisateurs de la langue. Il peut y avoir plusieurs sens dénotés. On appelle ce fait la **dénotation**.

Ex. 1 : Le mot *marque* a pour sens **dénotés** :
- 1. empreinte laissée par un corps ;
- 2. signe servant à distinguer des produits ;
- 3. objet servant de repère, etc.

Ex. 2 : Le mot *noir* est un adjectif de couleur (sens **dénoté**).

• Le **sens connoté** est celui qui dépend du contexte, qui est fondé sur des références culturelles ou qui relève de l'histoire personnelle de chacun. Il peut également y avoir plusieurs sens connotés. On appelle ce fait la **connotation**.

Dans l'expression *à vos marques*, le mot *marque* évoque de façon **implicite** l'ordre donné par le starter pour amener les athlètes sur la ligne de départ.

De même, le mot *noir* peut **connoter** l'idée de mort, de deuil.

Je m'entraîne

➤ Question 51

Associe chaque couleur à l'ensemble de symboliques qui lui correspond.

le blanc	le bleu	le jaune	le rouge

1. le soleil, les mimosas, l'étoile juive, l'or → ....
2. la violence, le sang, le cœur, la passion → ....
3. le rêve, la nuit, le sang noble, la mer → ....
4. la colombe, l'enfance, l'innocence, le visage d'un clown → ....

➤ Question 52

Dans chaque couple de mots, trouve le terme qui a une connotation péjorative.

1. une maison – une masure
2. un type – un homme
3. de la musique – de la cacophonie
4. un cauchemar – un songe

➤ Question 53

Dans chaque couple de mots, trouve le terme qui offre une connotation positive.

1. l'eau – l'onde
2. le cheval – le coursier
3. le ciel – l'azur
4. un peintre – un maître

Utiliser des termes mélioratifs et péjoratifs

Je m'évalue

➤ Question 54

Dans cet extrait de portrait, repère les termes péjoratifs.

« Il y avait au séminaire un maudit lazariste qui m'entreprit et me fit prendre en horreur le latin qu'il voulait m'enseigner. Il avait des cheveux plats, gras et noirs, un visage de pain d'épices, une voix de buffle, un regard de chat-huant, des crins de sanglier au lieu de barbe ; son sourire était sardonique, [...] j'ai oublié son nom ; mais sa figure effrayante et doucereuse m'est bien restée et j'ai peine à me la rappeler sans frémir. »

(Rousseau, *Les Confessions*, 1782)

Je révise

Pour porter un jugement sur ce qui nous entoure, sur des idées, des personnes, etc., on utilise des termes évaluatifs : tantôt des termes mélioratifs, tantôt des termes péjoratifs.

• On emploie un vocabulaire **mélioratif** (ou *appréciatif, laudatif*) pour exprimer un **point de vue positif**, valorisant.

Ex. : *Cette danseuse est si **belle** !*

*Elle évolue avec **grâce** et **rayonne** d'**élégance**.*

• À l'inverse, on emploie un vocabulaire **péjoratif** (ou *dépréciatif*) pour exprimer un **point de vue négatif,** dévalorisant.

Ex. : *Cette **horrible** dame m'a glacé le sang.*
*C'est une **ignoble** histoire que tu me racontes là !*
• Certains mots peuvent recevoir un suffixe à valeur péjorative : *-âtre, -ichon, -ard, -aud.*
Ex. : *Voilà un garçon bien **maigrichon**.*
*Il est aussi assez **rougeaud**, me semble-t-il.*
*Qui plus est, il porte des vêtements aux couleurs **criardes**.*
• L'utilisation de termes mélioratifs ou péjoratifs est l'un des **procédés de modalisation** du discours.

Je m'entraîne

➤ Question 55
Dans cet extrait de portrait, repère trois noms et cinq adjectifs à valeur méliorative.
« M. Gros [...] me remit au plus doux des hommes. Je n'ai jamais vu de physionomie plus touchante que celle de M. Gatier. [...] Il avait le maintien ordinaire des gens de sa province, qui sous une figure épaisse cachent tous beaucoup d'esprit ; mais ce qui se marquait vraiment en lui était une âme sensible, affectueuse, aimante : il y avait dans ses grands yeux bleus un mélange de douceur, de tendresse et de tristesse, qui faisait qu'on ne pouvait le voir sans s'intéresser à lui. » (Rousseau, *Les Confessions*, 1782)

➤ Question 56
Parmi ces adjectifs qui se rapportent à des vêtements, repère ceux qui ont une valeur péjorative.
recherché – discret – informe – négligé – soigné – criard – démodé – élégant – ridicule – chic

☺ Les corrigés des tests

➤ Question 1

Réponses : **1**. simultanéité **2**. antériorité **3**. antériorité **4**. simultanéité **5**. postériorité **6**. postériorité **7**. simultanéité **8**. postériorité **9**. simultanéité

• La conjonction (ou locution conjonctive) que l'on emploie pour introduire une proposition subordonnée circonstancielle de temps permet de savoir si l'action exprimée par le verbe a lieu en même temps (simultanéité), avant (antériorité) ou après (postériorité) l'action de la proposition principale.

• *Quand* et *lorsque* peuvent exprimer, selon l'emploi, deux actions simultanées ou non.

Quand (lorsque) il eut terminé son exercice, il vérifia ses résultats. (antériorité)

Quand (lorsque) la pluie se mit à tomber, nous étions près de la cheminée en train de lire. (simultanéité)

C'est le temps du verbe qui permet de distinguer les deux valeurs d'emploi.

➤ Question 2

Réponses : **1**. j'arrivais à la maison **2**. que retentissait la sonnerie **3**. que la nuit vienne

La proposition subordonnée circonstancielle de temps indique que l'action exprimée par le verbe a lieu :

– avant l'action de la principale (*dès que, après que, depuis que, aussitôt que, quand, lorsque*) ;

– en même temps que l'action de la principale (*quand, lorsque, comme, pendant que, tandis que, tant que*) ;

– après l'action de la principale (*avant que, en attendant que, jusqu'à ce que,* conjonctions qui sont suivies de verbes au mode subjonctif).

➤ Question 3

Réponses : **a) d) e)**

Un complément circonstanciel (qu'il soit de temps ou qu'il exprime une autre nuance) peut être déplacé ou supprimé sans nuire au sens de la phrase.

Dans cet exercice, les autres groupes (*l'hiver*, *des jours heureux* et *trois mois* sont des COD, c'est-à-dire des compléments du verbe que l'on ne peut ni déplacer, ni supprimer.

➤ Question 4

Réponses : **1.** arriva **2.** accouriez **3.** eut écrit **4.** verrons / commenceront

• Lorsque l'on conjugue le verbe d'une proposition subordonnée de temps, il faut faire attention à la concordance des temps et au mode (indicatif ou subjonctif) qu'il faut employer.

• La locution conjonctive *après que*, dans la langue correcte, est suivie du mode indicatif et non du mode subjonctif. On doit donc écrire : *après qu'il eut écrit.*

➤ Question 5

Réponses : **1.** Chaque fois que **2.** jusqu'à ce que **3.** Depuis que **4.** avant que **5.** Comme

Les conjonctions de subordination employées dans des subordonnées de temps peuvent exprimer :

– l'antériorité (*depuis que*) ;

– la simultanéité (*chaque fois que, comme)* ;

– la postériorité (*avant que, jusqu'à ce que*).

➤ Question 6

Réponses : **1.** Avant de partir **2.** Après avoir **3.** Avant de renouer

• On peut parfois remplacer une proposition subordonnée circonstancielle de temps par un groupe à l'infinitif. Cela permet d'alléger la phrase.

• Parfois, cependant, il n'est pas possible d'effectuer cette transformation car la proposition principale et la proposition subordonnée n'ont pas le même sujet. Exemple : *Après que **Delphine** eut fini ses devoirs, **sa mère** lui permit d'aller jouer au jardin avec le chat.*

➤ Question 7

Réponses : **c) e)**

• Les propositions circonstancielles de concession ou d'opposition sont introduites par de nombreuses conjonctions de subordination ou locutions conjonctives. Certaines sont placées en tête de la subordonnée (*quoique, bien que*...), d'autres sont annoncées par un mot dans la principale (*si, tout, quelque*...), la subordonnée commençant par *que*.

• Il ne faut pas confondre les mots subordonnants qui expriment l'opposition ou la concession, avec ceux qui expriment d'autres nuances circonstancielles, par exemple :

– le temps (*quand*) ;

– la cause (*puisque, parce que*) ;

– la conséquence (*si... que*) ;

– la condition (*si*) ;

– etc.

➤ Question 8

Réponses : **1.** groupe nominal **2.** subordination **3.** subordination **4.** tout + gérondif **5.** subordination

On peut exprimer la concession ou l'opposition par différents moyens :

– un groupe nominal prépositionnel (phrase 1) ;

– une proposition subordonnée circonstancielle introduite par *quoique* (phrase 2), *pour ... que* (phrase 3), *tout ... que* (phrase 5), ou encore *bien que, quel ... que, quelque ... que*, etc. ;

– un gérondif précédé de *tout* (phrase 4).

On peut aussi utiliser des tournures comme *avoir beau*. Ex. : « Non, vous aurez beau faire, on ne vous croira pas. » (Molière).

➤ Question 9

Réponses : subjonctif / subjonctif / conditionnel / indicatif / subjonctif / indicatif / subjonctif

Lorsque l'on emploie une proposition subordonnée circonstancielle de concession ou d'opposition, il faut faire attention au mode exigé par le mot subordonnant. Ainsi, on trouve :

– le subjonctif après *bien que, quoique, encore que, quoi que, si... que, quelque... que* ;

– l'indicatif après *tout(e)(s)... que, tandis que, alors que* ;

– le conditionnel après *quand bien même, quand même*.

➤ Question 10

Réponses : 1. connaissions 2. allait et venait 3. ont passé 4. auriez prévenu 5. ayons envoyé

Lorsque l'on emploie une proposition subordonnée circonstancielle de concession ou d'opposition, il faut respecter la concordance des temps et faire attention au mode exigé par le mot subordonnant. Ainsi, on trouve :

– le subjonctif après *bien que* (*bien que nous connaissions*), *quoique* (*quoique nous lui ayons envoyé*), *encore que, quoi que, quelque... que* ;

– l'indicatif après *tandis que* (*tandis que le chien allait et venait*), *alors que* (*alors que de nombreuses années ont passé*), *tout(e)(s)... que* ;

– le conditionnel après *quand bien même* (*quand bien même vous l'auriez prévenu*), *quand même*.

➤ Question 11

Réponses : 1. condition 2. interrogation 3. conséquence 4. concession

Toutes les subordonnées introduites par *si* n'expriment pas la concession. Attention à bien distinguer la subordonnée circonstancielle d'opposition introduite par *si ... que* des autres subordonnées :

– l'interrogative indirecte introduite par *si* que l'on trouve après des verbes comme *se demander, s'interroger*, etc. ;

– la subordonnée de condition introduite par *si* ;

– la subordonnée de conséquence introduite par *si ...que*.

Pour reconnaître la subordonnée circonstancielle de concession, on peut remplacer *si... que* par *aussi... que* (*Aussi mélancolique qu'ait pu être son enfance*).

➤ Question 12

Réponses : **1.** j'aurais pris **2.** qualifierait **3.** conclurai **4.** n'aurais pas voulu

• Une proposition subordonnée de condition est le plus souvent introduite par *si*. Le verbe de la subordonnée est toujours à l'indicatif (présent, imparfait ou plus-que-parfait).
En revanche, le mode du verbe de la principale change.

• Pour ne pas se tromper, il faut connaître les règles de concordance des temps et des modes :
– *si* + indicatif présent ou passé composé → verbe de la principale à l'indicatif présent ou futur ;
– *si* + indicatif imparfait → verbe de la principale au conditionnel présent ;
– *si* + indicatif plus-que-parfait → verbe de la principale au conditionnel passé.

➤ Question 13

Réponses : **b) d) f)**

• Une subordonnée de condition est le plus souvent introduite par *si*, mais elle peut aussi être formée à l'aide d'autres conjonctions ou locutions conjonctives, par exemple : *pourvu que, au cas où, soit que... soit que..., en admettant que, à condition que.*

• Attention à ne pas confondre avec d'autres mots subordonnants qui n'expriment pas la condition, par exemple ici : *puisque* (conséquence), *comme* (cause, temps ou comparaison), *au moment où* (temps).

➤ Question 14

Réponses : **1.** au cas où **2.** à condition qu' **3.** à moins que **4.** pour peu qu'

Une subordonnée de condition est le plus souvent introduite par *si*, mais elle peut aussi être formée à l'aide d'autres conjonctions ou locutions conjonctives, par exemple : *pourvu que, pour peu que, au cas où, soit que... soit que..., en admettant que, à condition que, à moins que*, etc.

➤ Question 15

Réponses : 1. soufflait 2. désirez 3. avais été 4. s'éloigne 5. pourrais

• Une proposition subordonnée de condition est le plus souvent introduite par *si*. Le verbe de la subordonnée est toujours à l'indicatif (présent, imparfait ou plus-que-parfait).
En revanche, le mode du verbe de la principale change.

• Pour ne pas se tromper, il faut connaître les règles de concordance des temps et des modes :

– *si* + indicatif présent ou passé composé → verbe de la principale à l'indicatif présent ou futur ;

– *si* + indicatif imparfait → verbe de la principale au conditionnel présent ;

– *si* + indicatif plus-que-parfait → verbe de la principale au conditionnel passé.

➤ Question 16

Réponses : **a) e)**

• Attention à ne pas confondre la subordonnée circonstancielle de condition avec la subordonnée interrogative indirecte. Toutes deux ici sont introduites par *si*.

• La conjonction de subordination *si* n'est jamais suivie du mode conditionnel. Elle s'emploie avec l'indicatif (présent, imparfait ou plus-que-parfait). C'est le verbe de la proposition principale qui, lui, est au conditionnel (ex. : *Tes enfants* ***se trouveraient*** *dans la misère si tu venais à mourir*).

➤ Question 17

Réponses : 1. proposition subordonnée 2. proposition indépendante 3. proposition subordonnée 4. proposition subordonnée

• Le mode subjonctif s'utilise le plus souvent dans des propositions subordonnées conjonctives complétives ou circonstancielles. Mais on peut aussi le trouver dans des propositions indépendantes, dans lesquelles *que* est un simple outil.

• Le mode subjonctif exprime toujours un **fait envisagé comme possible**, mais dont la **réalisation demeure incertaine**, comme c'est le cas dans l'expression du doute, de la volonté, du souhait, de la crainte.

➤ Question 18

Réponses : **a) c) d)**

• Le subjonctif présent doit être utilisé dans les phrases 1 (*que l'on puisse*), 3 (*que Richard prenne*) et 4 (*qu'il ne fasse*).

• Il faut utiliser le passé composé dans la phrase 2 (*toi qui l'as apportée*) et l'imparfait de l'indicatif dans la phrase 5 (*on retirait*).

• Le subjonctif se rencontre fréquemment dans les propositions subordonnées circonstancielles de condition, de concession, de cause, de temps, de but, de conséquence, d'opposition.

➤ Question 19

Réponses : **1.** verbe de la principale **2.** conjonction de subordination **3.** verbe de la principale **4.** conjonction de subordination

• Dans les subordonnées complétives qui dépendent de certains verbes (crainte, volonté, regret, ordre, défense...), le mode imposé est le subjonctif puisque leur réalisation reste une éventualité.

• Dans la subordonnée de condition, la locution conjonctive *à condition que* est suivie du subjonctif.

➤ Question 20

Réponses : ne / pas / faut / le plus / que / apprécie

On trouve le subjonctif :

– lorsque le verbe de la principale est à la forme négative (mais ce n'est pas obligatoire) ;

– après certains verbes exprimant une obligation, un sentiment ;

– dans la subordonnée relative (*que je connaisse à Paris*) après un superlatif (ex. : *le plus bel*) dans la principale.

➤ Question 21

Réponses : **1.** ordre **2.** défense **3.** ordre **4.** souhait

Le subjonctif peut être employé à la place de l'impératif et exprimer l'ordre ou la défense, à la troisième personne du singulier et du pluriel.

➤ Question 22

Réponses : 1. aurions acheté 2. répondrait 3. serait venue 4. courrions

Le conditionnel a plusieurs valeurs modales :

– il présente une action dont la réalisation dépend d'une condition (phrases 1, 2, 3 et 4) ;

– il sert à atténuer une demande ou un conseil.

➤ Question 23

Réponses : mangerais / simplifierait / enverrait / parcourrais / crieriez / serais / auraient / pourrions / saurais / mourrait

• Le conditionnel présent se forme avec le radical du futur de l'indicatif, auquel on ajoute les terminaisons de l'imparfait de l'indicatif.

• Attention à ne pas confondre les paronymes *je serais* (*être*) et *je saurais* (*savoir*).

➤ Question 24

Réponses : se serait recueilli / auraient couru / aurions reproduit / auriez fini / aurais survécu / auriez résolu / serait advenu

Le conditionnel passé est formé de l'auxiliaire *avoir* (pour la majorité des verbes) ou *être* (verbes pronominaux et certains verbes dits « de mouvement ») conjugué au conditionnel présent, auquel on ajoute le participe passé du verbe.

➤ Question 25

Réponses : 1. ons 2. ai 3. ais 4. ais

• Le futur simple de l'indicatif et le conditionnel présent se distinguent par leurs terminaisons et par leur valeur d'emploi.

• Le futur simple est utilisé pour parler d'une action ou d'un événement qui aura lieu plus tard. On reste dans le domaine du **réel**.

• Quant au conditionnel présent, il présente une action dont la réalisation dépend d'une condition. On se situe dans le domaine de l'**imaginaire**.

➤ Question 26

Réponses : 1. potentiel 2. irréel du passé 3. irréel du présent 4. potentiel

• Lorsque l'action soumise à une condition est considérée comme réalisable, on parle de **potentiel**.

• Lorsque l'action n'est pas réalisable, on parle d'**irréel du présent**.

• Quand l'action ne s'est pas réalisée dans le passé parce que la condition n'a pas été remplie, on parle d'**irréel du passé**.

➤ Question 27

Réponses : 1. affirmation atténuée 2. information donnée sous réserve 3. jeu 4. jeu

• Le conditionnel est un mode très utilisé par les enfants qui, lorsqu'ils jouent, aiment se projeter dans des lieux ou des actions imaginaires.

• Le conditionnel peut aussi permettre d'atténuer la sécheresse d'une demande. Par exemple, *nous voudrions* remplace, par politesse, *nous voulons*.

• Enfin, lorsqu'un média n'est pas totalement sûr de son information, il a recours au conditionnel qui préserve ainsi de toute accusation à venir possible.

➤ Question 28

Réponses : 1. e 2. 3. e 4.

• Le participe passé d'un verbe suivi d'un infinitif **s'accorde** avec le COD placé avant le verbe, si celui-ci est aussi **sujet de l'infinitif**.

Ex. : dans *La pianiste que j'ai écoutée jouer Bach*, *La pianiste* est sujet de *jouer*. Le participe passé *écoutée* s'accorde donc avec *La pianiste*.

• Lorsque le participe passé est **COD du verbe à l'infinitif**, il **ne s'accorde pas** (il dépend de l'autre verbe), il reste invariable.

Ex. : dans *Cette comédie que j'avais cru reconnaître*, *Cette comédie* est COD de *reconnaître*. C'est pourquoi *cru* ne s'accorde pas.

➤ Question 29

Réponses : **1. 2.** s

• Le participe passé d'un verbe suivi d'un infinitif **s'accorde** avec le COD placé avant le verbe, si celui-ci est aussi **sujet de l'infinitif**.

Ex. : dans *Les délégués de classe, on les a autorisés à se réunir*, *Les délégués de classe* est sujet de *se réunir*. Le participe passé *autorisés* s'accorde donc avec *Les délégués de classe*.

• Lorsque le participe passé est **COD du verbe à l'infinitif**, il **ne s'accorde pas** (il dépend de l'autre verbe), il reste invariable.

Ex. : dans *Voici les habitations que j'ai vu détruire*, *les habitations* est COD de *détruire*. C'est pourquoi *vu* ne s'accorde pas.

• Pour vérifier l'accord du participe passé suivi d'un infinitif, il est indispensable de procéder à **transformation mentale**.

Ex. : *Voici les habitations que j'ai vu détruire → J'ai vu détruire ces habitations.*

Les délégués de classe, on les a autorisés à se réunir → On a autorisé les délégués de classe à se réunir.

➤ Question 30

Réponses : **1. 2. 3.** s

• Le participe passé d'un verbe suivi d'un infinitif **s'accorde** avec le COD placé avant le verbe, si celui-ci est aussi **sujet de l'infinitif**.

Ex. : dans *Ces artistes anglais, les spectateurs les ont entendus jouer très souvent*, *Ces artistes anglais* est sujet de *jouer*. Le participe passé *entendus* s'accorde donc avec *Ces artistes anglais*.

• Lorsque le participe passé est **COD du verbe à l'infinitif**, il **ne s'accorde pas** (il dépend de l'autre verbe), il reste invariable.

Ex. : dans *Admirez cette toile que Matisse a beaucoup aimé peindre*, *cette toile* est COD de *peindre*. C'est pourquoi *aimé* ne s'accorde pas.

• Pour vérifier l'accord du participe passé suivi d'un infinitif, il est indispensable de procéder à **transformation mentale**.

Ex. : *Admirez cette toile que Matisse a beaucoup aimé peindre → Admirez cette toile, Matisse a beaucoup aimé la peindre.*
Ces artistes anglais, les spectateurs les ont entendus jouer très souvent → Les spectateurs ont entendu ces artistes anglais jouer très souvent.
• Attention : le participe passé **fait**, suivi d'un infinitif, est toujours **invariable**. C'est pourquoi il ne s'accorde pas dans la phrase 2.

➤ Question 31
Réponses : **a) b)**
• Le participe passé d'un verbe suivi d'un infinitif **s'accorde** avec le COD placé avant le verbe, si celui-ci est aussi **sujet de l'infinitif**. C'est le cas des deux premières phrases.
Dans la phrase 1, *Mes sœurs* est sujet de *ranger*. Le participe passé *vues* s'accorde donc avec *Mes sœurs*.
Dans la phrase 2, *ces skieurs* est sujet de *dévaler*. Le participe passé *vus* s'accorde donc avec *ces skieurs*.
• Lorsque le participe passé est **COD du verbe à l'infinitif**, il **ne s'accorde pas** (il dépend de l'autre verbe), il reste invariable.
C'est le cas de la troisième phrase : comme *cette danse* est COD d'*interpréter*, *vu* ne s'accorde pas.
• Lorsque le participe passé **fait** est suivi d'un infinitif, il est toujours **invariable**. C'est donc le cas de la dernière phrase.

➤ Question 32
Réponses : 1. e 2. 3. 4. es
• Un **verbe pronominal** est toujours conjugué, aux temps composés, avec l'**auxiliaire être**.
La règle générale veut que le participe s'accorde en genre et en nombre avec le sujet du verbe conjugué avec cet auxiliaire. Or, ce n'est pas le cas de tous les verbes pronominaux.
• Pour savoir s'il faut accorder le participe passé d'un verbe pronominal, il faut analyser le **pronom réfléchi** *se* :

– lorsqu'il est **COD** du verbe, le participe passé **s'accorde** (cas des phrases 1 et 4 : *presser et imposer quelqu'un ou quelque chose*) ;
– lorsqu'il est **COI** du verbe, le participe passé **ne s'accorde pas** (cas de la phrase 2 : *succéder à quelqu'un ou à quelque chose*).
• Le participe passé du verbe *s'en vouloir* est toujours **invariable**.

➤ Question 33
Réponses : se téléphoner / se succéder / se servir / se suffire / se sourire
• Les verbes pronominaux dont le pronom réfléchi est **COI** sont des verbes **transitifs indirects**.
Ex. : *se téléphoner*, c'est téléphoner à quelqu'un.
• Les verbes pronominaux dont le pronom réfléchi est **COD** sont des verbes **transitifs directs**.
Ex. : *se déguiser*, c'est déguiser soi-même.

➤ Question 34
Réponses : 1. e 2. es / s 3. s 4. s
• Lorsque le verbe pronominal est de **sens réfléchi ou réciproque**, le participe passé s'accorde avec le COD, s'il y en a un et qu'il est placé avant le verbe.
Ex. : dans *Lorsque ces anciens condisciples se sont rencontrés*, le pronom réfléchi *se* est COD.
• Les verbes **essentiellement pronominaux** (c'est-à-dire qui n'existent qu'à la forme pronominale, comme *s'évanouir*) s'accordent toujours avec le sujet.

➤ Question 35
Réponses : oui / oui / oui
Comme le pronom réfléchi *se* des verbes *se succéder*, *se déplaire* et *se suffire* est COI, le participe passé ne s'accorde pas, il reste invariable.

➤ Question 36
Réponses : 1. es 2. 3. 4.
• Un **verbe pronominal** est toujours conjugué, aux temps composés, avec l'**auxiliaire** *être*.

La règle générale veut que le participe s'accorde en genre et en nombre avec le sujet du verbe conjugué avec cet auxiliaire. Or, ce n'est pas le cas de tous les verbes pronominaux.
• Pour savoir s'il faut accorder le participe passé d'un verbe pronominal, il faut analyser **sa construction** :
– si le **COD** du verbe est placé avant, le participe passé **s'accorde** (cas de la phrase 1 : *imposer quelqu'un ou quelque chose*) ; le COD est le relatif *qu'* (*que*) mis pour *les pénitences* (féminin pluriel) ;
– si le **COD** du verbe est placé après, le participe passé **ne s'accorde pas** (cas des phrases 2, 3 et 4 : *fixer des objectifs à soi, laver les mains de soi* et *expliquer les solutions aux uns et aux autres*).
• Dans la phrase 3, le COD du verbe *laver* (à savoir *les mains*) est placé après le verbe : on ne fait donc pas l'accord.

➤ Question 37

Réponses : 1. s / s 2. 3. 4. s

• La plupart des **verbes impersonnels** sont des termes employés en météorologie : *neiger, pleuvoir, venter, bruiner, grêler, geler, tonner*, etc.
Ils **se conjuguent uniquement à la 3e personne du singulier**, et leur **participe passé est toujours invariable**.
• Certains verbes ne sont pas impersonnels, mais peuvent être **employés impersonnellement** (ex. : *faire, falloir* et *y avoir*). Dans ce cas, le **participe passé est également invariable**.
• Les participes passés des autres verbes suivent les règles générales suivantes :
– le participe passé conjugué avec l'auxiliaire *être* s'accorde en genre et en nombre avec le sujet du verbe ;
– le participe passé conjugué avec l'auxiliaire *avoir* s'accorde en genre et en nombre avec le complément d'objet direct (COD), si celui-ci est placé avant (cas des phrases 1 et 4). Si le COD est placé après ou s'il n'existe pas, le participe passé reste invariable.

➤ Question 38

Réponses : **b) c) d)**

• La plupart des **verbes impersonnels** sont des termes employés en météorologie : *neiger*, *pleuvoir*, *venter*, *bruiner*, *grêler*, *geler*, *tonner*, etc.

Leur **participe passé est toujours invariable.**

• Ils **se conjuguent uniquement à la 3e personne du singulier**.

Le pronom sujet *il* ne reprend pas une personne précise : il s'agit d'une sorte de pronom neutre, d'un outil grammatical (ex. : *il y a*, *il pleut*, *il neige*, *il faut*…). Le verbe est donc toujours au singulier, même si le sujet réel est au pluriel : ***Quels déluges*** *il y a eu.*

➤ Question 39

Réponses : **1. 2.** e **3.**

• La plupart des **verbes impersonnels** sont des termes employés en météorologie : *neiger*, *pleuvoir*, *venter*, *bruiner*, *grêler*, *geler*, *tonner*, etc.

Ils **se conjuguent uniquement à la 3e personne du singulier**, et leur **participe passé est toujours invariable**.

• Certains verbes ne sont pas impersonnels, mais peuvent être **employés impersonnellement** (ex. : *faire*, *falloir* et *y avoir*). Dans ce cas, le **participe passé est également invariable**.

• Les participes passés des autres verbes suivent les règles générales suivantes :

– le participe passé conjugué avec l'auxiliaire *être* s'accorde en genre et en nombre avec le sujet du verbe (cas de la phrase 2) ;

– le participe passé conjugué avec l'auxiliaire *avoir* s'accorde en genre et en nombre avec le complément d'objet direct (COD), si celui-ci est placé avant. Si le COD est placé après ou s'il n'existe pas, le participe passé reste invariable.

➤ Question 40

Réponses : **1.** e **2. 3.**

• La plupart des **verbes impersonnels** sont des termes employés en météorologie : *neiger*, *pleuvoir*, *venter*, *bruiner*, *grêler*, *geler*, *tonner*, etc.

Ils **se conjuguent uniquement à la 3e personne du singulier**, et leur **participe passé est toujours invariable**.

• Certains verbes ne sont pas impersonnels, mais peuvent être **employés impersonnellement** (ex. : *apparaître*, *y avoir*). Dans ce cas, le **participe passé est également invariable.**
• Les participes passés des autres verbes suivent les règles générales suivantes :
– le participe passé conjugué avec l'auxiliaire *être* s'accorde en genre et en nombre avec le sujet du verbe (cas de la phrase 1) ;
– le participe passé conjugué avec l'auxiliaire *avoir* s'accorde en genre et en nombre avec le complément d'objet direct (COD), si celui-ci est placé avant. Si le COD est placé après ou s'il n'existe pas, le participe passé reste invariable.

➤ Question 41

Réponses : 1. thèse / argument 2. argument / thèse 3. thèse / argument
Le texte argumentatif comporte l'énoncé d'une thèse que l'on cherche à défendre ou à attaquer, en se servant de raisons convaincantes (les arguments). Celles-ci sont chargées d'emporter l'adhésion du lecteur, de l'auditeur ou du spectateur.

➤ Question 42

Réponses : 1. convaincre 2. objecté 3. réfuter 4. persuader 5. démentir
On observe une légère gradation dans le sens de ces verbes :
– *persuader* recourt davantage à l'imagination, aux sentiments, alors que *convaincre* fait plus appel à la raison ;
– *objecter*, c'est opposer un argument à quelqu'un ;
– *réfuter*, c'est repousser un raisonnement, une argumentation ;
– *démentir*, c'est déclarer nettement que quelqu'un a dit quelque chose de contraire à la vérité.

➤ Question 43

Réponses : 1. impartial 2. subjectif 3. équitable 4. injuste
Lorsque l'on veut convaincre, on peut expliquer et trouver des arguments justes et objectifs. Mais on peut aussi faire preuve d'une plus grande subjectivité.

➤ Question 44

Réponses : **1.** argument de causalité **2.** argument par analogie **3.** argument d'autorité **4.** argument absurde

Pour convaincre, on utilise différentes sortes d'arguments, en fonction de leur visée, de leur destinataire :

– l'**argument d'autorité** fait référence à une personne célèbre, à quelqu'un dont le savoir, les compétences sont reconnus ;

– l'**argument par analogie** s'appuie sur un ou plusieurs exemples qui démontrent la véracité de l'affirmation première. Chrysale (dans *Les Femmes savantes*) se plaint que les domestiques adoptent le comportement de leur maîtresse, toujours plus occupée de connaissances que d'organisation domestique ;

– l'**argument de causalité** met l'accent sur l'enchaînement des faits, et retrouve le lien entre la cause et sa conséquence ;

– l'**absurdité de l'argument** que Montesquieu place dans la bouche d'un esclavagiste, provient de ce qu'il n'y a aucune relation logique de cause à conséquence entre le début et la fin de la phrase.

➤ Question 45

Réponses : **b) e) f)**

• Les autres mots en couleur appartiennent au vocabulaire concret car ils désignent une chose ou un être réels, matériels, perceptibles par les sens.

• En revanche, le vocabulaire de l'abstraction ne fait pas référence à une réalité concrète. Par exemple, les termes *liberté*, *bien*, *mal* sont des notions abstraites.

• Il peut arriver qu'un mot ait un sens propre (concret) et un sens figuré (abstrait). Dans le premier cas, le nom est souvent au pluriel (ex. : *des voies* → chemin, passage) ; dans le second, il est au singulier (ex. : *la voie* → direction, carrière).

➤ Question 46

Réponses : 1. préjugé 2. réfutation 3. hypothèse 4. thèse

Le vocabulaire de l'abstraction s'utilise dans les textes où dominent les idées, les raisonnements, la réflexion.

➤ Question 47

Réponses : 1. vérité 2. crédibilité 3. absurdité 4. subjectivité

Pour formuler une idée de manière abstraite, on a souvent recours au nom, substantif d'un adjectif ou d'un verbe. Il présente la pensée sous une forme plus générale.

➤ Question 48

Réponses : 1. défauts 2. sport 3. art 4. qualités

• Il faut distinguer le **terme générique**, abstrait, qui regroupe un ensemble de notions précises, et les **termes spécifiques**, qui se différencient les uns des autres tout en correspondant au concept représenté par le terme générique.

• L'abstraction passe par un **vocabulaire de la synthèse, de la généralisation**. Elle est utile pour résumer un paragraphe, un texte, dégager l'idée essentielle.

➤ Question 49

Réponses : bonheur / liberté / lecture / paix

Les noms abstraits évoquent des **éléments impalpables, intangibles** : des idées, des qualités, des sentiments, des émotions, etc., difficilement quantifiables.

➤ Question 50

Réponses : 1. dénotation 2. dénotation 3. connotation 4. connotation

• La **dénotation** est le sens du mot tel que l'on peut le trouver dans le dictionnaire. Elle est donc neutre, constante, objective et générale.

• La **connotation** représente l'ensemble des significations mentales (images, associations d'idées) subjectives, propres à chacun d'entre nous. Les écrivains et surtout les poètes aiment jouer avec ces possibilités évocatrices qui peuvent instaurer une relation entre l'auteur et son lecteur. Elles prennent toute leur force lorsqu'elles sont contextualisées.

➤ Question 51

Réponses : 1. le jaune 2. le rouge 3. le bleu 4. le blanc

Il existe une **symbolique des couleurs** qui peut varier selon les époques et selon les pays. Par exemple, la couleur du deuil est le noir dans certains pays, le blanc dans d'autres.

➤ Question 52

Réponses : une masure / un type / de la cacophonie / un cauchemar

• Certains mots sont porteurs de connotations négatives, péjoratives et évoquent des **aspects désagréables de la réalité**.

• On trouve ce genre vocabulaire dans certains passages réalistes lorsque le **romancier** veut décrire un **univers sombre et misérable**.

➤ Question 53

Réponses : l'onde / le coursier / l'azur / un maître

• Le vocabulaire poétique choisit des mots à connotations positives pour insister sur la beauté de la nature (*l'onde*), faire image (*l'azur*).

• Dans le registre épique, on rencontre également ce genre de mot valorisant (*un coursier*).

➤ Question 54

Réponses : maudit / prendre en horreur / plats / gras / un visage de pain d'épices / une voix de buffle / un regard de chat-huant / des crins de sanglier / sardonique / effrayante / doucereuse

• Rousseau décrit son ancien professeur en n'en retenant que les aspects négatifs sur les plans physique et moral. Il crée ainsi une impression d'ensemble totalement péjorative.

• On emploie un **vocabulaire péjoratif** (ou dépréciatif) pour exprimer un point de vue négatif, dévalorisant.

➤ Question 55

Réponses : doux / touchante / esprit / sensible / affectueuse / aimante / douceur / tendresse

• La subjectivité se marque tout au long de ce texte où Rousseau se souvient avec **affection** d'une personne qui a marqué son enfance par sa bonté et la beauté de son âme. Ce sont les noms et surtout les adjectifs, à des degrés intensifs, qui sont porteurs de cette **vision méliorative**.

• On emploie un **vocabulaire mélioratif** pour exprimer un point de vue positif, valorisant.

➤ Question 56

Réponses : informe / négligé / criard / démodé / ridicule

• Les termes qu'il ne fallait pas sélectionner ont une valeur méliorative.

• On emploie un **vocabulaire péjoratif** (ou dépréciatif) pour exprimer un point de vue négatif, dévalorisant. Il existe une gamme très étendue de mots pour décrire la tenue d'une personne, en portant un jugement positif ou négatif sur ses vêtements. Il en est de même pour tout ce qui concerne le visage, les cheveux, le teint…

Mathématiques

Évaluation – Révisions – Entraînement

Déterminer une fonction affine d'après un énoncé

Je m'évalue

➤ Question 1

Il existe différentes unités de mesure de la température : en France on utilise le degré Celsius (°C), aux États-Unis on utilise le degré Fahrenheit (°F).

Pour passer des degrés Celsius aux degrés Fahrenheit, on multiplie le nombre de départ par 1,8 et on ajoute 32 au résultat.

Si l'on note x la température en degré Celsius et $f(x)$ la température en degré Fahrenheit, que vaut $f(x)$ en fonction de x ?

Cocher la réponse exacte.

❍ a) $f(x) = 32x + 1{,}8$

❍ b) $f(x) = 2{,}8x + 32$

❍ c) $f(x) = 1{,}8x + 32$

Je révise

Exemple 1

Les tarifs d'un plombier sont : 25 € de l'heure de travail et 12 € pour le déplacement.

• Le prix payé par un client est une fonction affine du nombre d'heures de travail.

• Si l'on désigne par $f(x)$ le **prix payé** par le client **en fonction du nombre x d'heures,** on a : $f(x) = 25x + 12$.

• Si le plombier travaille 2 heures chez M. Fuitdo, celui-ci lui doit : $f(2) = 25 \times 2 + 12 = 62$; soit 62 €.

Exemple 2

Un aquarium contient 120 l d'eau. Cette eau s'évapore à raison de 6 cl par heure.
Quelle quantité d'eau reste-t-il dans l'aquarium au bout de quatre jours ?

• La quantité d'eau qui reste est une fonction affine de la durée d'évaporation.

• Si l'on désigne par $g(t)$ la **quantité d'eau** dans l'aquarium **au bout du temps t** (t en heures), on a :

$g(t) = 120 - 0{,}06t$.

• 4 jours = 4 × 24 heures = 96 heures.

$g(96) = 120 - 0{,}06 \times 96 = 114{,}24$

Au bout de quatre jours, il reste environ 114 litres dans l'aquarium.

Je m'entraîne

➤ Question 2

Un parc automobile pratique les tarifs suivants : 2 € de prise en charge pour chaque véhicule, plus 1,20 € de l'heure. Une heure commencée est due.
Détermine la fonction affine associée à cette situation et utilise-la.

1. Si l'on désigne par $f(x)$ la somme à payer en fonction du nombre x d'heures, on a :
$f(x) =$ ....$x +$ ....
2. Jean reste 45 min : il payera .... €. Léa reste 3 heures : elle payera .... €.

➤ Question 3

Un vidéoclub propose trois formules :
- formule A : abonnement de 50 €, puis 2 € par cassette louée ;
- formule B : abonnement de 25 €, puis 4 € par cassette louée ;
- formule C : 5,50 € par cassette louée.

Détermine la fonction affine qui exprime le prix à payer en fonction du nombre x de cassettes.

1. Avec la formule A : $f(x) =$ ....$x +$ ....
2. Avec la formule B : $g(x) =$ ....$x +$ ....
3. Avec la formule C : $h(x) =$ ....x.

➤ Question 4

Un commerçant décide d'augmenter tous les prix.
On note $f(x)$ le prix en € d'un article qui coûtait x €.
Les affirmations suivantes sont-elles vraies ou fausses ?
Coche la bonne réponse.

1. Il décide que chaque prix doit être augmenté de 10 € ; on a alors : $f(x) = x + 10$.

Cocher la réponse exacte.
❍ a) vrai
❍ b) faux

2. Il décide que chaque prix doit être augmenté de 10 % ; on a alors : $f(x) = x + \frac{10}{100}$

Cocher la réponse exacte.
❍ a) vrai
❍ b) faux

➤ Question 5

Dans chacune des situations suivantes, exprime y en fonction de x.

1. Le tarif d'un dépanneur en électroménager est : 31,50 € de l'heure, plus 17 € pour le déplacement.
y est le montant, en €, que doit payer un client chez lequel ce dépanneur a effectué x heures de travail.
$y =$ ....

2. L'agence Belloto propose la location d'un véhicule au tarif suivant : 55 € de forfait, plus 0,25 € au kilomètre parcouru.
y est le montant, en €, à payer par un client qui a parcouru x kilomètres.
$y =$ ....

Représenter graphiquement une fonction affine

Je m'évalue

➤ Question 6

Quelle est la fonction affine représentée par la droite (*d*) ?

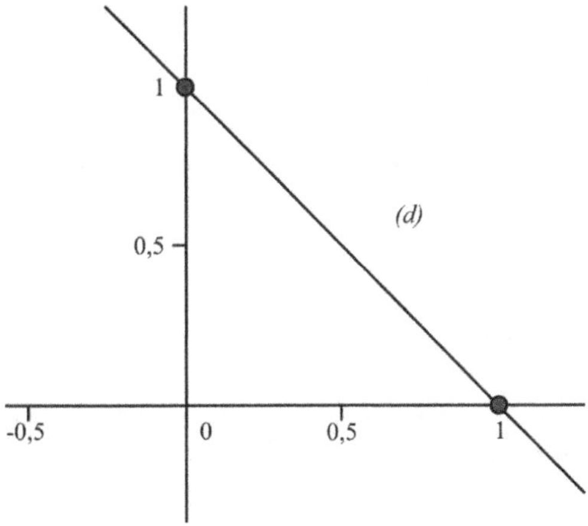

Cocher la réponse exacte.

❍ a) $y = x$

❍ b) $y = x + 1$

❍ c) $y = x - 1$

❍ d) $y = -x + 1$

Je révise

Propriété

Dans un plan muni d'un repère (O ; I ; J), la représentation graphique de la fonction affine $x \rightarrow ax + b$ est la **droite d'équation : y = ax + b.**
a est le **coefficient directeur** de la droite et b est son **ordonnée à l'origine.**

Exemple

Soit la fonction affine f définie par $f(x) = 2x - 1$.
Sa représentation graphique est une droite. Pour la tracer, deux points suffisent. On a $f(-1) = -3$; et $f(1) = 3$ donc les points A(−1 ; −3) et B(1 ; 1) appartiennent à D.

Cas particuliers

• On a $f(x) = b$.
La fonction f est constante, sa représentation graphique est une droite d'équation : **y = b.** Cette droite est **parallèle à l'axe des abscisses.**
• On a $f(x) = ax$.
La fonction f est linéaire, sa représentation graphique est une droite d'équation : **y = ax,** qui passe par l'**origine du repère.**

Je m'entraîne

➤ Question 7

Quelle fonction affine est représentée par la droite (*d*) ?

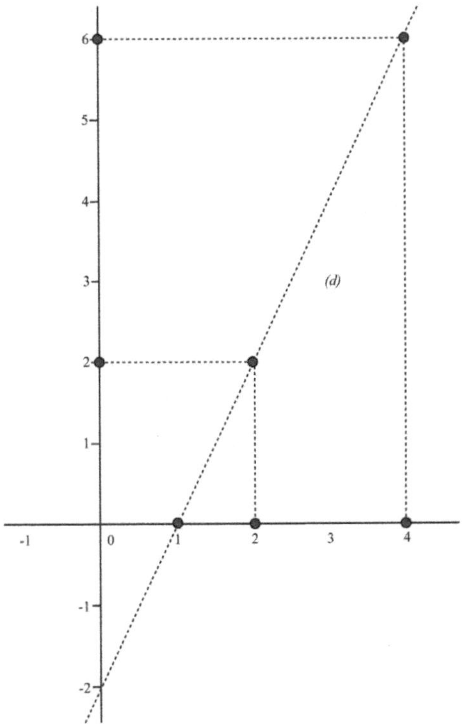

Cocher la réponse exacte.

❍ a) $y = 2x$

❍ b) $y = 4x - 2$

❍ c) $y = 2x - 2$

➤ Question 8

Quel est le coefficient directeur de la droite (d) ?

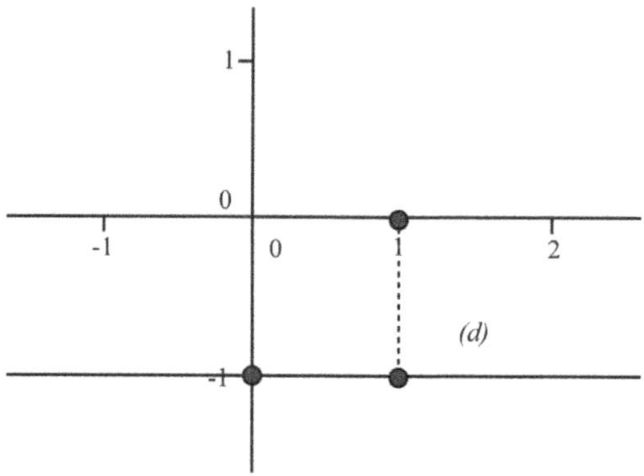

Cocher la réponse exacte.

❍ a) $m = 0$

❍ b) $m = -1$

❍ c) $m = 1$

➤ Question 9

Cette droite représente-t-elle la fonction affine $y = \frac{2}{3}x + 1$?

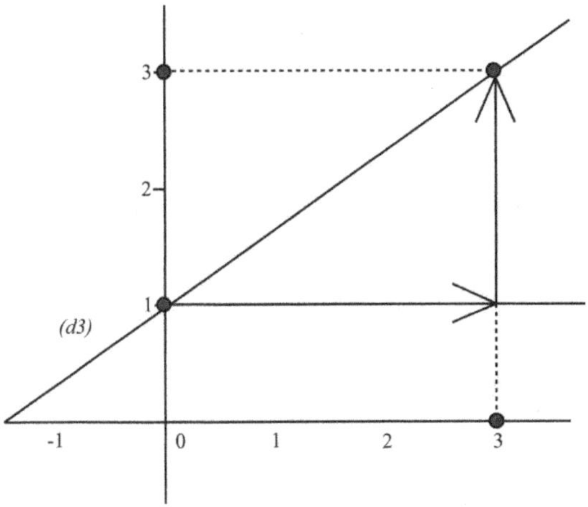

Cocher la réponse exacte.

❍ a) oui

❍ b) non

➤ Question 10

Quel tableau de valeurs correspond à une fonction affine ?

Cocher la réponse exacte.

❍ a)

x	0	1	2
$f(x)$	3	5	6

❍ b)

x	0	1	2
$g(x)$	3	5	7

❍ c)

x	0	1	2
$h(x)$	3	5	8

Comprendre la notion de probabilité

Je m'évalue

➤ Question 11

On a lancé cinquante fois de suite un dé parfaitement équilibré à six faces, numérotées de 1 à 6. Le tableau indique la répartition des résultats.

Faces	1	2	3	4	5	6
Nombre de lancers	5	11	10	9	6	9

Complète par le nombre manquant.
Si on lance le dé une 51e fois, il y aura une chance sur .... d'obtenir un 3.

Je révise

Probabilité

On peut renouveler plusieurs fois la même expérience aléatoire.
La fréquence de réalisation d'un événement est égale au rapport du nombre de fois où l'événement se produit sur le nombre de fois où l'expérience est réalisée.
Sur un petit nombre d'expériences, cette fréquence peut beaucoup varier.
En revanche, si on renouvelle l'expérience un très grand nombre de fois, on voit cette fréquence qui variait beaucoup se stabiliser autour d'une valeur.

Cette valeur est la probabilité de l'événement étudié.

Le calcul des probabilités se propose de déterminer cette fréquence théorique, sans répéter plusieurs fois l'expérience.

La détermination des probabilités est parfois assez intuitive.

Exemple

On considère la roue suivante :

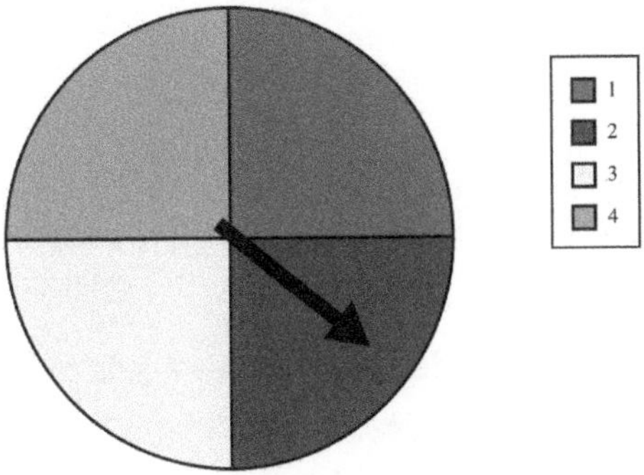

Quelle est la probabilité de « tomber » sur la couleur 2 ?

On peut répondre que l'on a une chance sur quatre, c'est-à-dire : $\frac{1}{4}$ = 0,25 = 25 %.

Cela suppose quand même que la roue soit bien équilibrée et que chaque secteur soit bien identique. On dit alors qu'il y a **équiprobabilité**.

Équiprobabilité

Lorsque les événements élémentaires d'une même expérience aléatoire ont des probabilités égales, on dit qu'il y a équiprobabilité.

Exemple

On lance une pièce de monnaie.

Si la pièce n'est pas truquée, les événements « obtenir pile » et « obtenir face » ont tous deux des probabilités égales à $\frac{1}{2}$.

Ils sont donc équiprobables.

Je m'entraîne

➤ Question 12

Complète les phrases par les nombres manquants.

La probabilité de réussite d'un événement est un nombre compris entre .... et ....

L'événement certain a une probabilité égale à .... et l'événement impossible une probabilité égale à ....

Si la probabilité de réussite d'un événement est égale à p, la probabilité de son échec est égale à ....

➤ Question 13

Une urne contient deux boules rouges et deux noires, indiscernables au toucher. On tire une boule au hasard, on la remet puis on en tire une seconde.

Si la première boule obtenue est une boule rouge, la probabilité d'obtenir encore une boule rouge au second tirage est :

Cocher la réponse exacte.

❍ a) égale.

❍ b) inférieure.

❍ c) supérieure.

➤ Question 14

Une urne contient 5 boules rouges, 4 boules bleues et 3 boules vertes, indiscernables au toucher. On tire une première boule au hasard et sans la remettre, on en tire une seconde. Si au premier tirage la boule n'est pas rouge, la probabilité d'obtenir une boule rouge au second tirage est :

Cocher la réponse exacte.

❍ a) égale.
❍ b) inférieure.
❍ c) supérieure.

➤ Question 15

Une urne contient 5 boules rouges, 4 boules bleues et 3 boules vertes, indiscernables au toucher. On tire une première boule au hasard et sans la remettre, on en tire une seconde. Si au premier tirage la boule est rouge, la probabilité d'obtenir une boule rouge au second tirage est :

Cocher la réponse exacte.

❍ a) égale.
❍ b) inférieure.
❍ c) supérieure.

Calculer des probabilités

Je m'évalue

➤ Question 16

Le jeu d'osselets existe depuis l'Antiquité. Il est composé de cinq osselets de quatre faces chacun : dos, creux, I et S. Les probabilités d'obtenir dos ou creux sont égales à $\frac{3}{8}$.

Quelle est la probabilité d'obtenir I ou S, sachant que les deux probabilités sont égales ?

Cocher la réponse exacte.

❍ a) $\frac{1}{4}$

❍ b) $\frac{1}{6}$

❍ c) $\frac{1}{8}$

Je révise

Formule de Laplace

Si les résultats de l'expérience ont la même « chance » d'aboutir (c'est-à-dire dans une situation d'équiprobabilité), alors la probabilité d'un événement A est noté p(A) et correspond au rapport :

$$p(A) = \frac{Nombre\ d'issues\ favorables}{Nombres\ d'issues\ possibles}$$

Exemple

• **Énoncé**

On jette un dé équilibré à six faces, on regarde la face supérieure du dé.
Quelle est la probabilité d'obtenir un numéro pair ?

• **Solution**

On dit dans l'énoncé que le dé est équilibré, donc on est dans une situation d'équiprobabilité.
On note A l'événement « Obtenir un numéro pair ».
Le nombre d'issues favorables est égal à 3 (lorsque la face supérieure indique les numéros 2, 4 ou 6).
Le nombre d'issues possibles est égal à 6 (puisque l'on a six faces).
D'après la formule de Laplace, on a :

$$p(A) = \frac{Nombre\ d'issues\ favorables}{Nombres\ d'issues\ possibles} = \frac{3}{6} = \frac{1}{2}$$

Donc on a une chance sur deux d'obtenir un numéro pair en jetant un dé équilibré.
On dit aussi que la probabilité est égale à 0,5, ou encore à 50 %

Cas particuliers

Considérons un événement A.
Lorsque p(A) = 0, alors l'événement est dit **impossible**.
Lorsque p(A) = 1, alors l'événement est dit **certain**.
• On lance une pièce et on considère l'événement A : « la pièce tombe sur la tranche ».
L'issue « tomber sur la tranche » ne fait pas partie des issues possibles. Donc p(A) = 0 et l'événement A est impossible.
• On lance un dé et on considère l'événement B : « la face supérieure du dé est un nombre inférieur ou égal à 6 ».
Toutes les issues possibles sont des issues favorables à l'événement B. On a donc $P(B) = 1$ et l'événement B est certain.

Propriétés

Si A est un événement d'une expérience aléatoire, on a $0 \leq p(A) \leq 1$.
La somme des probabilités de tous les événements élémentaires constitués à partir des issues d'une expérience aléatoire est égale à 1.

Exemple

Lorsqu'on lance une pièce équilibrée, la probabilité d'obtenir « pile » est égale à 0,5 (1 chance sur 2).
La probabilité d'obtenir « face » est aussi égale à 0,5.
La somme des probabilités est égale à 1.

Événement contraire

Soit A un événement. On note $\overline{A}$ (lire A « barre ») l'événement contraire de A.
On a : $p(A) + p(\overline{A}) = 1$

Exemple

On lance un dé et on considère l'événement B : « la face supérieure du dé est 1 ».
L'événement contraire $\overline{B}$ de B est « la face supérieure du dé est différente de 1 ».

On a $p(B) = \frac{1}{6}$. Donc $p(\overline{B}) = 1 - \frac{1}{6} = \frac{6}{6} - \frac{1}{6} = \frac{5}{6}$.

Il y a bien 5 issues favorables : tous les nombres 2, 3, 4, 5, 6 parmi les 6 issues possibles.
La probabilité de l'événement « la face supérieure du dé est différente de » est égale à 5/6.
(On peut dire aussi que l'on a 5 chances sur 6 d'obtenir un numéro différent de 1 en lançant un dé équilibré).

Je m'entraîne

➤ Question 17

Un jeu de 32 cartes comporte 4 couleurs : cœur, carreau, trèfle, pique. Dans chaque couleur il y a un as, un roi, une dame, un valet, un 10, un 9, un 8 et un 7.

On tire une carte au hasard.

Quelle est la probabilité d'obtenir un valet ?

Cocher la réponse exacte.

❍ a) $\frac{1}{32}$

❍ b) $\frac{1}{8}$

❍ c) $\frac{1}{4}$

➤ Question 18

Un jeu de 32 cartes comporte 4 couleurs : cœur, carreau, trèfle, pique. Dans chaque couleur il y a un as, un roi, une dame, un valet, un 10, un 9, un 8 et un 7.

On tire une carte au hasard.

Quelle est la probabilité d'obtenir un cœur ou un as ?

Cocher la réponse exacte.

❍ a) $\frac{3}{8}$

❍ b) $\frac{1}{4}$

❍ c) $\frac{11}{32}$

➤ Question 19

Dans une urne il y a 12 boules noires, 4 boules jaunes et des boules bleues. On tire une boule au hasard. La probabilité d'obtenir une boule bleue est égale à $\frac{1}{5}$.

Combien y a-t-il de boules bleues dans l'urne ?

Cocher la réponse exacte.

❍ a) 2
❍ b) 4
❍ c) 5

➤ Question 20

Soit l'arbre des probabilités de deux expériences consécutives.
Quelle est la probabilité d'obtenir le couple (F ; E) ?

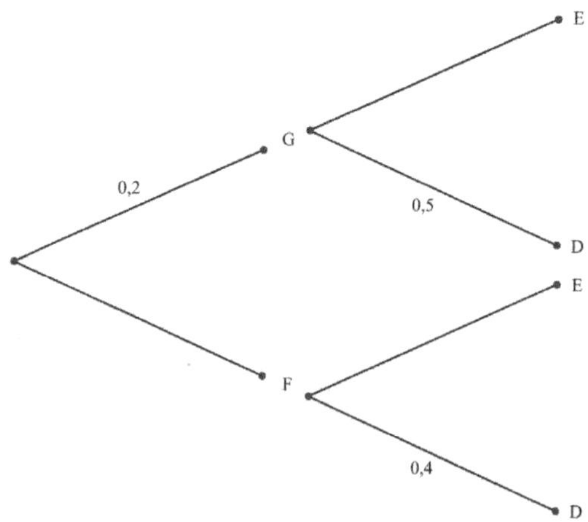

Cocher la réponse exacte.
❍ a) 0,32
❍ b) 0,48
❍ c) 0,7

Calculer une médiane

Je m'évalue

➤ Question 21

Un élève a eu les notes suivantes : 6 ; 6 ; 9 ; 11 ; 12 ; 12 ; 14. Quelle est la médiane de ses notes ?

Cocher la réponse exacte.
❍ a) 10
❍ b) 11
❍ c) 12

Je révise

Définition

La médiane est une valeur qui partage une série stastistique en **deux parties** de **même effectif**, lorsque les valeurs sont rangées par ordre croissant.
Le tableau ci-dessous donne la distance domicile-collège pour 18 élèves.

Distance (km)	1	2	3	4
Effectif	6	6	3	3
Effectif cumulé	6	12	15	18

Résolution numérique

Ce tableau correspond à la série :

$\underbrace{111111222}_{9\text{valeurs}}\underbrace{222333444}_{9\text{valeurs}}$

La valeur 2 km en est la **médiane** : elle partage les valeurs rangées par ordre croissant des salariés en **deux groupes égaux.**

Résolution graphique

La médiane peut aussi être déterminée, au moyen du **diagramme des effectifs cumulés.**

on cherche la valeur correspondant à la moitié de l'effectif total (ici : $\frac{18}{2}$ = 9).

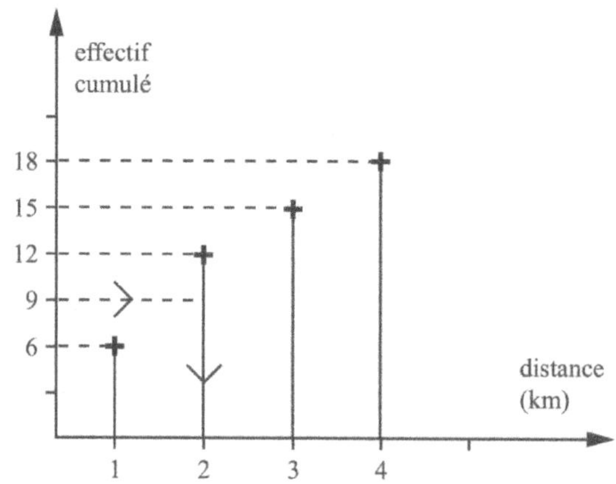

Je m'entraîne

➤ Question 22

Vrai ou faux ?

1. La médiane d'une série de 75 notes rangées par ordre croissant est la 38ᵉ note.

Cocher la réponse exacte.

❍ a) vrai

❍ b) faux

2. La médiane d'une série de notes n'est pas toujours l'une des notes de la série.

Cocher la réponse exacte.

❍ a) vrai

❍ b) faux

3

Note	3	4,5	6	7,8	9
Effectif	2	3	1	2	1

La note médiane est 6.

Cocher la réponse exacte.

❍ a) vrai

❍ b) faux

➤ Question 23

Vrai ou faux ?

1. La médiane d'une série statistique n'est jamais égale à sa moyenne.

Cocher la réponse exacte.

❍ a) vrai

❍ b) faux

2. La médiane d'une série statistique de 43 notes rangées dans l'ordre croissant est la 22e note.

Cocher la réponse exacte.
❍ a) vrai
❍ b) faux

➤ Question 24
Soit un groupe de 19 élèves.
Les notes obtenues lors d'un test sont regroupées dans un tableau :

Note	6	7	8	9	11	12	13	15
Effectif	3	3	2	3	2	3	2	1

Calcule la médiane de cette série de notes.
Réponse : ....

➤ Question 25
Voici le diagramme des effectifs cumulés correspondant à une série de notes.

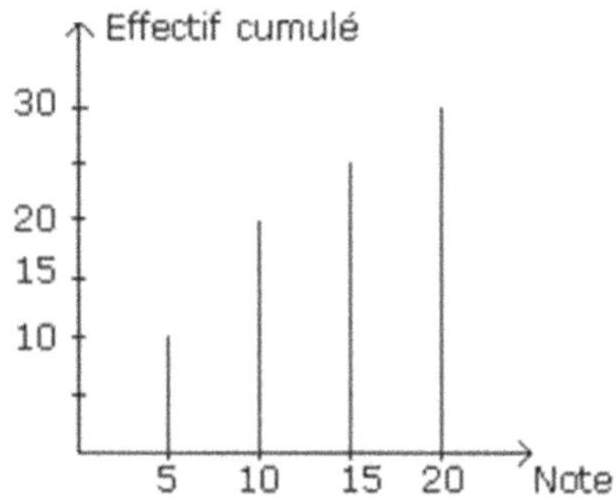

Détermine la médiane.
La valeur de la médiane est : ....

Déterminer si un nombre est premier

Je m'évalue

➤ Question 26

Vrai ou faux ?

Le nombre 51 est divisible par 3.

Cocher la réponse exacte.

❍ a) vrai

❍ b) faux

Je révise

Divisibilité

Soit a et b deux nombres entiers naturels.
On dit que b est un **diviseur** de a s'il existe un nombre entier naturel q tel que $a = b \times q$.
On dit aussi que a est un **multiple** de b, ou que a est **divisible** par b.
Exemple : 72 est divisible par 8 (et par 9) car $72 = 8 \times 9$.

Nombres premiers

Un nombre entier naturel (supérieur ou égal à 2) est un **nombre premier** s'il admet exactement **2 diviseurs** : 1 et lui-même.
Exemple : 2, 3, 5, 7, 11, 13, 17, 19 … sont des nombres premiers. Il en existe une infinité.

Remarque

Pour déterminer si un nombre entier naturel $n \geq 2$ est un nombre premier, on doit chercher un diviseur de n parmi les nombres premiers successifs (2, 3, 5, 7, 11 …) jusqu'à la valeur $\sqrt{n}$.

En effet, si n n'admet aucun diviseur parmi les nombres premiers successifs jusqu'à la valeur $\sqrt{n}$, il n'en admettra pas non plus entre $\sqrt{n}$ et n car les diviseurs d'un nombre vont par paires : l'un compris entre 2 et $\sqrt{n}$, et l'autre compris entre $\sqrt{n}$ et n.

Si n n'admet aucun diviseur parmi les nombres premiers successifs jusqu'à la valeur $\sqrt{n}$, c'est donc un nombre premier.

Crible d'Ératosthène

Dans le crible d'Ératosthène, qui contient les nombres de 1 à 100, on a rayé successivement les multiples de 2, ceux de 3, ceux de 5 et ceux de 7 ($11^2 > 100$), pour obtenir la liste des nombres premiers inférieurs à 100.
1 est considéré comme n'étant pas un nombre premier.

~~1~~	**2**	**3**	~~4~~	**5**	~~6~~	**7**	~~8~~	9	10
11	~~12~~	**13**	~~14~~	~~15~~	~~16~~	**17**	~~18~~	**19**	~~20~~
~~21~~	~~22~~	**23**	~~24~~	~~25~~	~~26~~	~~27~~	~~28~~	**29**	~~30~~
31	~~32~~	~~33~~	~~34~~	~~35~~	~~36~~	**37**	~~38~~	~~39~~	~~40~~
41	~~42~~	**43**	~~44~~	~~45~~	~~46~~	**47**	~~48~~	~~49~~	~~50~~
~~51~~	~~52~~	**53**	~~54~~	~~55~~	~~56~~	~~57~~	~~58~~	**59**	~~60~~
61	~~62~~	~~63~~	~~64~~	~~65~~	~~66~~	**67**	~~68~~	~~69~~	~~70~~
71	~~72~~	**73**	~~74~~	~~75~~	~~76~~	~~77~~	~~78~~	**79**	~~80~~
~~81~~	~~82~~	**83**	~~84~~	~~85~~	~~86~~	~~87~~	~~88~~	**89**	~~90~~
~~91~~	~~92~~	~~93~~	~~94~~	~~95~~	~~96~~	**97**	~~98~~	~~99~~	~~100~~

Je m'entraîne

➤ Question 27

Vrai ou faux ?

1. Le nombre 37 est un nombre premier.

Cocher la réponse exacte.

❍ a) vrai

❍ b) faux

2. Le nombre 91 est un nombre premier.

Cocher la réponse exacte.

❍ a) vrai

❍ b) faux

➤ Question 28

Parmi les nombres suivants, lequel est un nombre premier ?

Cocher la réponse exacte.

❍ a) 813

❍ b) 821

❍ c) 837

➤ Question 29

Vrai ou faux ?

Le nombre 991 est un nombre premier.

Cocher la réponse exacte.

❍ a) vrai

❍ b) faux

Rendre irréductible une fraction

Je m'évalue

➤ Question 30

Vrai ou faux ?

Les nombres 21 et 39 n'ont aucun diviseur commun autre que 1.

Cocher la réponse exacte.

❍ a) vrai

❍ b) faux

Je révise

Définition

Une fraction est **irréductible** lorsque son numérateur et son dénominateur n'ont aucun diviseur commun (autre que 1).

Pour rendre irréductible une fraction, on simplifie le numérateur et le dénominateur par leur(s) diviseur(s) commun(s). Pour cela, on peut utiliser la décomposition en produits de facteurs premiers du numérateur et du dénominateur.

Exemples

Exemple 1

Rendre irréductible la fraction $\frac{68}{51}$.

On décompose 68 et 51 en produits de facteurs premiers.

$68 = 2 \times 34 = 2 \times 2 \times 17 = 2^2 \times 17$ et $51 = 3 \times 17$.

On a donc $\frac{68}{51} = \frac{2^2 \times 17}{3 \times 17} = \frac{4}{3}$, qui est une fraction irréductible.

Exemple 2

La fraction $\frac{67}{15}$ est-elle irréductible ?

$15 = 3 \times 5$ et on remarque que 67 n'est divisible ni par 3, ni par 5.

Les nombres 15 et 67 n'ont donc aucun diviseur commun autre que 1, donc la fraction $\frac{67}{15}$ est irréductible.

Exemple 3

La fraction $\frac{216}{126}$ est-elle irréductible ? Si ce n'est pas le cas, la rendre irréductible en détaillant les calculs.

216 et 126 sont divisibles par 2 donc la fraction n'est pas irréductible.
On décompose 216 et 126 en produits de facteurs premiers.
$216 = 2 \times 108 = 2 \times 2 \times 54 = 2 \times 2 \times 2 \times 27 = 2 \times 2 \times 2 \times 3 \times 9 = 2 \times 2 \times 2 \times 3 \times 3 \times 3$ $= 2^3 \times 3^3$.
$126 = 2 \times 63 = 2 \times 3 \times 21 = 2 \times 3 \times 3 \times 7 = 2 \times 3^2 \times 7$.

On a donc $\frac{216}{126} = \frac{2^3 \times 3^3}{2 \times 3^2 \times 7} = \frac{2 \times 3^2 \times 2^2 \times 3}{2 \times 3^2 \times 7} = \frac{2^2 \times 3}{7} = \frac{12}{7}$ qui est une fraction irréductible.

Je m'entraîne

➤ Question 31

Vrai ou faux ?

1. La fraction $\frac{15}{52}$ est irréductible.

Cocher la réponse exacte.

❍ a) vrai

❍ b) faux

2. La fraction $\frac{99}{132}$ est irréductible.

Cocher la réponse exacte.

❍ a) vrai

❍ b) faux

➤ Question 32

Écris la fraction $\frac{170}{238}$ sous la forme d'une fraction irréductible.

La fraction $\frac{a}{b}$ sera notée a / b.

$\frac{170}{238}$ = ... / ....

➤ Question 33

Parmi ces propositions, quelle est la forme irréductible de la fraction $\frac{682}{352}$?

Cocher la réponse exacte.

❍ a) $\frac{341}{176}$

❍ b) $\frac{31}{16}$

❍ c) $\frac{682}{352}$

Développer en utilisant la double distributivité

Je m'évalue

➤ Question 34

Quelle est la forme développée de $(x-1)^2$?

Cocher la réponse exacte.

❍ a) $(x-1)(x+1)$
❍ b) x^2-2x+1
❍ c) x^2+2x+1

➤ Question 35

Quelle est l'expression développée et réduite de A = $(x+3)(x-1)$?

Cocher la réponse exacte.

❍ a) x^2-2x+3
❍ b) x^2+2x+3
❍ c) x^2+2x-3

➤ Question 36

Quelle est l'expression développée et réduite de B = $(2x+1)(x-5)$?

Cocher la réponse exacte.

❍ a) x^2-4x-5
❍ b) $2x^2-9x-5$
❍ c) $2x^2-4x-5$

➤ Question 37

Vrais ou faux ?
L'expression développée et réduite de C = $(3x-2)(5x+3)$ est $15x^2+19x-6$.

Cocher la réponse exacte.

❍ a) vrai
❍ b) faux

➤ Question 38

Quelle est l'expression développée et réduite de D = $(x + 3)(2x + 4) - 2(5x + 6)$?

Cocher la réponse exacte.

❍ a) $2x^2$
❍ b) $2x^2 + 20x + 24$
❍ c) $2x^2 + 24$

Je révise

Règles

Distributivité simple

La multiplication est distributive par rapport à l'addition, c'est-à-dire que :
$k \times (a + b) = k \times a + k \times b$ pour tous les nombres k, a et b.

Double distributivité

De même, en appliquant la formule de distributivité simple deux fois, on a :
$(a + b)(c + d) = a \times c + a \times d + b \times c + b \times d = ac + ad + bc + bd$ pour tous les nombres a, b, c et d.

Remarque

Ces formules peuvent être utilisées pour **développer**, c'est-à-dire **transformer un produit en somme**, et pour **factoriser**, c'est-à-dire **transformer une somme en produit**.

Exemples

A = $(2 + x)(4x - 3)$

On **distribue** la multiplication par 2, puis par x.

A = $2 \times 4x + 2 \times (-3) + x \times 4x + x \times (-3)$

On **simplifie** l'écriture des termes de A.

A = $8x - 6 + 4x^2 - 3x$

On **réduit** l'expression en regroupant les termes « semblables », et on **ordonne** l'expression.

A = $4x^2 + 5x - 6$

$B = 1 - (4 + x)(x - 2)$
On développe $(4 + x)(x - 2)$ en écrivant le résultat entre parenthèses car il y a un « – » devant.
$B = 1 - (4 \times x - 4 \times 2 + x \times x - x \times 2)$
On **simplifie** l'écriture des termes à l'intérieur de la parenthèse
$B = 1 - (4x - 8 + x^2 - 2x)$
On **réduit** et on **ordonne** l'expression entre parenthèses
$B = 1 - (x^2 + 2x - 8)$
On supprime la parenthèse, en changeant le signe des termes entre parenthèses car il y un « – » devant.
$B = 1 - x^2 - 2x + 8$
On **réduit** et on **ordonne** l'expression
$B = -x^2 - 2x + 9$

Je m'entraîne

➤ Question 39
Quelle est l'expression développée et réduite de $A = (x + 3)(x - 1)$?

Cocher la réponse exacte.
❍ a) $x^2 - 2x + 3$
❍ b) $x^2 + 2x + 3$
❍ c) $x^2 + 2x - 3$

➤ Question 40
Quelle est l'expression développée et réduite de $B = (2x + 1)(x - 5)$?

Cocher la réponse exacte.
❍ a) $x^2 - 4x - 5$
❍ b) $2x^2 - 9x - 5$
❍ c) $2x^2 - 4x - 5$

➤ Question 41

Vrai ou faux ?

L'expression développée et réduite de C = $(3x - 2)(5x + 3)$ est $15x^2 + 19x - 6$.

Cocher la réponse exacte.

❍ a) vrai

❍ b) faux

➤ Question 42

Quelle est l'expression développée et réduite de D = $(x + 3)(2x + 4) - 2(5x + 6)$?

Cocher la réponse exacte.

❍ a) $2x^2$

❍ b) $2x^2 + 20x + 24$

❍ c) $2x^2 + 24$

Résoudre une équation à une inconnue

Je m'évalue

➤ Question 43

Quelle est la solution de l'équation du premier degré à une inconnue $2x + 5 = x - 1$?

Cocher la réponse exacte.

❍ a) 4

❍ b) −4

❍ c) −6

Je révise

Trois cousins, Zoé, Luc et Serge ont à eux trois 60 ans.

Quel est l'âge de chacun, sachant que Luc a le triple de l'âge de Zoé et que Serge a dix ans de moins que Luc ?

Choix de l'inconnue

Appelons x l'âge de Zoé.

On peut exprimer les âges des deux autres cousins en fonction de x.

– Luc a le triple de l'âge de Zoé, donc l'âge de Luc est **3x.**

– Serge a dix ans de moins que Luc, donc l'âge de Serge est **(3x – 10).**

Mise en équation

On sait par ailleurs que la somme des âges des 3 cousins est de 60 ans.

Donc : **x + 3x + (3x – 10) = 60.**

Résolution de l'équation

$x + 3x + 3x - 10$	$= 60$
$7x - 10$	$= 60$
$7x$	$= 70$
x	$= 10$

Réponse à la question

Zoé a **10 ans ;**

Luc a 3 × 10 ans, soit **30 ans**

et Serge a (30 – 10) ans, soit **20 ans.**

Je m'entraîne

➤ Question 44

On veut trouver trois nombres entiers consécutifs dont la somme est 135.

Écris l'équation qui te permet de répondre au problème, puis résous-là.

1. Soit x le plus petit de ces entiers, l'équation correspondant à l'énoncé est la suivante :

.... + (.......... + 1) + (.......... + ...) = ...

2. Déduis-en la valeur…
– du plus petit nombre : .... ;
– des deux autres (dans l'ordre croissant) : .... ; ....

➤ Question 45

Pauline a payé un cédérom 29 € avec 13 pièces, les unes de 1 €, les autres de 5 €.
Combien avait-elle de pièces de 1 € et de pièces de 5 € ? Complète le raisonnement.

1. Si on appelle x le nombre de pièces de 1 €, alors le nombre de pièces de 5 € est la différence :
(.......... − ....).

2. L'équation correspondant à l'énoncé est :
.... + ... (.......... − ....) = ...
D'où $4x$ = ... et x = ...

3. Pauline avait donc .... pièces de 1 € et .... pièces de 5 €.

➤ Question 46

Complète les réponses suivantes.

1. Un rectangle dont la longueur mesure 4 cm de plus que sa largeur a pour périmètre 20 cm. Quelles sont ses dimensions ?
Si x est la largeur, l'équation s'écrit :
.... = 2(.......... + 4 + ...).
Sa longueur est donc .... cm et sa largeur .... cm.

2. Plusieurs enfants se groupent pour faire un cadeau à un ami. Si chacun verse 18 €, il manque 8 €. Si chacun verse 20 €, il reste 10 €. Combien de personnes participent au cadeau ?
Si x est le nombre de personnes, l'équation s'écrit :
..........x + ... = ...x − ....
Il y a donc .... personnes.

➤ Question 47

Jean a payé un discman 73 € avec 26 pièces, les unes de 2 €, les autres de 5 €.
Combien avait-il de pièces de 2 € et de pièces de 5 € ?
Complète le raisonnement.
On appelle x le nombre de pièces de 2 € : ....x + ...(.......... − x) = ... d'où x = ...
Jean avait donc .... pièces de 2 € et .... pièces de 5 €.

➤ Question 48

Sur la figure ci-contre, ABEF et BCDE sont des rectangles. On donne AC = 4 et CD = 1,3.

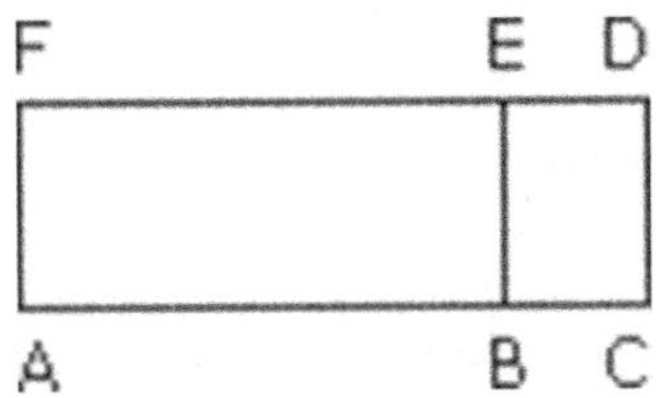

Quelle doit être la mesure de BC pour que le périmètre du rectangle BCDE soit la moitié de celui du rectangle ABEF ?
On pose BC = x. Complète en utilisant le signe / pour la barre de fraction.
L'équation qui traduit le problème est : ....(x + ...) = ...[2(.......... − x + ...)].
On a donc BC = ...

Résoudre une inéquation à une inconnue

Je m'évalue

➤ Question 49

Quelles sont les solutions de l'inéquation du premier degré à une inconnue $-8x < -16$?

Cocher la réponse exacte.

❍ a) Les nombres x tels que $x > 2$

❍ b) Les nombres x tels que $x < 2$

❍ c) Les nombres x tels que $x < -2$

Je révise

Résolvons l'inéquation : $-8x - 5 \leq 3$.

• On **transpose le nombre 5** d'un membre à l'autre de l'inégalité, en ajoutant son opposé (+5) aux deux membres.

$-8x \leq 3 + 5$ ou $-8x \leq 8$

• Pour **isoler** $\boldsymbol{x}$**,** on divise par 8 les deux membres de l'inégalité.

On obtient : $-x \leq 1$.

• Pour **obtenir** $\boldsymbol{x}$ **à partir de** $\boldsymbol{-x}$**,** il faut changer le sens de l'inégalité.

Donc : $\boldsymbol{x \geq -1}$**.**

• On peut **représenter l'ensemble des solutions** de l'inéquation sur une droite (partie non hachurée).

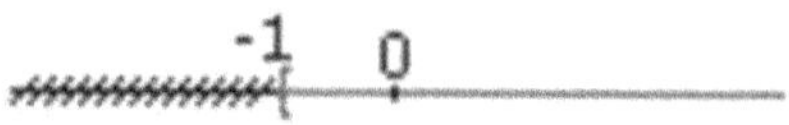

Remarque : quand l'inéquation est du type $ax + b < cx + d$, on regroupe les termes en x, d'un côté ; les termes sans x, de l'autre.

On est ramené au cas précédent.

$7x + 9 < 5 + 5x$

$7x - 5x < 5 - 9$

$x < -2$

Je m'entraîne

➤ Question 50

Simplifie l'inéquation, puis résous-la.

1. L'inéquation $4x - \frac{6}{5} < 7x$ peut s'écrire :

Cocher la réponse exacte.

❍ a) $x > \frac{2}{5}$

❍ b) $x < \frac{-2}{5}$

❍ c) $x > \frac{-18}{5}$

❍ d) $x > \frac{-2}{5}$

2. L'inéquation admet pour solutions :

Cocher la ou les réponses exactes.

❒ a) −1
❒ b) −0,4
❒ c) −0,1
❒ d) 0
❒ e) 1
❒ f) 4

➤ **Question 51**

Soit l'inégalité (I) : $x - 1 < x - 6$.

Parmi les inégalités citées ci-dessous, trouve celle qui a la même signification, pour le nombre x, que l'inégalité (I).

Cocher la réponse exacte.

❍ a) $\frac{-1}{3}x < -5$

❍ b) $\frac{2}{3}x < 10$

❍ c) $x + 1 < \frac{2}{3}x - 4$

❍ d) $x - \frac{2}{3}x < -7$

➤ **Question 52**

On considère le système d'inéquations suivant : $\begin{cases} -2x+3>5 \\ 3x+4 \geq -8 \end{cases}$

Quels sont les nombres qui sont solution de ce système, c'est-à-dire des deux inéquations en même temps ?

Cocher la ou les réponses exactes.

❒ a) −3
❒ b) 4
❒ c) −4
❒ d) −1
❒ e) −2,6

Effectuer des calculs sur des puissances de 10

Je m'évalue

➤ Question 53

$10^{-2} \times 10^{3} =$

Cocher la réponse exacte.

❍ a) 10^{-6}

❍ b) 1

❍ c) 10

Je révise

Cas d'une multiplication

On **additionne** les exposants :

$10^{2} \times 10^{3} = 10^{2+3} = 10^{5}$.

Cas d'une division

On **soustrait** les exposants :

$$\frac{10^{2}}{10^{3}} = 10^{2-3} = 10^{-1}.$$

Cas d'une puissance de puissance

On **multiplie** les exposants :

$$(10^{2})^{3} = 10^{2\times 3} = 10^{6}.$$

Je m'entraîne

➤ Question 54

Trouve le résultat.

1. $10^3 \times 10^5 =$

Cocher la réponse exacte.

❍ a) 10^{15}

❍ b) 10^8

2. $10^3 \times 10^{-5} =$

Cocher la réponse exacte.

❍ a) 10^{-15}

❍ b) 10^{-2}

3. $10^{-3} \times 10^{-5} =$

Cocher la réponse exacte.

❍ a) 10^{15}

❍ b) 10^{-8}

4. $\dfrac{1}{10^5} =$

Cocher la réponse exacte.

❍ a) 10^{-5}

❍ b) 10^5

5. $\dfrac{10^7}{10^5} =$

Cocher la réponse exacte.

❍ a) 10^{12}

❍ b) 10^2

6. $\dfrac{10^7}{10^{-5}} =$

Cocher la réponse exacte.
❍ a) 10^{12}
❍ b) 10^2

➤ Question 55
Vrai ou faux ?

1. $\dfrac{10^4}{10^{-4}}$ est égal à 1.

Cocher la réponse exacte.
❍ a) vrai
❍ b) faux

2. $\dfrac{10^3 \times 10^{-6}}{10^4}$ est égal à 10.

Cocher la réponse exacte.
❍ a) vrai
❍ b) faux

3. $\dfrac{10^6 \times 10^9}{(10^5)^3}$ est égal à 1.

Cocher la réponse exacte.
❍ a) vrai
❍ b) faux

Utiliser le théorème de Thalès

Je m'évalue

➤ Question 56

Une droite (*d*), parallèle au côté [BC] d'un triangle ABC, coupe les côtés [AB] et [AC] respectivement en I et J.
Quelle est la mesure de JC ?
AI = 2, IB = 5 et AJ = 3.

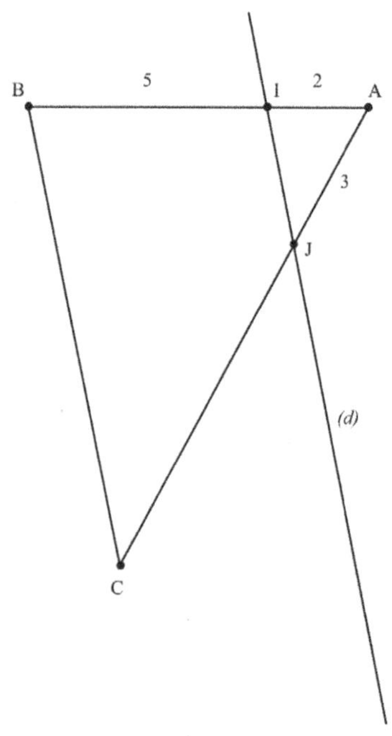

Cocher la réponse exacte.

❍ a) 6

❍ b) 7,5

❍ c) 10,5

Je révise

Le théorème de Thalès

Quand on coupe deux droites sécantes au point A par deux droites parallèles (MN) et (BC), on obtient deux triangles ABC et AMN.

Le théorème de Thalès énonce que, dans ce type de configuration, les longueurs des côtés d'un triangle sont **proportionnels** aux côtés associés de l'autre triangle.

$$\frac{AM}{AB}=\frac{AN}{AC}=\frac{MN}{BC}$$

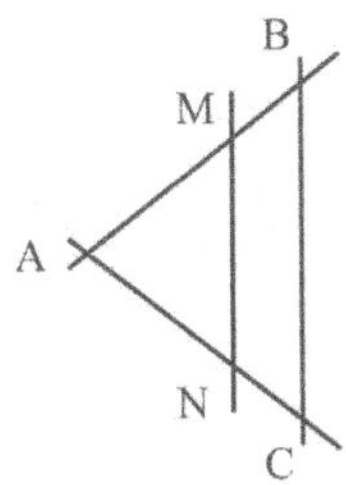

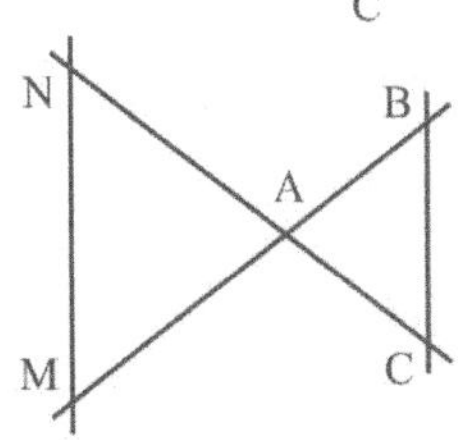

Remarques

On ne peut pas appliquer le théorème de Thalès si la figure ne comporte pas de droites **parallèles.**
Ici : (EH) // (FG).
Quand on écrit l'égalité des trois quotients, on met :
– au numérateur, un côté du premier triangle ;
– au dénominateur, le **côté associé** du second triangle.

Ici : $\dfrac{DE}{DF} = \dfrac{DH}{DG} = \dfrac{EH}{FG}$.

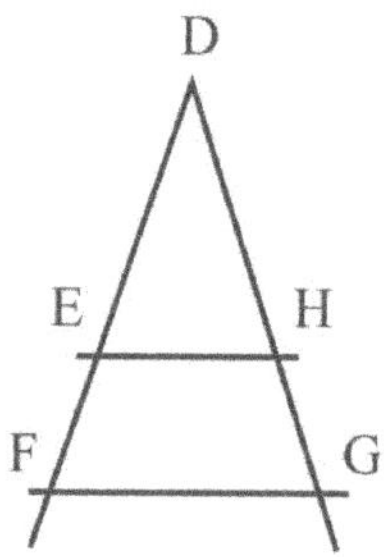

Je m'entraîne

➤ Question 57

Une droite (d), parallèle au côté [BC] d'un triangle ABC, coupe les côtés [AB] et [AC] respectivement en I et J.
AI = 4, IB = 6 et IJ = 3.
Quelle est la mesure de BC ?

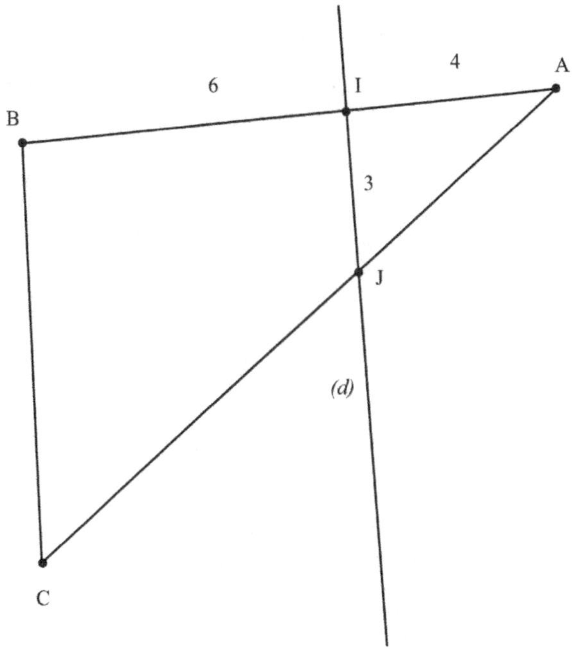

Cocher la réponse exacte.

❍ a) 5

❍ b) 7,5

❍ c) 10

➤ Question 58

Une droite (*d*) coupe les côtés [AB] et [AC] d'un triangle ABC respectivement en I et J. AI = 2, IB = 4, AJ = 3 et JC = 5. Les droites (*d*) et (BC) sont-elles parallèles ?

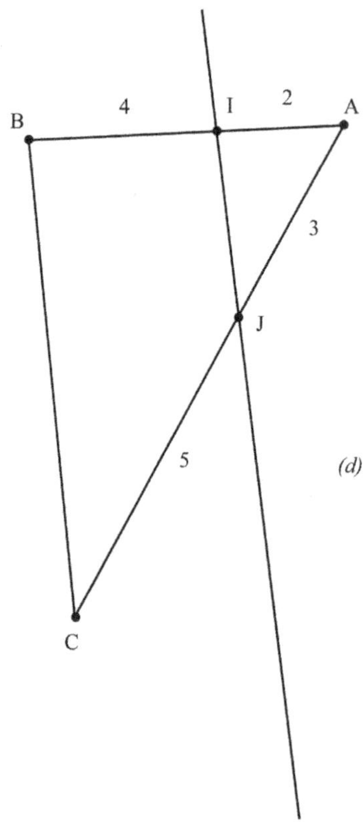

Cocher la réponse exacte.

❍ a) oui

❍ b) non

❍ c) On ne peut pas conclure.

➤ Question 59

Les triangles AOB et COD sont tels que : les droites (AB) et (CD) sont parallèles ; OA = 4, OB = 6 et OC = 9.

Quelle est la mesure de OD ?

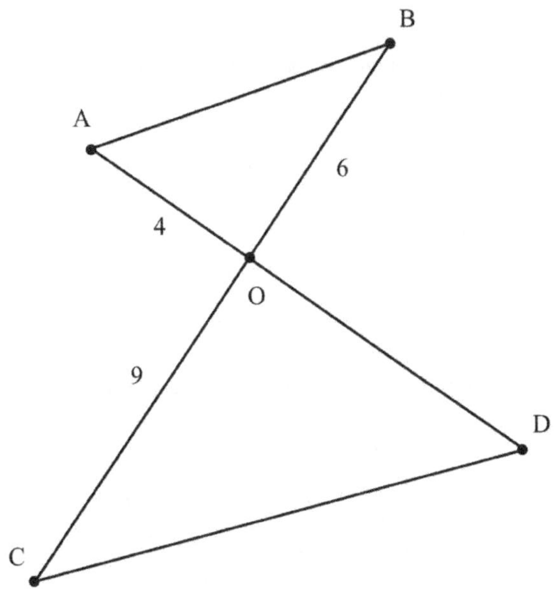

Cocher la réponse exacte.

❍ a) 5

❍ b) 6

❍ c) 13,5

Construire l'image d'une figure par une translation

Je m'évalue

➤ Question 60

Vrai ou faux ?

Pour A, B et C trois points du plan, la translation définie par les points A et B (dans cet ordre) transforme le point C en un point D du plan tel que le quadrilatère ABCD soit un parallélogramme.

Cocher la réponse exacte.

❍ a) vrai

❍ b) faux

Je révise

L'image d'une droite par une translation

- Une translation transforme une droite *d* en une droite *d'* **parallèle** à *D*.

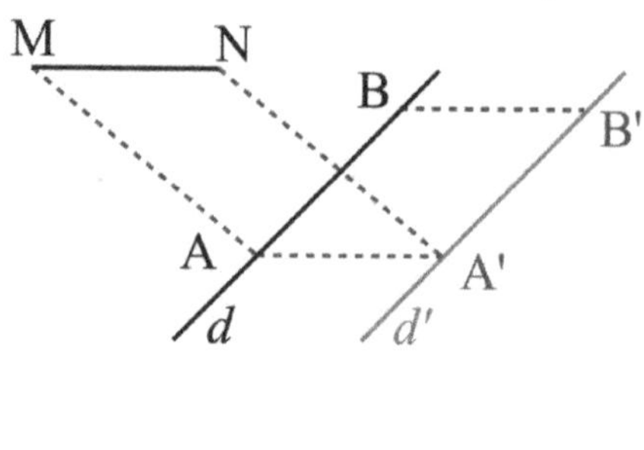

• Pour construire *d*, on peut :
– soit construire les images de deux points distincts de la droite *d* ;
– soit tracer la parallèle à *d* passant par l'image d'un point de *d*.

Autres propriétés

• Une translation conserve les **distances,** les **angles,** et les **aires.**
• L'image d'un cercle par une translation est un cercle de **même rayon.**

Je m'entraîne

➤ Question 61
On veut construire *d'*, l'image d'une droite *d* par la translation qui transforme M en N.
Complète les consignes.
1. On place un point A sur *d*.
2. On trace la .... à (MN) passant par A.
3. On place B sur cette droite tel que AB = ..., en respectant le sens du glissement.
4. *d'* est la .... à *d* passant par ....

➤ Question 62
R, T et U sont trois points non alignés.
Complète ces trois phrases.
1. L'image de R par la translation qui transforme T en U est le point S tel que RS.......... soit un parallélogramme.
2. L'image du segment [RT] par la translation qui transforme T en U est le segment [..........] et on a RT = ...
3. Par cette même translation, l'image de la droite (TS) est la droite .... qui passe par ....

➤ Question 63

N, G et F sont alignés.

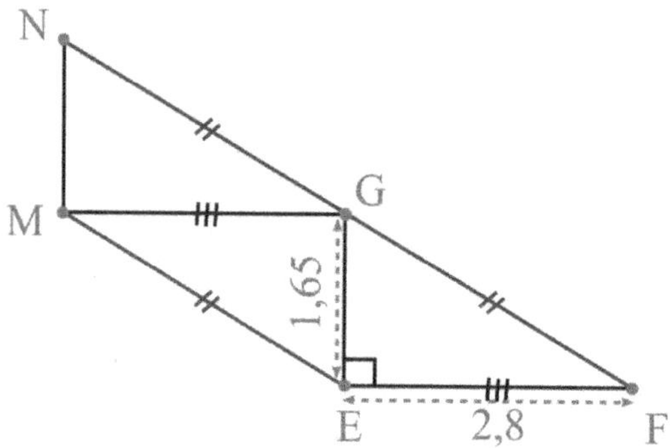

Réponds aux questions suivantes.

1. Quelle est l'image du point E par la translation qui transforme F en G ? ....
2. Quelle est l'image du point G par la translation qui transforme F en G ? ....
3. Quelle est l'image du segment [EG] par la translation qui transforme F en G ? ....
4. Combien mesure le périmètre du quadrilatère EMNF ? (Calcule d'abord GF.) .... cm.

➤ Question 64

CUB est un triangle rectangle et isocèle en U. Par la translation qui transforme U en B, C a pour image E. Quelle est la nature du quadrilatère CUBE ?

Cocher la réponse exacte.

❍ a) parallélogramme
❍ b) trapèze
❍ c) losange
❍ d) rectangle
❍ e) carré

Construire l'image d'une figure par une rotation

Je m'évalue

➤ Question 65

La figure ci-dessous montre une vue de dessus du début d'un pavage.

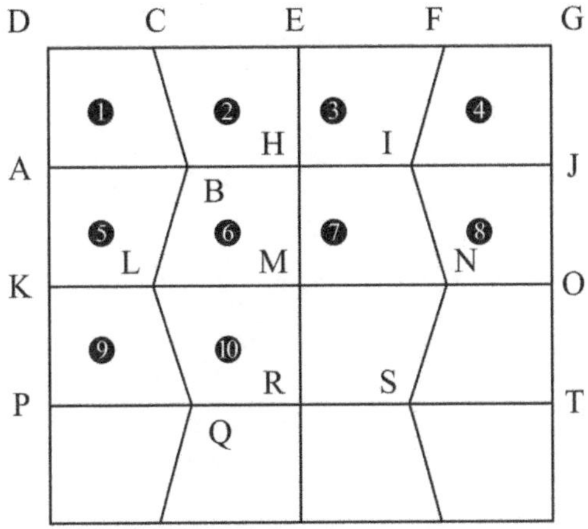

Quelle est l'image du quadrilatère 6 par la rotation de centre H et d'angle 180° (sens direct ou indirect) ?

Cocher la réponse exacte.

❍ a) le quadrilatère 2
❍ b) le quadrilatère 3
❍ c) le quadrilatère 7

Je révise

Définition d'une rotation

Une **rotation** est définie par un point O du plan et un angle orienté de mesure α (le **sens des aiguilles d'une montre** est appelé **sens direct**).

Le point A' image du point A par cette rotation est tel que OA' = OA et $\alpha = \widehat{AOA'}$, où les deux angles ont la même orientation.
Sur la figure ci-dessous, α = 75° et le sens de la rotation est le sens indirect.

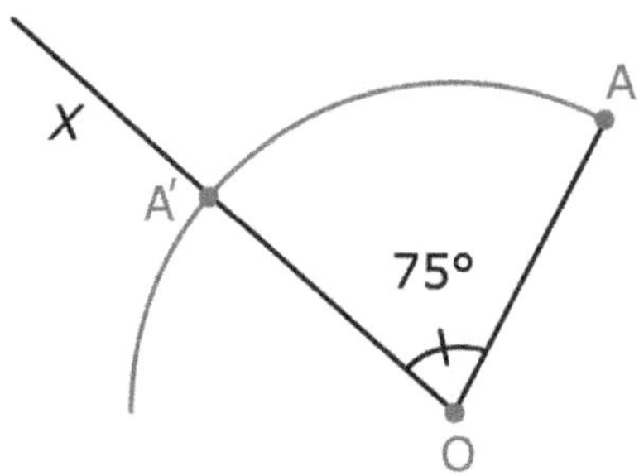

Propriétés d'une rotation

– Une rotation conserve l'alignement, les longueurs, le parallélisme, les angles et les aires .
– Par une rotation, l'image d'un cercle est un cercle de même rayon.

Construction de l'image d'une figure par une rotation

Pour construire l'image d'une figure simple par rotation, il suffit de construire l'image de chacun de ses points caractéristiques.

Exemple

A'B'C'D' est l'image de ABCD par la rotation de centre O et d'angle 90°, en sens **indirect** (le sens des aiguilles d'une montre).

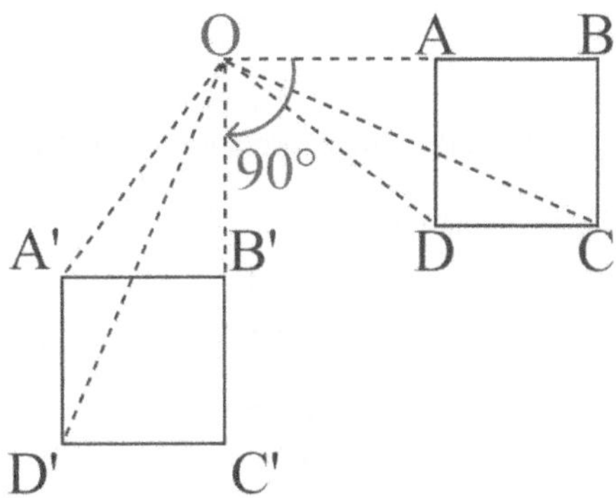

On remarque que ABCD et A'B'C'D' sont superposables.

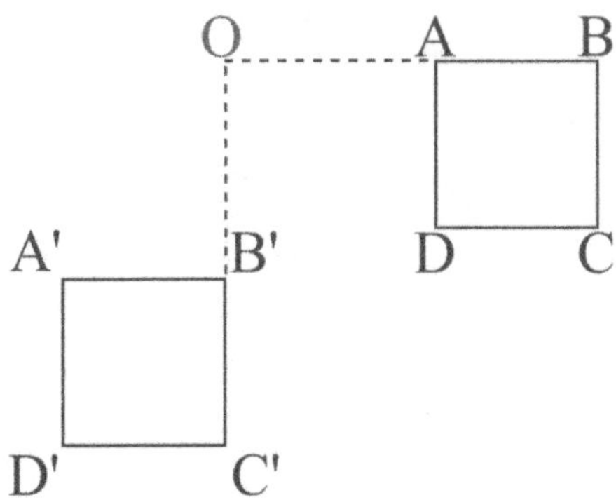

Je m'entraîne

➤ Question 66

On veut représenter F et son image par une rotation de centre I et d'angle 90°, en sens indirect.

Sélectionne la figure qui correspond :

Figure 1

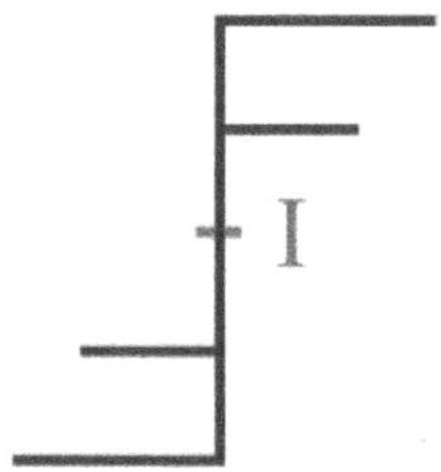

Figure 2

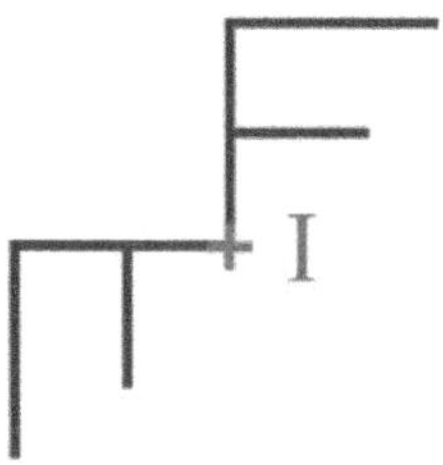

Figure 3

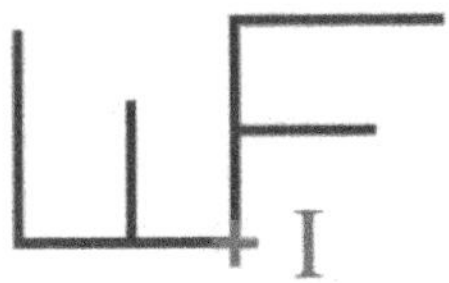

Cocher la réponse exacte.

❍ a) Figure 1

❍ b) Figure 2

❍ c) Figure 3

➤ Question 67

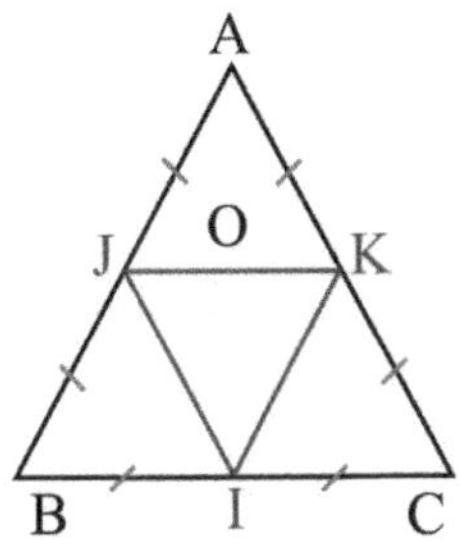

ABC est un triangle équilatéral.

I, J, K sont les milieux des côtés de ABC.

Complète la description des deux rotations suivantes.

1. Par la rotation de centre .... et d'angle ....°, IJK devient AKJ.
2. Par la rotation de centre .... et d'angle 60° en sens direct, IKJ devient I...........

➤ Question 68

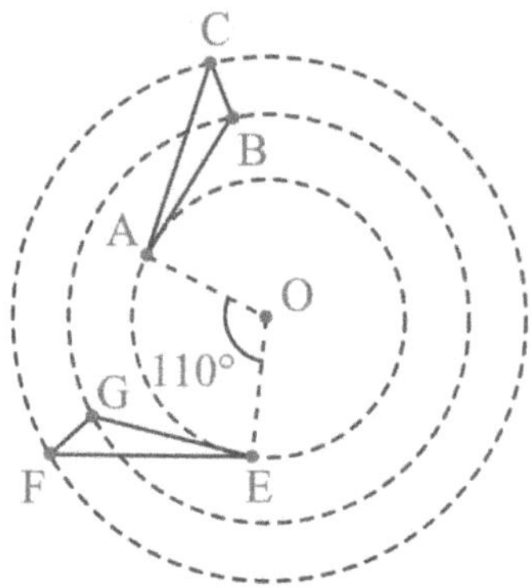

Le triangle EGF est l'image du triangle ABC par la rotation de centre O et d'angle 110° dans le sens direct.

Complète les phrases suivantes.

a. Par cette rotation de 110° dans le sens direct et de centre O :

– l'image de A est : .... ;

– l'image de B est : .... ;

– l'image de C est : .... ;

– l'image du triangle ABC est : ....

Les corrigés des tests

➤ Question 1

Réponse : **c)**

Si l'on note x la température en degré Celsius, pour exprimer la température $f(x)$ en degrés Fahrenheit :

– on multiplie le nombre de départ par 1,8 donc obtient $1{,}8x$;

– on ajoute 32 au résultat donc on obtient $f(x) = 1{,}8x + 32$.

L'expression de $f(x)$ en fonction de x est donc $f(x) = 1{,}8x + 32$.

➤ Question 2

Réponses : **1.** 1,20 (1,2, 1.2, 1.20) / 2 **2.** 3,20 (3,2, 3.2, 3.20) / 5,6 (5,60, 5.6, 5.60)

1. 2 € de prise en charge plus **1,20 € par heure** :

$f(x) = 1{,}20x + 2$.

2. Une heure commencée est due. Jean reste 45 min, mais paye pour 1 h.

$f(1) = 1{,}20 \times 1 + 2 = 3{,}20$.

$f(3) = 1{,}20 \times 3 + 2 = 5{,}60$.

➤ Question 3

Réponses : **1.** 2 / 50 **2.** 4 / 25 **3.** 5,50 (5,5, 5.50, 5.5)

1. Formule A : 50 €, **puis** 2 € **par** cassette.

$f(x) = 50 + 2x$.

2. Formule B : 25 €, **puis** 4 € **par** cassette.

$g(x) = 25 + 4x$.

3. Formule C : 5,50 € **par** cassette sans abonnement.

$h(x) = 5{,}50x$.

➤ Question 4

1. Réponse : **a)**

2. Réponse : **b)**

1. Vrai. Dans ce cas, on a : $f(x) = x + 10$.

2. Faux. Dans ce cas, on a : $f(x) = \frac{10}{100}x$, donc $f(x) = x(1 + 0{,}1)$; d'où $f(x) = 1{,}1x$.

➤ Question 5

Réponses : 1. 31,50 x + 17 (31,50 x + 17, 31,50 x+17, 31.50 x + 17, 31.50 x + 17, 31.50x+17) 2. 0,25 x + 55 (0,25 x + 55, 0,25 x + 55, 0.25 x + 55, 0.25 x + 55, 0.25x+55)

1. 31,50 € pour chaque heure *x*, plus 17 € pour le déplacement. Dans ce cas, on a : $y = 31{,}50\ x + 17$.

2. 55 € de forfait, plus 0,25 € pour chaque kilomètre parcouru *x*. Dans ce cas, on a : $y = 0{,}25\ x + 55$.

➤ Question 6

Réponse : **d)**

À partir du point (0 ; 1) il faut se déplacer d'une unité vers la droite, puis d'une unité vers le bas pour atteindre le point (1 ; 0).

Donc $m = \frac{-1}{1} = -1$.

Comme la droite coupe l'axe des ordonnées au point d'ordonnée 1, $p = 1$.

D'où : $y = -x + 1$.

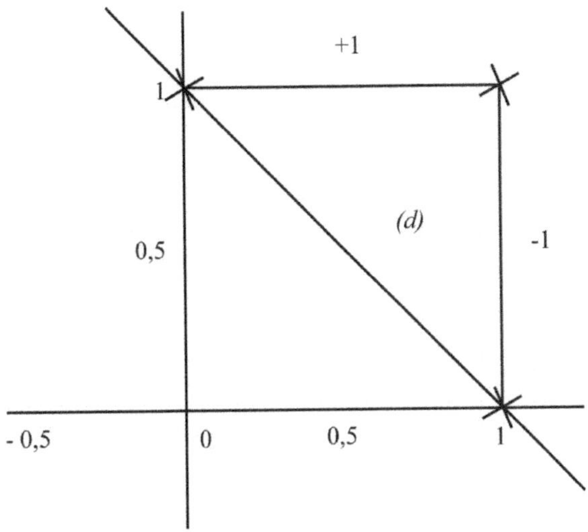

➤ Question 7

Réponse : **c)**

À partir du point (2 ; 2) il faut se déplacer de 2 unités vers la droite, puis de 4 unités vers le haut pour atteindre le point (4 ; 6).

Donc $m = \dfrac{4}{2} = 2$.

Comme la droite coupe l'axe des ordonnées au point d'ordonnée −2, $p = -2$.

D'où : $y = 2x - 2$.

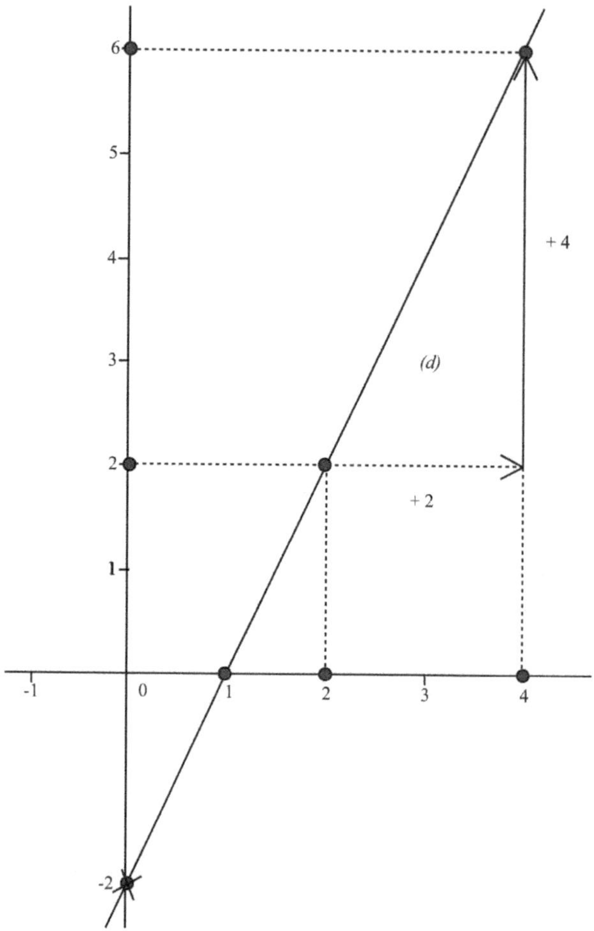
6
5
4
3
2
1
-1
0
1
2
3
4
-2
(d)
+ 4
+ 2

➤ Question 8

Réponse : **a)**

La droite (d) représente la fonction constante $y = -1$. Soit $y = 0x - 1$, d'où $m = 0$. On peut aussi penser qu'une droite horizontale a une pente nulle.

➤ Question 9

Réponse : **a)**

La droite coupe l'axe des ordonnées au point d'ordonnée 1, soit $p = 1$. Pour aller du point (0 ; 1) au point (3 ; 3) il faut se déplacer de 3 unités vers la droite et de 2 unités vers le haut, soit $m = \frac{2}{3}$.

Donc $y = \frac{2}{3}x + 1$.

➤ Question 10

Réponse : **b)**

$g(0) = 3$, la fonction affine a pour ordonnée à l'origine $p = 3$.

$m = \frac{5-3}{1-0} = \frac{2}{1} = 2$, son coefficient directeur est égal à 2.

D'où $g(x) = 2x + 3$.

Par ailleurs $g(2) = 2 \times 2 + 3 = 4 + 3 = 7$, le point (2 ; 7) appartient bien à la droite représentative de g.

➤ Question 11

Réponse : 6

Au bout des cinquante lancers on obtient la fréquence du chiffre 3 : $f = \frac{10}{50} = \frac{1}{5}$.

Le cinquante et unième lancer ne dépend aucunement des résultats précédents. Comme le dé est parfaitement équilibré, chacune des six faces a la même chance d'apparaître, soit une chance sur 6.

$p = \frac{1}{6}$.

➤ Question 12

Réponses : 0 / 1 / 1 / 0 / 1 - p (1 - p)

La probabilité de réalisation d'un événement est sa fréquence supposée à l'issue d'un très grand nombre de répétitions de l'expérience aléatoire.

Comme pour une fréquence, une probabilité est donc toujours comprise entre 0 et 1.

Un événement impossible n'a aucune chance de se réaliser. Sa probabilité est 0.

La probabilité de l'événement certain est égale à 1.

L'échec est l'événement contraire de la réussite. La somme des probabilités de ces deux événements est la probabilité de l'événement certain, soit 1.

Si la probabilité de réussite est p, la probabilité d'échec est donc $1 - p$.

➤ Question 13

Réponse : **a)**

Comme les boules sont indiscernables au toucher, chaque boule a une chance sur quatre d'être tirée. Comme il y a deux boules rouges, la chance d'obtenir une boule rouge est doublée, soit la probabilité : $p = \frac{1}{4} \times 2 = \frac{1}{2}$.

Comme il y a le même nombre total de boules et le même nombre de boules rouges à chaque tirage, les probabilités sont les mêmes.

➤ Question 14

Réponse : **c)**

Comme les boules sont indiscernables au toucher, elles ont toutes la même probabilité de sortie.

Au premier tirage, la probabilité d'obtenir une boule rouge est : $p_1 = \frac{5}{5+4+3} = \frac{5}{12}$.

Au second tirage il ne reste que 11 boules mais il y a toujours cinq boules rouges car car aucune n'a été tirée. Alors $p_2 = \frac{5}{11}$.

$\frac{5}{11} > \frac{5}{12}$. Au second tirage, la probabilité de tirer une boule rouge est supérieure.

➤ Question 15

Réponse : **b)**

Comme les boules sont indiscernables au toucher, elles ont toutes la même probabilité de sortie.

Au premier tirage, la probabilité d'obtenir une boule rouge est : $p_1 = \frac{5}{5+4+3} = \frac{5}{12}$.

Au second tirage, sans remise, la probabilité d'obtenir une boule rouge, est :

$p_2 = \frac{4}{4+4+3} = \frac{4}{11}$.

$\frac{5}{12} = 0,416\ldots$ et $\frac{4}{11} = 0,363\ldots.$

$\frac{5}{12} > \frac{4}{11}$. Au second tirage, la probabilité de tirer une boule rouge est inférieure.

➤ Question 16

Réponse : **c)**

Soit p la probabilité cherchée. La somme des probabilités pour les quatre possibilités est égale à 1.

$\frac{3}{8}\times 2+2p=1$, soit $\frac{6}{8}+2p=1$ ou $2p=1-\frac{6}{8}=\frac{2}{8}=\frac{1}{4}$.

Donc $p=\frac{1}{4}\times\frac{1}{2}=\frac{1}{8}$.

➤ Question 17

Réponse : **b)**

On admet que chaque carte a la même probabilité d'apparaître, soit une probabilité de $\frac{1}{32}$ pour chacune d'être tirée.

Il y a 4 valets dans le jeu, un par couleur. D'où la probabilité d'obtenir un valet : $p=\frac{1}{32}\times 4=\frac{4}{32}=\frac{1}{8}$.

➤ Question 18

Réponse : **c)**

$\frac{32}{4}=8$, il y a donc 8 cœurs dont un as dans le jeu. Il faut ajouter les 3 autres as pour répondre à l'événement « obtenir un cœur ou un as ».

D'où la probabilité de cet événement : $p=\frac{8+3}{32}=\frac{11}{32}$.

➤ Question 19

Réponse : **b)**

On appelle x le nombre de boules bleues contenues dans l'urne. x vérifie l'équation :

$\frac{x}{12+4+x}=\frac{1}{5}$, soit $\frac{x}{16+x}=\frac{1}{5}$.

Pour la résoudre, on écrit l'égalité des produits en croix :
$5x = 16 + x$ ou $5x - x = 16$.

Donc $4x = 16$ ou $x = \dfrac{16}{4} = 4$.

Il y a 4 boules bleues dans l'urne.

➤ Question 20

Réponse : **b)**

On complète l'arbre des probabilités, sachant que la somme des probabilités d'événements contraires est égale à 1.

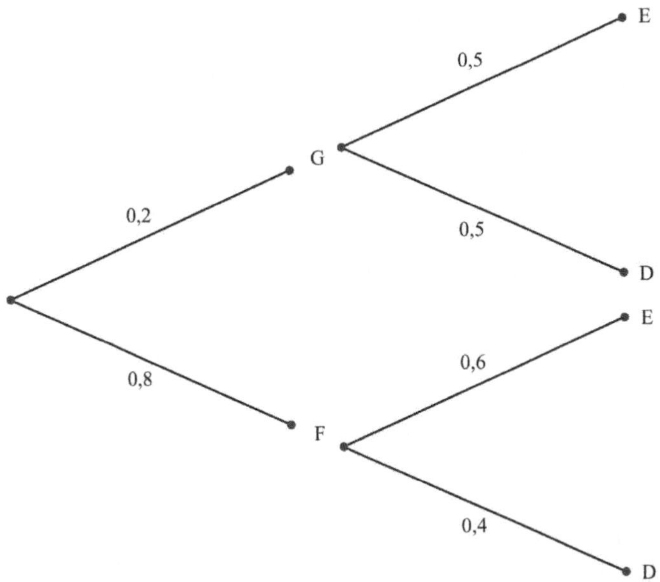

On a $p(F;E) = 0,8 \times 0,6 = 0,48$.

On retiendra : sur un arbre de probabilités, pour connaître la probabilité d'un enchaînement, on multiplie les probabilités rencontrées.

➤ Question 21

Réponse : **b)**

Les 7 notes de cet élève sont rangées par ordre croissant.

La valeur qui partage cette série stastistique en deux parties de même effectif est 11 :

– 6, 6 et 9 qui sont inférieures à 11 ;

– 12, 12 et 14 qui sont supérieures à 11.

➤ Question 22

1. Réponse : **a)**
2. Réponse : **a)**
3. Réponse : **b)**

1. Vrai. $\frac{75}{2} = 37{,}5$ donc la médiane d'une série de 75 notes rangées par ordre croissant est la 38e note.

2. Vrai. Lorsque l'effectif est pair, la médiane est la moyenne des deux valeurs centrales, et ce n'est pas toujours une des notes de la série.

3. Faux. Avec les notes classées par ordre croissant, la série statistique est :
3 ; 3 ; 4,5 ; 4,5 ; **4,5** ; 6 ; 7,8 ; 7,8 ; 9.
La note qui sépare cette série en deux parties de même effectif est la cinquième des notes classées par ordre croissant, qui est **4,5**.

➤ Question 23

1. Réponse : **b)**
2. Réponse : **a)**

1. Faux. La médiane d'une série statistique peut être égale à sa moyenne.

2. Vrai. $\frac{43}{2} = 21{,}5$ donc la médiane d'une série de 43 notes rangées par ordre croissant est la 22e note.

➤ Question 24

Réponse : 9

Il y a 19 notes : $19 = 2 \times 9 + 1$.

La médiane est la valeur qui partage les notes en deux groupes de 9.

Note	6	7	8	9
Effectif	3	3	2	3

$3 + 3 + 2 = 8$

$8 + 3 = 11$

La médiane est donc la note 9.

➤ Question 25

Réponse : 10

L'effectif total est 30.

La médiane est donc la valeur qui partage les notes en **deux groupes de 15**.

En traçant une ligne horizontale à partir de l'effectif 15, on rencontre le bâton correspondant à la note 10.

➤ Question 26

Réponse : **a)**

Vrai. $51 = 3 \times 17$ donc 51 est divisible par 3 (et ce n'est pas un nombre premier).

➤ Question 27

1. Réponse : **a)**

2. Réponse : **b)**

Vrai. 37 n'est pas divisible par 2, 3 et 5 ($7^2 > 37$), donc c'est un nombre premier.

Aussi, en observant le crible d'Ératosthène, on s'aperçoit que 37 est un nombre premier.

Crible d'Ératosthène

~~1~~	2	3	~~4~~	5	~~6~~	7	~~8~~	9	10
11	~~12~~	13	~~14~~	~~15~~	~~16~~	17	~~18~~	19	~~20~~
~~21~~	~~22~~	23	~~24~~	~~25~~	~~26~~	~~27~~	~~28~~	29	~~30~~
31	~~32~~	~~33~~	~~34~~	~~35~~	~~36~~	37	~~38~~	~~39~~	~~40~~
41	~~42~~	43	~~44~~	~~45~~	~~46~~	47	~~48~~	~~49~~	~~50~~
~~51~~	~~52~~	53	~~54~~	~~55~~	~~56~~	~~57~~	~~58~~	59	~~60~~
61	~~62~~	~~63~~	~~64~~	~~65~~	~~66~~	67	~~68~~	~~69~~	~~70~~
71	~~72~~	73	~~74~~	~~75~~	~~76~~	~~77~~	~~78~~	79	~~80~~
~~81~~	~~82~~	83	~~84~~	~~85~~	~~86~~	~~87~~	~~88~~	89	~~90~~
~~91~~	~~92~~	~~93~~	~~94~~	~~95~~	~~96~~	97	~~98~~	~~99~~	~~100~~

Faux. 91 n'est pas divisible par 2, 3 et 5, mais il est divisible par 7 car $91 = 7 \times 13$. 91 n'est donc pas un nombre premier.
Aussi, en observant le crible d'Ératosthène, on s'aperçoit que 91 n'est pas un nombre premier.

➤ Question 28
Réponse : **b)**
$8 + 1 + 3 = 12$, qui est divisible par 3, donc 813 est divisible par 3 ($813 = 3 \times 271$) et n'est pas un nombre premier.
$8 + 3 + 7 = 18$, qui est divisible par 9, donc 837 est divisible par 9 ($837 = 9 \times 93$) et n'est pas un nombre premier.
$\sqrt{821} \approx 28{,}7$, donc il faut chercher un éventuel diviseur premier de 821 parmi la liste des nombres premiers compris entre 2 et 28.

D'après le crible d'Ératosthène, il s'agit des nombres 2, 3, 5, 7, 11, 13, 17, 19 et 23.
Après calculs, aucun de ces nombres ne divise 821, donc c'est un nombre premier.

➤ Question 29

Réponse : **a)**

$\sqrt{991} \approx 31{,}5$ donc il faut chercher un éventuel diviseur premier de 991 parmi la liste des nombres premiers compris entre 2 et 31.
D'après le crible d'Ératosthène, il s'agit des nombres 2, 3, 5, 7, 11, 13, 17, 19, 23, 29 et 31.
Après calculs, aucun de ces nombres ne divise 991, donc c'est un nombre premier.
L'affirmation est donc vraie.

➤ Question 30

Réponse : **b)**

Faux. $21 = 3 \times 7$ et $39 = 3 \times 13$ donc, 21 et 39 ont 3 comme diviseur commun.

➤ Question 31

1. Réponse : **a)**
2. Réponse : **b)**

Vrai. On a $15 = 3 \times 5$ et $52 = 2^2 \times 13$. 15 et 52 n'ont donc aucun facteur commun et la fraction $\frac{15}{52}$ est irréductible.

Faux. $\frac{99}{132} = \frac{3 \times 3 \times 11}{3 \times 4 \times 11} = \frac{3}{4}$, donc la fraction $\frac{99}{132}$ n'est pas irréductible.

➤ Question 32

Réponses : 5 / 7

On a $170 = 2 \times 85 = 2 \times 5 \times 17$ et $238 = 2 \times 119 = 2 \times 7 \times 17$.

On a donc $\frac{170}{238} = \frac{2 \times 5 \times 17}{2 \times 7 \times 17} = \frac{5}{7}$, qui est la forme irréductible de la fraction $\frac{170}{238}$.

➤ Question 33

Réponse : **b)**

On a $682 = 2 \times 341 = 2 \times 11 \times 31$ et $352 = 2 \times 176 = 2 \times 11 \times 16$.

On a donc $\dfrac{682}{352} = \dfrac{2 \times 11 \times 31}{2 \times 11 \times 16} = \dfrac{31}{16}$, qui est la forme irréductible de la fraction $\dfrac{682}{352}$.

➤ Question 34

Réponse : **b)**

$(x - 1)^2 = (x - 1)(x - 1) = x \times x - x \times 1 - 1 \times x + \times 1 = x^2 - 2x + 1$.

Il s'agit d'une identité remarquable.

➤ Question 35

Réponse : **c)**

$A = (x + 3)(x - 1) = x \times x - x \times 1 + 3 \times x - 3 \times 1$

$A = x^2 - x + 3x - 3$

$A = x^2 + 2x - 3$.

➤ Question 36

Réponse : **b)**

$B = (2x + 1)(x - 5) = 2x \times x - 2x \times 5 + 1 \times x - 1 \times 5$

$B = 2x^2 - 10x + x - 5$

$B = 2x^2 - 9x - 5$.

➤ Question 37

Réponse : **b)**

$C = (3x - 2)(5x + 3) = 3x \times 5x + 3x \times 3 - 2 \times 5x - 2 \times 3$

$C = 15x^2 + 9x - 10x - 6$

$C = 15x^2 - x - 6$.

L'affirmation est donc fausse.

➤ Question 38

Réponse : **a)**

$D = (x + 3)(2x + 4) - 2(5x + 6)$

$D = 2x^2 + 4x + 6x + 12 - (10x + 12)$

$D = 2x^2 + 10x + 12 - 10x - 12$

$D = 2x^2$

➤ Question 39

Réponse : **c)**

$A = (x + 3)(x - 1) = x \times x - x \times 1 + 3 \times x - 3 \times 1$

$A = x^2 - x + 3x - 3$

$A = x^2 + 2x - 3.$

➤ Question 40

Réponse : **b)**

$B = (2x + 1)(x - 5) = 2x \times x - 2x \times 5 + 1 \times x - 1 \times 5$

$B = 2x^2 - 10x + x - 5$

$B = 2x^2 - 9x - 5.$

➤ Question 41

Réponse : **b)**

$C = (3x - 2)(5x + 3) = 3x \times 5x + 3x \times 3 - 2 \times 5x - 2 \times 3$

$C = 15x^2 + 9x - 10x - 6$

$C = 15x^2 - x - 6.$

L'affirmation est donc fausse.

➤ Question 42

Réponse : **a)**

$D = (x + 3)(2x + 4) - 2(5x + 6)$

$D = 2x^2 + 4x + 6x + 12 - (10x + 12)$

$D = 2x^2 + 10x + 12 - 10x - 12$

$D = 2x^2$

➤ Question 43

Réponse : **c)**

L'équation $2x + 5 = x - 1$ est équivalente à $2x - x + 5 = x - x - 1$, donc à $x + 5 = -1$. On a donc $x = -1 - 5 = -6$, qui est l'unique solution de cette équation.

➤ Question 44

Réponses : **1.** x / x / x / 2 / 135 **2.** 44 / 45 / 46

1. Les nombres consécutifs sont x, $x + 1$ et $x + 2$.

$x + x + 1 + x + 2 = 135$

$3x + 3 = 135$

$3x = 132$

$x = 44$

2. Les nombres cherchés sont donc 44, 45 et 46.

➤ Question 45

Réponses : **1.** 13 / x **2.** x / 5 / 13 / x / 29 / 36 / 9 **3.** 9 / 4

1. Parmi les 13 pièces, s'il y a x pièces de 1 €, alors il y a 13 x pièces de 5 €.

2. x fois la pièce de 1 € et $(13 - x)$ fois la pièce de 5 € font la somme de 29 €.

L'équation du problème est donc : $x + 5(13 - x) = 29$.

On trouve que : $x = 9$.

3. On effectue ensuite $13 - 9 = 4$ pour trouver le nombre de pièces de 5 €.

➤ Question 46

Réponses : **1.** 20 / x / x / 7 / 3 **2.** 18 / 8 / 20 / 10 / 9

1. $20 = 2(x + 4 + x)$, d'où $x = 3$.

Tu en déduis que la largeur du rectangle est 3 cm et que sa longueur est 7 cm $(3 + 4)$.

2. $120x + 32 = 125x - 13$

$45 = 5x$

$x = 9$.

➤ Question 47

Réponses : 2 / 5 / 26 / 73 / 19 / 19 / 7

x fois la pièce de 2 € et $(26 - x)$ fois la pièce de 5 € font la somme de 73 €.

L'équation du problème est donc : $2x + 5(26 - x) = 73$.

On trouve que $x = 19$.

On effectue ensuite 26 − 19 pour trouver le nombre de pièces de 5 €.

➤ Question 48

Réponses : 2 / 1,3 (1.3) / 1/2 (1 / 2) / 4 / 1,3 (1.3) / 0,9 (0.9)

• En fonction de x :

– le demi-périmètre du rectangle BCDE s'écrit $(x + 1{,}3)$;

– son périmètre $2(x + 1{,}3)$;

– la longueur du rectangle ABEF $(4 - x)$;

– son périmètre $2[(4 - x) + 1{,}3]$.

• Or, périmètre BCDE = $\frac{1}{2}$ périmètre ABEF.

Donc $2(x + 1{,}3) = \frac{1}{2}[2(4 - x + 1{,}3)]$.

➤ Question 49

Réponse : **a)**

L'inéquation $-8x < -16$ est équivalente à $-x < -2$, en divisant par 8 les deux membre de l'inégalité.

Il faut ensuite multiplier l'inégalité par −1 en changeant le sens de l'inégalité : on obtient $x > 2$.

➤ Question 50

1. Réponse : **d)**
2. Réponses : **c) d) e) f)**

1. $4x - \frac{6}{5} < 7x$

$\frac{-6}{5} < 7x - 4x$

$\frac{-6}{5} < 3x$

Donc $\frac{-2}{5} < x$.

2. Les solutions sont donc les nombres **strictement** plus grands que $\frac{-2}{5}$ ou −0,4.

➤ Question 51

Réponse : **d)**

Il faut résoudre chaque inéquation.

Les solutions sont : $x < -15$ pour l'inéquation (I).

Or, les équations proposées se simplifient ainsi :

$\frac{-1}{3}x < -5 = x > 15$

$\frac{2}{3}x < 10 = x < 15$

$x + 1 < \frac{2}{3}x - 4 = x < -15$

$x - \frac{2}{3}x < -7 = x < -21$

➤ Question 52

Réponses : **a) c) e)**

$$\begin{cases} -2x+3>5 \\ 3x+4 \geq -8 \end{cases}$$

$$\begin{cases} -2x>5-3 \\ 3x \geq -8-4 \end{cases}$$

$$\begin{cases} -2x>2 \\ 3x \geq -12 \end{cases}$$

$$\begin{cases} x<\dfrac{2}{-2} \\ x \geq \dfrac{-12}{3} \end{cases}$$

$$\begin{cases} x<-1 \\ x \geq -4 \end{cases}$$

Les nombres x solutions du système sont tels que $-4 \leq x < -1$, donc ici -4, -3 et $-2{,}6$.

➤ Question 53

Réponse : **c)**

$10^{-2} \times 10^{3} = 10^{-2+3} = 10^{1} = 10$.

➤ Question 54

1. Réponse : **b)**
2. Réponse : **b)**
3. Réponse : **b)**

4. Réponse : **a)**

5. Réponse : **b)**

6. Réponse : **a)**

Lorsqu'on **multiplie** des puissances d'un même nombre, on **ajoute** les exposants :
$10^3 \times 10^5 = 10^8$; $10^3 \times 10^{-5} = 10^{-2}$; $10^{-3} \times 10^{-5} = 10^{-8}$;
Lorsqu'on **divise** des puissances d'un même nombre, on **soustrait** les exposants :
$\frac{1}{10^5} = \frac{10^0}{10^5} = 10^{-5}$; $\frac{10^7}{10^5} = 10^2$; $\frac{10^7}{10^{-5}} = 10^{12}$.

➤ Question 55

1. Réponse : **b)**

2. Réponse : **b)**

3. Réponse : **a)**

4. Faux. $\frac{10^4}{10^{-4}} = 10^{4-(-4)} = 10^{4+4} = 10^8$.

2. Faux. $\frac{10^3 \times 10^{-6}}{10^4} = \frac{10^{-3}}{10^4} = 10^{-3-4} = 10^{-7}$.

3. Vrai. $\frac{10^6 \times 10^9}{(10^5)^3} = \frac{10^{15}}{10^{15}} = 10^{15-15} = 10^0 = 1$.

➤ Question 56

Réponse : **b)**

Comme $I \in [AB]$, $J \in [AC]$ et (IJ)//(BC), on peut appliquer le théorème de Thalès aux triangles AIJ et ABC.

Les deux triangles ont des côtés de longueurs proportionnelles, soit $\frac{AI}{AB} = \frac{AJ}{AC}$.

Donc $\dfrac{2}{7} = \dfrac{3}{AC}$, d'où $AC = \dfrac{7 \times 3}{2} = 10{,}5$.

Comme $JC = AC - AJ$, alors $JC = 10{,}5 - 3 = 7{,}5$.

On retiendra l'énoncé du théorème de Thalès : si une droite (*d*), parallèle au côté [BC] d'un triangle ABC, coupe les côtés [AB] et [AC] ou leurs prolongements respectivement en I et J, alors les longueurs des côtés des triangles AIJ et ABC sont proportionnelles.

Avant d'écrire la proportionnalité des longueurs, on n'oubliera pas de montrer que les conditions d'utilisation du théorème de Thalès sont réunies.

➤ Question 57

Réponse : **b)**

Comme $I \in [AB]$, $J \in [AC]$ et (IJ)//(BC), on peut appliquer le théorème de Thalès aux triangles AIJ et ABC.

Les deux triangles ont des côtés de longueurs proportionnelles, soit $\dfrac{AI}{AB} = \dfrac{IJ}{BC}$.

Donc $\dfrac{4}{10} = \dfrac{3}{BC}$, d'où $BC = \dfrac{10 \times 3}{4} = 7{,}5$.

➤ Question 58

Réponse : **b)**

Par le théorème de Thalès, si $I \in [AB]$, $J \in [AC]$ et $\dfrac{AI}{AB} = \dfrac{AJ}{AC}$, alors les droites (IJ) et (BC) sont parallèles.

Comme $\dfrac{AI}{AB} = \dfrac{2}{6} = \dfrac{1}{3}$ et $\dfrac{AJ}{AC} = \dfrac{3}{8}$ alors $\dfrac{AI}{AB} \neq \dfrac{AJ}{AC}$.

Comme la condition nécessaire $\dfrac{AI}{AB} = \dfrac{AJ}{AC}$ n'est pas vérifiée, les droites (d) et (BC) ne sont donc pas parallèles.
On retiendra : si P et Q sont deux propositions telles que « Si P est vraie alors Q est vraie », « Q est vraie » est une condition nécessaire pour que « P soit vraie ». Donc « Si Q est fausse alors P est fausse ».

➤ Question 59

Réponse : **b)**

Comme les points A, O, D et les points B, O, C sont alignés dans cet ordre et que les droites (AB) et (CD) sont parallèles, on peut appliquer le théorème de Thalès.
Les deux triangles AOB et COD ont donc les longueurs de leurs côtés proportionnelles, soit $\dfrac{OA}{OD} = \dfrac{OB}{OC}$.

Donc $\dfrac{4}{OD} = \dfrac{6}{9} =$, d'où $OD = \dfrac{4 \times 9}{6} = 6$.

➤ Question 60

Réponse : **b)**

Faux. La translation définie par les points A et B (dans cet ordre) transforme le point C en un point D du plan tel que le quadrilatère **ABDC** soit un parallélogramme.

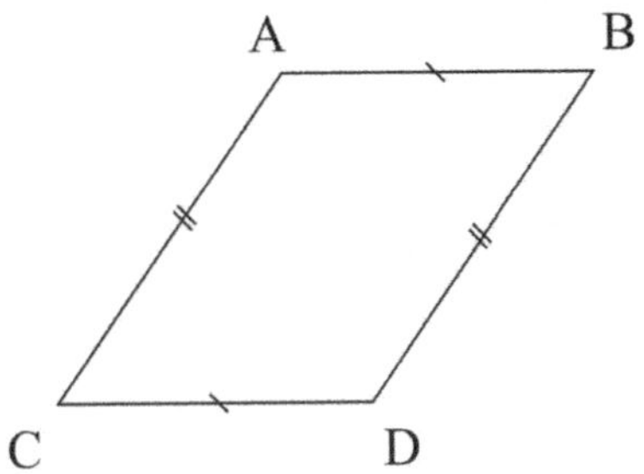

➤ Question 61

Réponses : **2.** parallèle **3.** MN **4.** parallèle / B

Une droite et son image par translation sont parallèles.

Il suffit donc de construire l'image d'un point de *d* et de tracer la parallèle passant par ce point.

Les termes recherchés sont donc successivement : parallèle, MN, parallèle et B.

➤ Question 62

Réponses : **1.** UT **2.** SU (US) / SU (US) **3.** parallèle / U

Par la translation qui transforme T en U, l'image de R est le point S tel que **(RS)** // **(TU)** et **RS** = **TU**.

Donc RSUT est un parallélogramme.

Les termes recherchés sont donc successivement : RSUT, [SU] ou [US], SU ou US, parallèle et U.

➤ Question 63

Réponses : **1.** M **2.** N **3.** [MN] ([NM]) **4.** 14,2 (14.2)

1. Les côtés opposés du quadrilatère EMGF ayant la même longueur, EMGF est un parallélogramme ; l'image de E par la translation qui transforme F en G est donc M.

2. La translation qui transforme F en G transforme G en N.
3. L'image d'un segment par une translation est un segment parallèle et de même longueur. On en déduit que MN = EG = 1,65 cm ; ce résultat va être utilisé dans le calcul du périmètre.
4. EFG est un triangle rectangle en E, on calcule GF à l'aide du théorème de Pythagore. On obtient GF = 3,25 cm.
Le périmètre de EMNF est égal à : EM + MN + NG + GF + FE donc à 3,25 + 1,65 + 3,25 + 3,25 + 2,8 = 14,2 cm.

➤ Question 64

Réponse : **e)**

• Par la translation qui transforme U en B, C a pour image E, donc le quadrilatère CUBE est un parallélogramme.
• De plus, UB = UC et les droites (UB) et (UC) sont perpendiculaires.
Le parallélogramme possède un angle droit et deux côtés consécutifs égaux, c'est un carré.

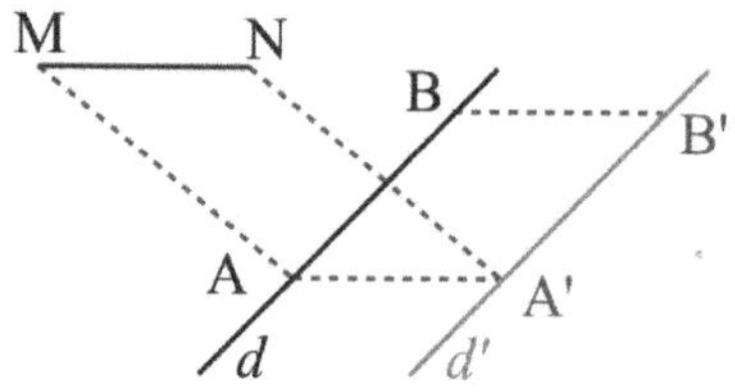

➤ Question 65

Réponse : **b)**

Par la rotation de centre H et d'angle 180° :
– le point H est transformé en le point H ;
– le point M est transformé en le point E ;
– le point L est transformé en le point F ;
– le point B est transformé en le point I.

L'image du quadrilatère 6 par la rotation de centre H et d'angle 180° (sens direct ou indirect, puisque cela revient au même avec cet angle) est donc le quadrilatère HEFI, qui est le quadrilatère 3.

➤ Question 66

Réponse : **c)**

- Dans la figure 1, on a effectué une symétrie de centre I, donc une rotation de **180°**.
- Dans la figure 2, on a effectué une **symétrie** par rapport à une droite passant par le point I.
- La bonne réponse est donc la figure 3.

➤ Question 67

Réponses : **1.** O / 180 **2.** I / JB (BJ)

1. IJK devient AKJ par une **symétrie de centre O**, donc une rotation de 180°.

2. I est **invariant** : c'est le centre de la rotation.

Le sens direct est le sens contraire des aiguilles d'une montre, donc le triangle IKJ devient le triangle IJB ou IBJ.

➤ Question 68

Réponses : **a.** E / G / F / EFG (EGF, FGE, FEG, GEF, GFE)

Pour construire l'image du triangle ABC par la rotation de centre O et d'angle 110° dans le sens direct, on construit l'image de chaque sommet par cette rotation.

L'image d'une figure par rotation est superposable à la figure initiale, une rotation conserve les longueurs, les alignements et les angles.

Les termes recherchés successifs sont donc : E, G, F et EFG (ou bien EGF, FGE, FEG, GEF ou GFE).

Histoire

Évaluation – Révisions – Entraînement

Connaître les étapes et les caractéristiques de la Première Guerre mondiale

Je m'évalue

➤ Question 1

Complète le texte comme il convient.

l'Union sacrée	la censure	la propagande	la Triple Alliance	nationalistes
pacifistes				

Lorsque la guerre éclate en 1914, les différents partis politiques français décrètent .... qui consiste à mettre entre parenthèses leurs oppositions pendant la durée du conflit. À cette époque, seuls quelques .... s'opposent à la guerre et l'État utilise .... pour les faire taire.

Je révise

- La Première Guerre mondiale est la **première guerre totale**, c'est-à-dire la première à avoir impliqué l'ensemble des moyens (civils, militaires, économiques, scientifiques…).
- Elle oppose, entre 1914 et 1918, la **Triple Alliance** (Allemagne, Autriche-Hongrie, Italie) à la **Triple Entente** (France, Royaume-Uni, Russie).
- Lorsque la guerre éclate en août 1914, chacun est persuadé qu'elle sera courte. Mais la **guerre de mouvement** (conquête de territoire) laisse place à une **guerre de position** (guerre d'usure destinée à tenir le terrain face à l'ennemi) dès le mois de décembre 1914.

• Les soldats, surnommés les **poilus** en raison de leurs difficiles conditions de vie, s'enterrent dans des **tranchées**. Les rares offensives sont de sanglants échecs à l'image de la **bataille de Verdun** (1916) qui fait plus de 700 000 morts sans résultat notable.
• Pour faire face à une guerre qui dure, les États organisent la mobilisation en intervenant directement dans l'économie pour soutenir l'effort de guerre, en empruntant pour financer la guerre, et par la **propagande** et la censure pour entretenir le moral des troupes et de l'arrière.
• Il faut attendre le retrait de la Russie (1917) et surtout l'entrée en guerre des États-Unis (avril 1917) pour que la situation se débloque et aboutisse à la **victoire de l'Entente**. Épuisés, les Allemands signent l'armistice le 11 novembre 1918.

Je m'entraîne

➤ Question 2
Qu'est-ce qui caractérise la guerre des tranchées ?

Cocher la réponse exacte.
❍ a) C'est une guerre de mouvement.
❍ b) C'est une guerre totale.
❍ c) C'est une guerre de positions.

➤ Question 3
Comment les combattants de la Première Guerre mondiale sont-ils surnommés ?

Cocher la réponse exacte.
❍ a) les chevelus
❍ b) les poilus
❍ c) les barbus

➤ Question 4

En 1914, lesquels de ces pays sont alliés à la France ?

Cocher la ou les réponses exactes.

❐ a) Italie
❐ b) Autriche
❐ c) Espagne
❐ d) Royaume-Uni
❐ e) Russie

➤ Question 5

En quoi l'année 1917 constitue-t-elle un tournant dans la guerre ?

Cocher la ou les réponses exactes.

❐ a) Les Allemands gagnent la bataille de Verdun.
❐ b) Les Allemands perdent la bataille de Verdun.
❐ c) Les Russes se retirent de la guerre.
❐ d) L'Italie entre dans la guerre aux côtés de la Triple Entente.
❐ e) Les États-Unis entrent dans la guerre aux côtés de la Triple Entente.

Connaître les étapes et les caractéristiques de la révolution russe

Je m'évalue

➤ Question 6

Complète le texte comme il convient.

bolcheviks	février	mencheviks	octobre	Première Guerre mondiale
président	Seconde Guerre mondiale	tsar		

La révolution russe éclate en pleine .... Elle met fin au règne du .... Nicolas II et permet aux .... dont le leader est Lénine de s'emparer du pouvoir en .... 1917.

Je révise

• Début 1917, la Russie est toujours une **monarchie absolue** dirigée par un souverain appelé *tsar* : Nicolas II. Mais son autorité est affaiblie par la **longue guerre** dans laquelle il a engagé son pays aux côtés de la France et du Royaume-Uni.

• Les conditions de vie difficiles imposées aux soldats et à la population civile du fait de la désorganisation provoquée par la guerre provoquent un soulèvement populaire dans la capitale Saint-Pétersbourg en février 1917. **Le tsar est renversé** et remplacé par un gouvernement provisoire qui décide de poursuivre la guerre.

• À son tour, le gouvernement provisoire est renversé en octobre 1917 par un coup d'État organisé par les partisans de Lénine, les **Bolcheviks** (c'est la **révolution d'Octobre**).

• Seul à la tête de la Russie, Lénine signe la paix avec l'Allemagne et fait éliminer le tsar et sa famille. Il organise la réforme de l'économie pour appliquer le communisme visant à établir l'égalité économique. Pour cela, il met en place la **Nouvelle politique économique** (NEP) qui passe notamment par l'élimination des *koulaks* (les paysans riches) afin d'abolir progressivement la propriété privée.

• La politique de Lénine suscite une forte opposition qui débouche sur une **guerre civile** entre ses partisans, les Rouges, et les Blancs qui sont finalement vaincus.

• À la mort de Lénine en 1924, les bolcheviks se déchirent pour lui trouver un successeur. C'est finalement **Joseph Staline** qui s'impose.

Je m'entraîne

➤ Question 7

Durant la guerre civile qui suit la révolution russe, à qui les Rouges au pouvoir s'opposent-ils ?

Cocher la réponse exacte.

❍ a) aux Bleus
❍ b) aux Noirs
❍ c) aux Blancs

➤ Question 8

Qui s'oppose aux communistes ?

Cocher la ou les réponses exactes.

❒ a) les partisans du Tsar
❒ b) les prêtres orthodoxes
❒ c) les bolcheviks

➤ Question 9

Qui prend le pouvoir à la mort de Lénine ?

Cocher la réponse exacte.

❍ a) Trotski
❍ b) Staline
❍ c) Kerenski

➤ Question 10
À quoi les bolcheviks sont-ils favorables ?

Cocher la ou les réponses exactes.
❒ a) à la mise en place du communisme
❒ b) à la poursuite de la guerre contre l'Allemagne
❒ c) à la signature d'une paix avec l'Allemagne
❒ d) aux koulaks
❒ e) à la confiscation par l'État des moyens de production (usines, fermes, etc.)
❒ f) à l'Armée blanche

➤ Question 11
Que propose Lénine pour réformer l'économie russe ?

Cocher la réponse exacte.
❍ a) le New Deal
❍ b) la NEP
❍ c) la rigueur

Décrire le régime soviétique dans les années 1930

Je m'évalue

➤ Question 12
Complète le texte comme il convient.

financier	industriel	Khrouchtchev	Lénine	libérale	planifiée	Staline

.... dirige la Russie de 1924 à 1953. Il met en place une économie .... qui privilégie le développement du secteur ....

Je révise

- Arrivé au pouvoir à la mort de Lénine en 1924, Staline renforce encore les outils de la **dictature**. Maître absolu du pays, il est à la fois le chef de l'État et du Parti communiste (seul parti autorisé).
- Les libertés d'expression, de réunion et de publication sont supprimées. La **propagande** permet de mieux contrôler la population, tandis que des organisations surveillent la **jeunesse**. Ceux qui s'opposent à Staline n'échappent pas longtemps à la vigilance de la **police politique** (NKVD), qui les arrête et les déporte dans des camps de travail (les **goulags**) où les conditions de vie sont tellement rudes que beaucoup y meurent.
- La traque aux opposants a également lieu au sein même du Parti communiste qui fait régulièrement l'objet de **purges** débouchant sur des procès truqués, comme les procès de Moscou (1936-1938). Certains communistes opposés à Staline sont même assassinés (Trotski par exemple).
- Dans le domaine économique, Staline veut rattraper le retard sur les pays industrialisés à marche forcée. Il organise la **planification de l'économie**, c'est-à-dire que l'État intervient directement et de manière autoritaire dans la gestion de l'ensemble des ressources du pays. L'accent est mis sur l'industrialisation.
- Dans l'agriculture, Staline accélère la **collectivisation des terres agricoles**, supposée rendre la société plus égalitaire et la production plus efficace. Des fermes collectives, appelées *sovkhozes*, sont créées à partir des terres confisquées par l'État. Mais les résultats de cette politique sont catastrophiques, provoquant de graves **famines**, notamment en Ukraine.

Je m'entraîne

➤ Question 13

Qu'est-ce qu'un kolkhoze ?

Cocher la réponse exacte.

❍ a) une exploitation agricole collectivisée
❍ b) un soldat de l'Armée rouge
❍ c) un membre du Parti communiste

➤ Question 14

Que fait Staline pour faire taire ses opposants ?

Cocher la ou les réponses exactes.

❒ a) Il les envoie dans des camps d'extermination.
❒ b) Il leur donne de l'argent.
❒ c) Il organise des procès truqués.
❒ d) Il les envoie dans des camps de travail.

➤ Question 15

Complète le texte comme il convient.

censure	divinité	patrie	personnalité	police	propagande	radio

Staline utilise la .... afin de développer un culte de la .... en sa faveur. Toute opinion critique est réduite au silence par la ....

➤ Question 16

Comment sont appelés les camps de travail soviétiques ?

Cocher la réponse exacte.

❍ a) *golem*
❍ b) *goulasch*
❍ c) *goulag*

Décrire le régime nazi dans les années 1930

Je m'évalue

➤ Question 17

Complète le texte comme il convient.

1929	1933	d'agrandir	d'anéantir	démocratique	dictatoriale
intellectuels	Juifs	pauvres			

Les nazis sont arrivés au pouvoir en Allemagne en .... de manière .... Ils avaient pour ambition .... l'Allemagne et d'en chasser notamment les ....

Je révise

• L'Allemagne des années 1930 est **un pays en crise**. Elle est affaiblie par sa défaite de 1918 et touchée de plein fouet par la crise économique, qui provoque une envolée des prix (inflation).

• C'est dans ce contexte que le **parti nazi** (NSDAP) et son dirigeant **Adolf Hitler** multiplient les succès électoraux : Hitler est finalement **nommé chancelier en janvier 1933**. Lorsque le président Hindenburg meurt en 1934, il dispose des pleins pouvoirs.

• Les nazis interdisent les partis politiques et les syndicats autres que les leurs. Dès 1933, ils ouvrent à Dachau un premier **camp de concentration** destiné à accueillir les opposants, traqués par la **Gestapo** (police politique) et la **SS** (organisation militaire du parti nazi).

• La presse est censurée et la population soumise à une **intense propagande** qui glorifie Hitler, surnommé le *Führer* (« le guide »). Les Jeunesses hitlériennes sont créées afin d'encadrer les jeunes. De grandes cérémonies mettant en scène la grandeur du régime et de son chef sont régulièrement organisées, notamment à **Nuremberg** en Bavière.

• L'État nazi met en œuvre une **politique raciste** qui fait des Allemands juifs des ennemis de l'intérieur accusés d'affaiblir le pays. Ils sont persécutés : les **lois de Nuremberg** (1935) leur retirent la nationalité allemande, tandis que des campagnes de boycott de leurs commerces et d'agressions violentes sont organisées pour les intimider.

Je m'entraîne

➤ Question 18

Comment Hitler se fait-il appeler ?

Cocher la réponse exacte.

❍ a) le *Duce*
❍ b) le *Führer*
❍ c) le *Leader*

➤ Question 19

À l'arrivée des nazis au pouvoir, à quoi l'Allemagne est-elle confrontée ?

Cocher la réponse exacte.

❍ a) l'immigration
❍ b) une révolution
❍ c) une crise économique

➤ Question 20

Quel est le nom des groupes paramilitaires nazis ?

Cocher la ou les réponses exactes.

❒ a) la Gestapo
❒ b) les Sections d'assaut (SA)
❒ c) la Tchéka
❒ d) les Brigades de protection (SS)
❒ e) les Chemises noires

➤ Question 21
Lequel de ces pays est annexé à l'Allemagne en 1938 ?

Cocher la réponse exacte.
❍ a) la Pologne
❍ b) la Belgique
❍ c) l'Autriche
❍ d) la Tchécoslovaquie

➤ Question 22
Complète les phrases ci-dessous par l'année qui convient.
1. La Nuit des longs couteaux a lieu le 30 juin ....
2. Hitler accède au pouvoir en ....
3. Le premier camp de concentration est ouvert par les nazis à Dachau en ....
4. Les lois antisémites de Nuremberg ont été adoptées en ....

Connaître la France des années 1930 et le Front populaire

Je m'évalue

➤ Question 23
Complète le texte comme il convient.

1936	1939	Charles de Gaulle	l'antiparlementarisme	l'insécurité
la délinquance	Léon Blum	vaincue	victorieuse	

• La France est sortie .... de la Première Guerre mondiale. Dans les années 1930, la République est menacée par la montée de ...., mais parvient à se maintenir grâce au soutien apporté par les ouvriers au gouvernement de Front populaire dirigé par ...., qui arrive au pouvoir en ....

Je révise

- La France, bien que se trouvant dans le camp des vainqueurs en 1918, sort **considérablement affaiblie** de ce conflit long qui s'est en large partie déroulé sur son propre sol. Le bilan est lourd : près d'un million de morts, des centaines de milliers de handicapés, des millions de veuves et d'orphelins. Le pays est à reconstruire et il s'est endetté pour financer l'effort de guerre.
- Comme l'Allemagne, la France est par ailleurs touchée par la **crise économique**. La IIIe République se voit de plus en plus contestée sur sa gauche par les communistes (qui s'inspirent de la révolution russe de 1917) et les socialistes (qui réclament une amélioration du sort des travailleurs). À droite, ce sont surtout les **groupes antiparlementaristes** qui critiquent la République, l'accusant d'être un régime inefficace et corrompu.
- Ce sont ces groupes antiparlementaristes qui sont à l'origine de la manifestation qui, le **6 février 1934**, se termine par une émeute devant l'Assemblée nationale. La gauche voit dans cet événement une tentative de coup d'État des antirépublicains et décide de s'unir pour y faire face.
- C'est ainsi que naît en 1936 le **Front populaire**, alliance des trois principaux partis de gauche : le Parti communiste français, le Parti socialiste (SFIO) et le Parti radical-socialiste. **Léon Blum**, le leader de la SFIO, devient le président du Conseil.
- Par les **accords de Matignon**, le Front populaire instaure les congés payés, réduit le temps de travail à 40 heures par semaine et obtient des augmentations de salaires. Mais sa politique ne parvient pas à résoudre la crise économique et il démissionne en 1938.

Je m'entraîne

➤ Question 24

Que désigne l'antiparlementarisme ?

Cocher la réponse exacte.

❍ a) la haine des Juifs
❍ b) l'opposition au pouvoir de l'Assemblée nationale et du Sénat
❍ c) la haine de la République

➤ Question 25

Que s'est-il passé le 6 février 1934 à Paris ?

Cocher la réponse exacte.

❍ a) Une manifestation organisée par le Parti communiste a dégénéré.
❍ b) Une manifestation organisée par le Parti socialiste a dégénéré.
❍ c) Une manifestation organisée par des groupes antiparlementaristes a dégénéré.
❍ d) Une manifestation organisée par le Front populaire a dégénéré.

➤ Question 26

Lesquels de ces partis politiques ont intégré le Front populaire ?

Cocher la ou les réponses exactes.

❒ a) le Front national
❒ b) l'UMP
❒ c) le Parti socialiste ou SFIO
❒ d) le Parti communiste
❒ e) le Parti populaire
❒ f) le Parti radical-socialiste

➤ Question 27

Le Front populaire est le premier gouvernement français à :

Cocher la ou les réponses exactes.

❒ a) comporter des ministres communistes
❒ b) comporter des femmes ministres
❒ c) être dirigé par un communiste
❒ d) être dirigé par un socialiste
❒ e) être dirigé par une femme

➤ Question 28

Complète le texte comme il convient.

des congés payés	la crise économique	la formation	la guerre
le temps de travail	les salaires		

Le Front populaire a réduit .... et donné aux travailleurs le droit à .... Il n'est cependant pas parvenu à sortir la France de ....

Connaître les étapes et les caractéristiques de la Seconde Guerre mondiale

Je m'évalue

➤ Question 29

Complète le texte comme il convient.

1938	1939	1941	1942	1944	1945	Alliés	1943	Pologne
puissances de l'Entente	Russie							

La Seconde Guerre mondiale commence lorsque l'armée allemande se lance à la conquête de la .... en septembre .... L'année .... marque un tournant dans le conflit et permet aux .... de prendre le dessus sur l'Allemagne et le Japon, qui sont finalement vaincus en ....

Je révise

- L'expansion progressive de l'Allemagne et de ses alliés de **l'Axe** (Italie et Japon) pousse la France et le Royaume-Uni à lui déclarer la guerre en septembre 1939. Mais l'armée française est **vite vaincue** par sa rivale allemande et la France occupée.

• Grâce à leur technique de guerre éclair qui prend l'adversaire par surprise, les puissances de l'Axe multiplient les conquêtes en Europe comme en Asie. Les Japonais ont attaqué la base américaine de **Pearl Harbor** en décembre 1941, provoquant l'entrée en guerre des États-Unis aux côtés du Royaume-Uni. La même année, la Russie, attaquée par Hitler en violation du pacte de non-agression signé entre les deux pays, entre en guerre du côté des Alliés.
• À partir de 1942, les **Alliés** (États-Unis, Russie et Royaume-Uni) prennent le dessus sur l'Axe, notamment à la **bataille de Stalingrad** (février 1942-février 1943). Depuis l'Afrique du Nord, ils débarquent en Italie poussant Mussolini à la démission en 1943. La France est libérée en 1944 et l'Allemagne capitule le **8 mai 1945**. Le Japon poursuit la guerre jusqu'aux deux **bombardements atomiques** d'août 1945 qui le contraignent à capituler à son tour.
• Le conflit coûte la vie à 50 millions de personnes. Pour la première fois dans l'histoire, la majorité des victimes sont des civils. Parmi eux, environ 6 millions de Juifs et 250 000 Tziganes ont été victimes de la politique d'extermination (**génocide**) mise en place par les nazis.

Je m'entraîne

➤ Question 30
Comment sont appelés les premiers mois de la guerre en France ?

Cocher la réponse exacte.
❍ a) la guerre de mouvement
❍ b) la guerre de positions
❍ c) la drôle de guerre
❍ d) l'exode

➤ Question 31

Pourquoi l'année 1942 est-elle un tournant dans la guerre ?

Cocher la ou les réponses exactes.

❒ a) La France est libérée de l'occupation allemande.
❒ b) L'armée allemande connaît ses premières défaites.
❒ c) L'Allemagne rompt son alliance avec la Russie.
❒ d) Les Alliés prennent possession de l'Afrique du Nord.
❒ e) Mussolini rompt son alliance avec Hitler.

➤ Question 32

Complète chaque phrase par l'année qui convient.

1. Le Japon attaque la base américaine de Pearl Harbor le 7 décembre ....
2. La bataille de Stalingrad est remportée par les Russes en février ....
3. Les Alliés débarquent en Normandie en juin ....
4. Le Japon capitule le 2 septembre ....
5. Les Alliés débarquent en Provence en août ....

➤ Question 33

Combien de morts a fait la Seconde Guerre mondiale ?

Cocher la réponse exacte.

❍ a) 5 millions
❍ b) 10 millions
❍ c) 50 millions

➤ Question 34

Laquelle de ces villes japonaises n'a pas été la cible d'un bombardement atomique américain ?

Cocher la réponse exacte.

❍ a) Nagasaki
❍ b) Fukushima
❍ c) Hiroshima

Décrire le régime de Vichy et la Résistance

Je m'évalue

➤ Question 35

Complète le texte comme il convient.

épargnée	général de Gaulle	IIIe	IVe	maréchal Pétain	Marseille
vaincue	Vichy				

En 1940, la France est .... par l'armée allemande, ce qui provoque l'effondrement de la .... République et permet au .... de prendre le pouvoir, dont il déménage le siège de Paris à ....

Je révise

- La défaite de 1940 et l'occupation de la France par l'armée allemande provoque l'effondrement de la IIIe République. Pour faire face à la crise, les députés appellent au pouvoir le **maréchal Pétain**, héros de la bataille de Verdun durant la Première Guerre mondiale.
- Pétain signe un **armistice** avec les Allemands et accepte l'occupation de la partie nord du pays par l'Allemagne. Il prend ensuite la tête d'un nouveau régime, **l'État français**, qui gouverne la partie sud du pays depuis la ville de Vichy. Il prétend redresser le pays en lui imposant une « révolution nationale ». Il collabore avec les nazis en leur livrant des Juifs français.
- Réfugié à Londres, le **général de Gaulle** refuse l'armistice et l'État français. Il considère que la défaite de la France ne met pas fin à la guerre et appelle tous ceux qui le souhaitent à le rejoindre à Londres pour former la France libre et continuer le combat.
- En France, des groupes de résistance se constituent pour s'attaquer aux soldats allemands et à leurs collaborateurs français. Ils sont surtout nombreux à partir de 1942 lorsqu'est créé le **Service du travail obligatoire** (STO) qui oblige les jeunes Français à partir travailler dans des usines allemandes. Beaucoup préfèrent alors entrer en résistance.

• De Gaulle envoie en France **Jean Moulin** afin d'assurer la liaison entre la France libre qu'il dirige et les différents groupes de résistance intérieure. C'est chose faite en 1943 avec la création du **Conseil national de la Résistance (CNR)**.

• La France est libérée en 1944 et 1945 avec le concours des Alliés. De 1944 à 1946, le GPRF (Gouvernement Provisoire de la République Française) puis la IVe République restaurent les principes républicains, en créant notamment la Sécurité sociale et en accordant le droit de vote aux femmes…

Je m'entraîne

➤ Question 36

Pourquoi, en 1940, le maréchal Pétain est-il respecté des Français ?

Cocher la réponse exacte.

❍ a) Il a combattu avec courage l'invasion allemande durant tout l'été.
❍ b) Il avait prédit la défaite de l'armée française dès le début de la guerre.
❍ c) Il a conduit l'armée française à la victoire en 1918.

➤ Question 37

Que désignent les initiales STO ?

Cocher la réponse exacte.

❍ a) Service du travail obligatoire
❍ b) Section terroriste organisée
❍ c) Section traditionnelle organisée

➤ Question 38

Quelle est l'action du régime de Vichy ?

Cocher la réponse exacte.

❍ a) collaborer avec l'Allemagne nazie
❍ b) organiser la résistance contre l'Allemagne nazie
❍ c) protéger les Juifs de France des nazis

➤ Question 39

Complète le texte comme il convient.

Collaborationnistes	L'invasion	la Libération	La SNCF	Le GPRF
Résistants				

Lors de ...., les Alliés reçoivent le soutien de Français ....restaure la République et ses valeurs dès 1944.

Connaître les causes et les étapes de la décolonisation

Je m'évalue

➤ Question 40

Complète chaque phrase par l'année qui convient.

1. La principale phase de la décolonisation commence après la ....
2. L'Inde est un des premiers États à obtenir son .... en 1947.
4. La guerre d'Indochine se termine en ....

Je révise

• La Seconde Guerre mondiale a beaucoup affaibli les puissances coloniales européennes. Les deux nouvelles superpuissances, les États-Unis et l'URSS, **condamnent officiellement la colonisation**, tout comme l'ONU créée en 1945. Le contexte est donc favorable à la décolonisation de l'Afrique et de l'Asie à partir des années 1940.

• **En Inde**, les Britanniques négocient l'indépendance du pays, mais les Indiens se divisent entre eux, ce qui provoque de violents affrontements et aboutit à la **division du pays** en deux États séparés : le Pakistan destiné à accueillir les musulmans, et l'Union indienne pour les autres.

• En Indochine, la France refuse de négocier mais elle perd la guerre face à la rébellion du Viet-Minh en 1954. La même année commence la **guerre d'Algérie** qui aboutit à l'indé-

pendance de ce pays en 1962. Entre-temps, la Tunisie et le Maroc ont obtenu leur indépendance de manière négociée en 1956, de même que les colonies françaises d'Afrique noire.
• Ces nouveaux États indépendants doivent faire face au défi du développement.

Je m'entraîne

➤ Question 41

Comment l'Inde est-elle devenue indépendante ?

Cocher la réponse exacte.

❍ a) au terme d'une guerre contre le Royaume-Uni
❍ b) en négociant avec le Royaume-Uni
❍ c) par une décision de l'ONU

➤ Question 42

Complète le texte comme il convient.

d'attentats	d'enlèvements	d'Évian	de Genève	l'OAS	le FLN
le MNA					

La guerre d'Algérie commence en 1954 par une série .... organisés par .... Elle se termine par la signature en 1962 des accords ....

➤ Question 43

Après la Seconde Guerre mondiale, par quoi est favorisée la décolonisation ?

Cocher la ou les réponses exactes.

❒ a) par l'anticolonialisme de l'URSS
❒ b) par l'anticolonialisme des États-Unis
❒ c) par l'anticolonialisme de l'ONU
❒ d) par l'anticolonialisme de la France

Connaître les causes et le déroulement de la guerre froide

Je m'évalue

➤ Question 44

Complète chaque phrase par l'année qui convient.

1. L'Organisation des Nations unies est créée en ....
2. Le président Truman affirme son désir d'endiguer l'avancée du communisme dans un célèbre discours en ....
3. L'Organisation du traité de l'Atlantique Nord est créée en ....
4. Le pacte de Varsovie est conclu en ....
5. La crise des fusées de Cuba se produit en ....

Je révise

• À peine la Seconde Guerre mondiale est-elle achevée que ses deux principaux vainqueurs, l'URSS et les États-Unis entrent dans une concurrence idéologique et un affrontement politique. Mais cette opposition ne débouche jamais sur un affrontement militaire direct entre les deux, c'est pourquoi on parle de **guerre froide**.

• Tous les pays sont tenus de se positionner dans un camp ou dans l'autre afin de bénéficier de sa protection. C'est notamment le cas en Europe dont Winston Churchill dit en 1946 qu'elle est comme coupée en deux par un « rideau de fer » qui sépare les pays de l'Ouest (pro-américains) des pays de l'Est (pro-communistes).

• En 1947, le président américain Truman annonce son ambition **d'endiguer l'avancée du communiste**. Pour cela, il met en place une alliance militaire avec ses partenaires européens, l'**OTAN** (1949). L'URSS répond en créant le **pacte de Varsovie** en 1955.

• La guerre froide donne lieu à de graves crises entre les États-Unis et l'URSS. C'est par exemple le cas en Allemagne. Le pays est divisé en deux États : la RDA (alliée à l'URSS) et la RFA (alliée aux États-Unis). En 1961, les Soviétiques construisent un **mur** autour de Berlin Ouest (territoire pro-américain) afin d'empêcher les habitants du bloc soviétique de s'enfuir.

• Dans les années 1980, les États-Unis distancent l'URSS dont l'économie est inefficace et qui se ruine dans de coûteux programmes militaires. En 1989, le mur de Berlin est abattu par les habitants de la RDA, et un an plus tard l'Allemagne est réunifiée. En 1991, **l'URSS disparaît** et les États-Unis sortent donc vainqueurs de la guerre.

Je m'entraîne

➤ Question 45

Pourquoi la guerre froide porte-t-elle ce nom ?

Cocher la réponse exacte.

❍ a) Elle se déroule principalement sur le territoire russe où les hivers sont rudes.
❍ b) Elle dure particulièrement longtemps.
❍ c) Les deux principaux ennemis ne s'affrontent jamais directement sur un champ de bataille.

➤ Question 46

Quels pays sont alliés aux États-Unis durant la guerre froide ?

Cocher la ou les réponses exactes.

❒ a) la Pologne
❒ b) la France
❒ c) la Russie
❒ d) l'Italie
❒ e) Cuba
❒ f) le Japon

➤ Question 47

Pourquoi le mur de Berlin est-il construit ?

Cocher la réponse exacte.

❍ a) pour protéger Berlin d'une attaque américaine
❍ b) pour protéger Berlin d'une attaque russe

❍ c) pour empêcher la fuite d'Allemands de l'Ouest vers l'Est
❍ d) pour empêcher la fuite d'Allemands de l'Est vers l'Ouest

➤ Question 48
Durant la guerre froide, l'Allemagne est coupée en deux. Quel est le nom de la partie Est, alliée de l'URSS ?

Cocher la réponse exacte.
❍ a) République fédérale allemande (RFA)
❍ b) République démocratique allemande (RDA)
❍ c) République soviétique allemande (RSA)

➤ Question 49
Qui a remporté la guerre froide ?

Cocher la réponse exacte.
❍ a) les États-Unis
❍ b) l'URSS
❍ c) aucun des deux pays impliqués

Connaître les étapes de la construction européenne depuis les années 1950

Je m'évalue

➤ Question 50
Complète chaque phrase par l'année qui convient.
1. La CECA a été créée en ....
2. Le traité de Rome a été signé en ....
3. L'Union européenne est née en ....
4. L'euro a été lancé en ....

Je révise

- Au lendemain de la Seconde Guerre mondiale, la nécessité d'une **réconciliation franco-allemande** et d'un rapprochement entre les pays européens devient évidente afin d'éviter de nouvelles guerres meurtrières. C'est dans ce but qu'est créé en 1949 le **Conseil de l'Europe**, chargé de veiller au respect des droits de l'homme sur le continent.
- En 1951, la France, la RFA (Allemagne de l'Ouest), l'Italie, la Belgique, le Luxembourg et les Pays-Bas décident de mettre en commun la gestion de leurs ressources en charbon et en acier au sein d'une Communauté européenne du charbon et de l'acier (CECA). Dirigée par une haute autorité indépendante présidée par le français Jean Monnet, elle vise à rapprocher économiquement ses membres pour créer entre eux une dépendance qui les dissuade de se faire la guerre.
- En 1957, le traité de Rome donne naissance à la Communauté économique européenne (CEE).
- En 1992, le traité de Maastricht fixe le principe d'une union politique, économique et monétaire : l'Union européenne.
- En 2013, l'Union européenne poursuit son élargissement avec l'entrée de la Croatie comme 28e État membre.

Je m'entraîne

➤ Question 51

Que signifie le sigle CECA ?

Cocher la réponse exacte.

❍ a) Communauté économique du charbon et de l'acier
❍ b) Commission européenne du charbon et de l'acier
❍ c) Communauté européenne du charbon et de l'acier

➤ Question 52
Lesquels de ces pays étaient membres de la CEE à sa création en 1957 ?

Cocher la ou les réponses exactes.
❒ a) l'Allemagne
❒ b) le Luxembourg
❒ c) l'Italie
❒ d) les Pays-Bas
❒ e) la Belgique
❒ f) la France

➤ Question 53
Lesquels de ces pays ont rejoint l'UE en 2013 ?

Cocher la ou les réponses exactes.
❒ a) la Roumanie
❒ b) la Turquie
❒ c) la Croatie
❒ d) la Pologne
❒ e) la Hongrie

➤ Question 54
Complète le texte comme il convient.

27	29	Berlin	Maastricht	Monnet	Rome	Schuman

L'Union européenne a été créée par le traité de .... et compte aujourd'hui .... pays membres. Les Français, Jean .... et Robert .... en sont deux des principaux pères fondateurs.

➤ Question 55

Où la Commission européenne siège-t-elle ?

Cocher la réponse exacte.

❍ a) à Bruxelles
❍ b) à Strasbourg
❍ c) à Luxembourg

Comprendre la géopolitique mondiale depuis les années 1990

Je m'évalue

➤ Question 56

Complète le texte comme il convient.

communistes	de la Russie	des États-Unis	gardiens	gendarmes
l'émergence	la dissidence	policiers	terroristes	

La fin de la guerre froide a fait .... une puissance militaire et économique sans égale. C'est pourquoi ils ont été qualifiés, parfois, de « .... du monde ». Cette domination est cependant contestée par certains États ainsi que par des groupes ...., et pourrait être remise en cause par .... de nouvelles puissances rivales.

Je révise

- L'effondrement de l'URSS en 1991 a laissé les États-Unis sans rival de taille comparable. Ils sont en effet le pays **le plus riche, le plus puissant militairement** et le plus influent culturellement au monde.
- Le **11 septembre 2001**, une série d'attentats revendiqués par le groupe islamiste *Al-Qaida* frappe les États-Unis. En réaction, les États-Unis envahissent l'Afghanistan. En 2003, ils s'attaquent également à l'Irak sans l'accord de l'ONU.

• Le **Moyen-Orient**, qui réunit l'ensemble des pays compris entre l'Égypte et l'Iran, est la principale zone de **conflits internationaux**. Cela s'explique notamment par la difficile cohabitation dans cet espace limité entre des peuples (Arabes, Perses, Kurdes, Juifs) et des religions (musulmans sunnites, musulmans chiites, chrétiens, juifs) très variés.
• Les années 2000 sont celle de l'émergence ou du redressement de pays qui, par leur poids démographique et économique, sont de plus en plus influents. C'est le cas des **BRIC** : Brésil, Russie, Chine, Inde.
• La **Russie** se redresse également peu à peu grâce à ses richesses en hydrocarbures qui lui rapportent beaucoup d'argent. Elle s'inquiète du développement de l'OTAN à ses frontières et de l'élargissement progressif de l'UE sur son ancien empire.

Je m'entraîne

➤ Question 57
Pourquoi les États-Unis sont-ils influents dans le monde ?

Cocher la ou les réponses exactes.
❒ a) Le pays est le plus peuplé du monde.
❒ b) Le pays est le plus riche du monde.
❒ c) Le pays est celui qui consacre le plus d'argent à sa défense.
❒ d) Le pays est celui qui possède l'armée la plus nombreuse en hommes.
❒ e) Le pays dispose de l'arme nucléaire.
❒ f) Le pays est en guerre contre l'Arabie Saoudite.
❒ g) Le pays dispose d'un droit de veto à l'ONU.

➤ Question 58
Parmi ces pays, lesquels peuvent être qualifiés de puissances émergentes ?

Cocher la ou les réponses exactes.
❒ a) le Brésil
❒ b) la Chine

❐ c) les États-Unis
❐ d) l'Inde
❐ e) le Japon
❐ f) l'Australie

➤ Question 59

Quel pays est inquiété par l'élargissement de l'Union européenne à l'est ?

Cocher la réponse exacte.
❍ a) les États-Unis
❍ b) la Turquie
❍ c) la Russie

➤ Question 60

Parmi ces pays du Moyen-Orient, lesquels sont des alliés des États-Unis ?

Cocher la ou les réponses exactes.
❐ a) Israël
❐ b) l'Iran
❐ c) la Syrie
❐ d) l'Arabie Saoudite
❐ e) la Turquie
❐ f) le Yémen

➤ Question 61

À quelle date les villes de Washington et de New York sont-elles victimes d'attaques terroristes ?

Cocher la réponse exacte.
❍ a) 11/9/2001
❍ b) 9/11/2011
❍ c) 11/11/2009

➤ Question 62

Lesquelles de ces religions sont pratiquées au Moyen-Orient ?

Cocher la ou les réponses exactes.

❒ a) le judaïsme
❒ b) l'islam
❒ c) l'hindouisme
❒ d) le christianisme
❒ e) le bouddhisme

Connaître la société française des années 1950 aux années 1980

Je m'évalue

➤ Question 63

Complète le texte comme il convient.

crise	prospérité	rajeunit	rurale	urbaine	vieillit

Après la Seconde Guerre mondiale, l'économie française connaît une période de .... Parallèlement, la société française connaît de grandes transformations : la population devient plus .... et ....

Je révise

• Avec la fin de la Seconde Guerre mondiale, la France entre dans une période de croissance : les **Trente Glorieuses**. Durant ces **trois décennies (1945-1975)**, l'économie française se caractérise par **une forte croissance du PIB et un chômage très bas**. Les Français accèdent à l'automobile, la télévision, l'électroménager, aux biens culturels et peuvent partir vacances. Mais **l'augmentation des prix pétroliers** (chocs pétroliers de 1973 et 1979) entraîne le début d'une **crise économique** : la croissance ralentit et le chômage augmente, sans connaître de véritable décrue jusqu'à aujourd'hui.

• Durant cette période, l'agriculture a besoin de moins de bras car elle s'est réorganisée autour de grandes exploitations. L'industrie et le secteur des services sont en expansion. Les jeunes quittent les campagnes pour travailler en ville : c'est **l'exode rural**.
• L'espérance de vie progresse et la population vieillit. Cela s'explique par l'amélioration des conditions de vie, en lien avec la croissance économique, mais aussi grâce aux innovations médicales, nombreuses dans la seconde moitié du XXe siècle, et à la mise en place de la Sécurité sociale et d'un système de protection sociale (caisses de retraite…).
• La natalité augmente (le « baby-boom »), puis diminue, pour se stabiliser depuis quelques années à un niveau qui n'assure pas le renouvellement des générations (moins de 2,1 enfants par femme).
• Les Français sont donc plus riches, mieux soignés, plus diplômés et plus urbains qu'au début du XXe siècle. La société s'en trouve bouleversée. En **mai 1968**, la France est secouée par une révolte étudiante qui fédère autour d'elle aussi des mouvements ouvriers. La jeunesse revendique plus d'égalité, un autre mode de vie, détourné de la consommation, et conteste le pouvoir établi (que ce soit celui du président Charles de Gaulle ou de l'homme au sein des familles et couples).

Je m'entraîne

➤ Question 64

Sous quel nom est connue la révolte étudiante et ouvrière secouant la France lors du mandat de Charles de Gaulle ?

Cocher la réponse exacte.

❍ a) Juin 40
❍ b) Mai 58
❍ c) Mai 68

➤ Question 65

Quelles sont les caractéristiques de l'économie française durant la période des Trente Glorieuses ?

Cocher la ou les réponses exactes.

❒ a) Chômage élevé
❒ b) Chômage faible
❒ c) Croissance économique importante
❒ d) Faiblesse de la croissance économique
❒ e) Croissance économique importante
❒ f) Accroissement des échanges et de la production

➤ Question 66

Associe la date à la réforme législative mentionnée.

1967	1974	1975

Loi sur la contraception : ....
Autorisation de l'avortement : ....
Création du collège unique : ....

Connaître la vie politique française de la IVe et de la Ve République

Je m'évalue

➤ Question 67

Complète chaque phrase par l'année qui convient.

1. La Constitution de la IVe République a été adoptée en ....
2. Les femmes ont obtenu le droit de vote en ....
3. La Constitution de la Ve République a été adoptée en ....
4. Le président de la République est élu au suffrage universel direct depuis ....

Je révise

• La **IVe République** se caractérise par une grande **instabilité des gouvernements**, qui changent souvent car les partis politiques qui les soutiennent ne cessent de se diviser à l'Assemblée.

• La défaite en Indochine et les difficultés en Algérie fragilisent encore un peu plus la IVe République et conduisent finalement au **rappel du général de Gaulle au pouvoir**. Celui-ci accepte de revenir à condition de changer les institutions du pays. Il rédige une **nouvelle Constitution** approuvée par les Français en 1958 : c'est le début de la **Ve République** dont de Gaulle est le premier président. En 1962, il adopte une réforme qui fait élire le président au suffrage universel direct. La Ve République renforce les pouvoirs du président par rapport à ceux du Parlement.

• En 1969, **de Gaulle démissionne** après la victoire du « non » à un référendum qu'il avait organisé. C'est Georges Pompidou, un de ses proches, qui lui succède. En 1981 a lieu la première **alternance** : un président de gauche (François Mitterrand) remplace un président de droite (Valéry Giscard d'Estaing). En 1986, c'est la première **cohabitation** : un président de gauche (François Mitterrand) doit gouverner avec une Assemblée et donc un Premier ministre (Jacques Chirac) de droite.

Je m'entraîne

➤ Question 68

Quelles sont les causes de la chute de la IVe République ?

Cocher la ou les réponses exactes.

❒ a) la guerre du Vietnam
❒ b) la guerre d'Algérie
❒ c) la guerre d'Indochine
❒ d) l'instabilité des gouvernements

➤ Question 69

Lesquels de ces hommes politiques ont été présidents sous la Ve République ?

Cocher la ou les réponses exactes.

❒ a) François Mitterrand
❒ b) Léon Blum
❒ c) Georges Pompidou
❒ d) Michel Rocard
❒ e) Charles de Gaulle
❒ f) Jacques Chirac
❒ g) Pierre Mendès-France
❒ h) Nicolas Sarkozy

➤ Question 70

Sous la Ve République, combien de temps le mandat des députés dure-t-il ?

Cocher la réponse exacte.

❍ a) 5 ans
❍ b) 6 ans
❍ c) 7 ans

➤ Question 71

Complète le texte comme il convient.

5	7	autoritaire	parlementaire	Premier ministre	président	présidentiel

La IVe République, qui était un régime de type ...., est remplacée en 1958 par la Ve République qui donne plus de pouvoirs au .... Depuis une réforme adoptée en 2000, il est élu pour .... ans.

➤ Question 72

Sous la Ve République, quels sont les pouvoirs du président ?

Cocher la ou les réponses exactes.

❒ a) dissoudre le Sénat
❒ b) être élu par les députés
❒ c) être le chef des armées
❒ d) organiser un référendum

➤ Question 73

Sous la Ve République, le gouvernement :

Cocher la ou les réponses exactes.

❒ a) est composé de ministres choisis par le président, puis approuvés par le Premier ministre.
❒ b) est composé de ministres choisis par le Premier ministre, puis approuvés par le président.
❒ c) est responsable devant le Parlement.
❒ d) peut dissoudre l'Assemblée nationale.
❒ e) doit démissionner si l'Assemblée vote une motion de censure contre lui.

Les corrigés des tests

➤ Question 1

Réponses : l'Union sacrée / pacifistes / la censure

L'éclatement de la guerre, en 1914, vient nourrir un sentiment de revanche sur l'Allemagne, victorieuse en 1870, et qui avait alors annexé l'Alsace et la Moselle. Les Français sont persuadés que la guerre sera courte, ce qui explique que bien peu s'y opposent. Les différents partis politiques mettent de côté leurs querelles pour affronter l'ennemi commun.

➤ Question 2

Réponse : **c)**

Contrairement à la guerre de mouvement dans laquelle on cherche à prendre de vitesse l'adversaire, la guerre de positions vise à conserver les positions acquises. C'est la guerre des tranchées.

➤ Question 3

Réponse : **b)**

La vie dans les tranchées est très dure pour les soldats. Ils ont faim, froid, et n'ont ni le temps ni l'eau disponible pour se raser, d'où ce surnom de « poilus ».

➤ Question 4

Réponses : **d) e)**

- Au début du conflit, en 1914, deux camps s'affrontent :
  - la Triplice (ou Triple Alliance), formée de l'Allemagne, l'Autriche-Hongrie et l'Italie ;
  - la Triple Entente, qui regroupe la France, la Russie et le Royaume-Uni.
- L'Italie ne rejoint la Triple Entente qu'en 1915.

➤ Question 5

Réponses : **c) e)**

L'année 1917 marque un tournant dans la guerre pour trois raisons :

– des soldats, lassés d'une guerre particulièrement coûteuse en vies humaines et qui s'éternise se révoltent (mutineries) ;

– la révolution de février 1917 conduit la Russie à se retirer du conflit (armistice de Brest-Litovsk, en décembre 1917). La France et le Royaume-Uni perdent ainsi un précieux allié qui obligeait les Allemands à combattre sur les deux fronts (à l'est et à l'ouest) ;

– en avril 1917, les États-Unis entrent en guerre aux côtés de la France et du Royaume-Uni, en représailles à l'offensive sous-marine lancée par les Allemands, ce qui entravait la circulation et le commerce maritimes.

➤ Question 6

Réponses : Première Guerre mondiale / tsar / bolcheviks / octobre

• La révolution russe de février 1917 constitue un tournant dans l'histoire de la Russie, puisqu'elle met fin au régime des tsars. Les bolcheviks prennent le pouvoir en octobre 1917 et font de la Russie le premier pays communiste au monde.

• La révolution russe marque également un tournant dans la Première Guerre mondiale, puisqu'elle fait perdre un allié à la France et au Royaume-Uni, ce qui est compensé par l'entrée en guerre des États-Unis, en avril 1917.

➤ Question 7

Réponse : **c)**

On regroupe sous le nom de *Blancs* les partisans du tsar déchu, les *mencheviks* et autres socialistes non bolcheviks. Malgré le soutien de puissances étrangères, ceux-ci sont vaincus en 1921 par l'Armée rouge dirigée par Trotski.

➤ Question 8

Réponses : **a) b)**

La Russie d'avant 1917 est dominée par le Tsar, la noblesse russe et l'Église orthodoxe. Les communistes (ou bolcheviks) mettent fin à à leur domination sur le pays.

➤ Question 9

Réponse : **b)**

À la mort de Lénine en 1924, Trotski et Staline s'opposent pour lui succéder.
C'est finalement Staline, alors secrétaire général du Parti communiste, qui l'emporte. Après avoir exclu Trotski du parti, il le contraint à s'exiler, en 1929, avant de le faire assassiner.

➤ Question 10

Réponses : **a) c) e)**

• Les bolcheviks ont une idéologie largement fondée sur les thèses développées par le grand théoricien allemand du socialisme Karl Marx (1818-1883), visant la mise en place du communisme.
Pour les appliquer au plus vite à la Russie, ils veulent d'abord faire la paix rapidement avec l'Allemagne afin de concentrer leurs efforts sur la refondation du pays.
• Ils ne veulent plus d'un régime monarchique dans laquelle le pouvoir revient, en théorie, aux soviets (conseils d'ouvriers et de soldats).
• Ils sont opposés à la propriété privée et nationalisent (confisquent au profit de l'État) les moyens de production, notamment aux détriments de ceux qu'ils appellent les *koulaks* (« paysans riches »).

➤ Question 11

Réponse : **b)**

La Nouvelle politique économique (NEP) est destinée à assurer la transition entre le modèle capitaliste et le modèle communiste. L'objectif final est d'aboutir à une société sans classes ni propriété privée, ce qui nécessite que l'État s'approprie l'ensemble des biens de production.
L'économie est donc dirigée par l'État, qui fixe dans le plan les objectifs à atteindre.

➤ Question 12

Réponses : Staline / planifiée / industriel

Alors que Lénine voulait assurer un passage progressif du capitalisme au communisme avec la NEP, Staline décide de précipiter cette transition.

Pour y parvenir, il mise sur le développement des industries lourdes, afin d'accélérer la modernisation du pays et faire bénéficier l'agriculture d'équipements modernes.
Le communisme soviétique repose en effet sur l'idée d'une association entre le monde paysan (la faucille) et le monde ouvrier (le marteau).

➤ Question 13
Réponse : **a)**
Comme les usines, les terres sont nationalisées, c'est-à-dire qu'elles ne sont plus la propriété d'une personne mais de l'État. Celles-ci sont cultivées par les paysans dans le cadre des *kolkhozes* (exploitations appartenant en commun à un groupe d'agriculteurs).

➤ Question 14
Réponses : **c) d)**
Comme dans tout État totalitaire, les opposants sont étroitement surveillés par la police politique et tout est fait pour les réduire au silence. Des procès politiques sont organisés. Ils sont nombreux à être envoyés dans les camps de travail et ceux qui le peuvent s'exilent à l'étranger pour échapper à la répression.

➤ Question 15
Réponses : propagande / personnalité / censure
Pour renforcer son pouvoir acquis après une lutte contre Trotski, Staline est très attentif à l'image qu'il donne de lui. La propagande soviétique le présente comme un chef d'État à la fois visionnaire et proche de son peuple. On le surnomme le « Petit Père des peuples ». Cette propagande est associée à une forte censure, c'est-à-dire que toute critique est interdite.

➤ Question 16
Réponse : **c)**
Goulag est l'acronyme d'*Administration principale des camps*. Ces camps de travail forcé sont situés dans les régions les plus froides et reculées du pays comme la Sibérie. Des millions de détenus y vivent dans des conditions très difficiles et servent de main-d'œuvre gratuite afin de mettre en valeur les terres.

➤ Question 17

Réponses : 1933 / démocratique / d'agrandir / Juifs

En 1923, Hitler tente de prendre le pouvoir par un coup d'État, mais échoue. En 1933, c'est cette fois en passant par les urnes qu'il accède au poste de chancelier. Le régime nazi (national-socialisme) peut désormais appliquer son programme nationaliste d'expansion territoriale ainsi que sa politique antisémite visant à chasser les Juifs d'Allemagne.

➤ Question 18

Réponse : **b)**

Le mot allemand *Führer* peut être traduit en français par « guide », « chef » ou encore « dirigeant ».

➤ Question 19

Réponse : **c)**

• Dans les années 1930, l'Allemagne est le pays européen le plus durement touché par la crise. Le pays est asphyxié par le versement des indemnités de guerre aux nations victorieuses de 1918.

• La monnaie allemande, le mark, est alors totalement dépréciée, ce qui provoque une importante flambée des prix (inflation).

➤ Question 20

Réponses : **b) d)**

• Le parti nazi dispose de plusieurs groupes paramilitaires. Ce sont les SA (Sections d'assaut), dont les membres sont surnommés les « chemises brunes » à cause de leur uniforme, et la SS (Brigade de protection).

• La Gestapo est la police politique du régime. Elle est dirigée par Himmler, qui est aussi membre de la SS.

➤ Question 21

Réponse : **c)**

Les nazis ont une idéologie pangermaniste, c'est-à-dire qu'ils veulent annexer à l'Allemagne toutes les régions peuplées de populations de culture et de langue allemandes.

C'est pourquoi ils annexent les Sudètes (une partie de la Tchécoslovaquie) et surtout l'Autriche (pays natal d'Hitler) en 1938.

➤ Question 22

Réponses : **1.** 1934 **2.** 1933 **3.** 1933 **4.** 1935

• On appelle « Nuit des longs couteaux » l'assassinat des chefs de la SA par la SS.

• Hitler arrive au pouvoir le 30 janvier 1933, après avoir été appelé à gouverner comme chancelier par le président Hindenburg.

• Les premiers camps de concentration, ouverts bien avant la Seconde Guerre mondiale, sont principalement destinés à accueillir les opposants politiques aux nazis, notamment les communistes.

• Les lois de Nuremberg retirent aux Juifs la nationalité allemande et leur interdisent de se marier avec des non-juifs.

➤ Question 23

Réponses : victorieuse / l'antiparlementarisme / Léon Blum / 1936

• Malgré sa victoire en 1918, la France des années 1930 est un pays en crise, que ce soit dans le domaine économique ou politique.

Le régime républicain est menacé par la montée de l'antiparlementarisme, mouvement politique qui se rapproche de groupes comme les fascistes en Italie, les nazis en Allemagne, les franquistes en Espagne.

• C'est parce qu'ils craignent que la France suive ce modèle que les partis de gauche s'unissent au sein du Front populaire.

➤ Question 24

Réponse : **b)**

• Réunis, l'Assemblée nationale et le Sénat constituent le Parlement.

• Les antiparlementaristes s'opposent au système parlementaire qu'ils jugent inefficace et sujet à la corruption (de nombreuses affaires éclaboussent la classe politique dans les années 1930).

• Les antiparlementaristes préfèrent un système où le pouvoir est concentré entre les mains d'un seul homme capable de prendre des décisions rapidement et sans se laisser corrompre.

➤ Question 25

Réponse : **c)**

• L'émeute du 6 février 1934 est la plus meurtrière de l'histoire de Paris depuis la Commune de 1871. Les partis de gauche ont cru que ces événements étaient une tentative de coup d'État organisée par l'extrême droite.

Cela a contribué à les rapprocher, d'où la création deux ans plus tard, du Front populaire.

• À l'inverse, les partis de droite ont vu dans ces événements une volonté de répression du gouvernement.

➤ Question 26

Réponses : **c) d) f)**

Le Front populaire (1936-1937) est le premier gouvernement français soutenu par le Parti communiste. Les communistes craignent une arrivée au pouvoir de l'extrême droite, ce qui aurait certainement conduit à une violente répression à leur égard. Ils refusent de participer directement au gouvernement en y envoyant des ministres, et se contentent de voter les lois proposées par le Front populaire au Parlement.

➤ Question 27

Réponses : **b) d)**

Le Front populaire, dirigé par le socialiste Léon Blum, est le premier gouvernement français à avoir confié des responsabilités politiques à des femmes, alors que celles-ci n'ont pas encore le droit de vote. Les communistes soutiennent le gouvernement à l'Assemblée nationale, mais n'ont pas de ministres.

➤ Question 28

Réponses : le temps de travail / des congés payés / la crise économique

Le Front populaire est resté dans l'histoire pour les nombreuses avancées sociales conclues par l'accord de Matignon de 1936, sous la pression d'un vaste mouvement de grève des ouvriers.

Cet accord prévoit une réduction de la durée hebdomadaire du travail à 40 h, et le droit à des congés payés pour les salariés.
Mais ces mesures ne permettent pas de sortir la France de la crise économique.

➤ Question 29

Réponses : Pologne / 1939 / 1942 / Alliés / 1945
Comme lors de la Première Guerre mondiale, c'est la volonté d'expansionnisme de l'Allemagne qui est à l'origine de la Seconde Guerre mondiale qui éclate en Europe. C'est une guerre à l'échelle mondiale, car pour la première fois dans l'histoire, des combats ont lieu sur tous les continents. D'abord marqué par des succès allemands, le conflit prend une autre tournure à partir de 1942, lorsque l'URSS et les États-Unis remportent leurs premières victoires sur l'Allemagne et ses alliés.

➤ Question 30

Réponse : **c)**
• En 1939, on parle de *drôle de guerre* car il n'y a pas encore de combats directs opposant les armées française et allemande. Les soldats français, retranchés derrière la ligne Maginot, pensent qu'elle va les protéger de l'invasion allemande.
• La surprise est donc totale lorsque, le 10 mai 1940, en passant par les Pays-Bas et la Belgique, les blindés allemands pénètrent en France en contournant la ligne Maginot.
• Sans même avoir réellement pu combattre, l'armée française est vaincue et le gouvernement contraint de signer l'armistice, dès le 22 juin 1940.

➤ Question 31

Réponses : **b) d)**
• Jusqu'en 1942, l'Allemagne bénéficie de l'effet de surprise de la guerre éclair qu'elle a mené, ne laissant pas le temps à l'adversaire d'organiser sa défense.
• Mais, la guerre s'installant, l'Allemagne ne parvient plus à tenir tête aux Alliés, qui disposent d'armées beaucoup plus nombreuses, et connaît de grandes difficultés d'approvisionnement en vivres et en matériel.

➤ Question 32

Réponses : 1. 1941 2. 1943 3. 1944 4. 1945 5. 1945

• Les États-Unis ne rentrent en guerre qu'en 1941, après avoir été attaqués sur leur propre territoire par les Japonais. En 1944, les Alliés débarquent en Normandie pour contrecarrer l'invasion allemande.

• Contrairement à une idée reçue, la Seconde Guerre mondiale ne prend pas fin le 8 mai 1945 (capitulation de l'Allemagne), mais en septembre 1945 avec la capitulation du Japon.

➤ Question 33

Réponse : **c)**

• La Seconde Guerre mondiale est le conflit le plus meurtrier de l'histoire. Elle a fait près de six fois plus de victimes que la Première Guerre mondiale. Surtout, la majorité de ces morts sont des civils, victimes du génocide orchestré par les nazis (6 millions de Juifs exterminés).

• L'Europe est la région la plus touchée, puisque 75 % des victimes de la guerre y vivaient et que l'essentiel des combats a eu lieu sur son sol qui est largement dévasté par les intenses bombardements aériens qu'il a subi à la fin de la guerre.

• L'URSS est le pays qui enregistre les plus lourdes pertes (20 millions de morts).

➤ Question 34

Réponse : **b)**

Le bombardement atomique américain a permis d'obtenir une capitulation rapide du Japon, mais a créé un choc dans l'opinion publique mondiale, inquiète de l'usage qui pouvait être fait à l'avenir de cette nouvelle arme terriblement meurtrière.

➤ Question 35

Réponses : vaincue / IIIe / maréchal Pétain / Vichy

Les Français, vainqueurs de l'Allemagne en 1918, sont surpris et déboussolés par l'offensive allemande et l'écrasante défaite qu'ils subissent en 1940. La IIIe République, accusée de ne pas avoir bien préparé la guerre, ne survit pas à ce choc. Le 10 juillet 1940, les députés donnent au maréchal Pétain les pleins pouvoirs pour gérer la défaite et donner à la France une nouvelle Constitution.

➤ Question 36

Réponse : **c)**

Le maréchal Pétain, âgé de 84 ans en 1940, est une figure rassurante pour les Français. Vainqueur de la bataille de Verdun en 1918, il se propose de négocier une issue pacifique qui préserverait au mieux les intérêts de la France.

➤ Question 37

Réponse : **a)**

• Le *Service du travail obligatoire* oblige les jeunes Français à aller travailler en Allemagne en échange de la libération de prisonniers de guerre français.

• Succédant à la *relève* qui reposait sur le volontariat, il est destiné à soutenir l'effort de guerre allemand en remplaçant dans les usines les ouvriers allemands envoyés à l'Est sur le front russe.

➤ Question 38

Réponse : **a)**

• Le régime de Vichy a choisi de collaborer avec l'Allemagne nazie car ses dirigeants en partageaient les idées : anticommunisme, antisémitisme.

• De sa propre initiative, il a pris part à la déportation des Juifs de France en organisant des convois vers les camps d'extermination.

➤ Question 39

Réponses : la Libération / Résistants / Le GPRF

• La libération du territoire métropolitain commence en 1944 avec les débarquements des Alliés en Normandie et en Provence. La Résistance a joué un rôle de soutien auprès des Alliés.

• La résistance intérieure s'est développée de manière autonome en plusieurs points du territoire français. Elle est constituée de plusieurs réseaux, de bords politiques différents.

• Jean Moulin est chargé par le général de Gaulle de fédérer ces forces face à l'occupant, par la création du Conseil national de la Résistance (CNR), en mai 1943.

• Le territoire est peu à peu libéré jusqu'à la signature de la capitulation allemande le 8 mai 1945. Le Gouvernement Provisoire de la République Française (GPRF) qui se met en place, de 1944 à 1946, restaure l'ordre républicain.

➤ Question 40

Réponses : **1.** Seconde Guerre mondiale **2.** indépendance **4.** 1954

• La plupart des pays colonisés ont accédé à l'indépendance entre 1947 et 1960. Seules les colonies portugaises, décolonisées au milieu des années 1970 font exception.

• Globalement, la colonisation s'est opérée en trois phases : d'abord les pays asiatiques, ensuite les pays d'Afrique du Nord et du Moyen-Orient, enfin les pays d'Afrique subsaharienne.

➤ Question 41

Réponse : **b)**

• Les négociations n'ont cependant pas empêché la guerre entre Indiens hindouistes et Indiens musulmans. Mais celle-ci a opposé les Indiens non pas aux Britanniques, mais entre eux selon une logique religieuse (hindouistes contre musulmans).

• L'ancienne Inde britannique a finalement été divisée en deux pays : le Pakistan (musulman) et l'Union indienne (à majorité hindouiste).

➤ Question 42

Réponses : d'attentats / le FLN / d'Évian

• Dans un premier temps, le gouvernement français refuse toute négociation avec le FLN car l'Algérie, contrairement aux autres colonies françaises, était considérée comme faisant partie de la métropole.

• Ce n'est qu'après le retour au pouvoir du général de Gaulle, en 1958, que des discussions s'engagent et aboutissent à l'indépendance du pays en 1962.

➤ Question 43

Réponses : **a) b) c)**

L'opposition à la colonisation est l'un des rares points d'accord entre les États-Unis et l'URSS durant la guerre froide.

Les États-Unis sont pourtant alliés au Royaume-Uni et à la France qui sont de grandes puissances coloniales, et qui doivent donc être ménagées.

➤ Question 44

Réponses : **1.** 1945 **2.** 1947 **3.** 1949 **4.** 1955 **5.** 1962

• Durant la guerre froide, le monde est divisé en deux camps, appelés « blocs ». Chacun d'eux est organisé autour d'une alliance militaire : l'OTAN pour les États-Unis, le pacte de Varsovie pour l'URSS.

• De nombreuses crises éclatent entre les deux blocs dont la plus grave, en 1962, est celle des fusées de Cuba (missiles nucléaires soviétiques pointés vers les États-Unis depuis l'île de Cuba), qui faillit déboucher sur une guerre ouverte entre les États-Unis et l'URSS.

➤ Question 45

Réponse : **c)**

C'est le journaliste américain Walter Lippmann qui invente cette expression dès 1947.

S'il n'y a pas d'affrontement militaire direct entre les États-Unis et l'URSS, c'est parce que tous deux possèdent l'arme nucléaire et mettent en balance la menace de son utilisation. Une guerre ouverte ne pourrait donc que se solder par de très lourdes pertes dans les deux camps.

➤ Question 46

Réponses : **b) d) f)**

• De manière générale, tous les pays d'Europe de l'Ouest sont alliés aux États-Unis, tandis que ceux d'Europe de l'Est le sont à l'URSS.

• Le seul allié de l'URSS sur le continent américain est Cuba, où les Soviétiques tentent en 1962 d'installer des fusées nucléaires capables d'atteindre le territoire américain, ce qui provoque une grave crise avec les États-Unis, finalement réglée par la négociation.

➤ Question 47

Réponse : **d)**

• Après la partition de l'Allemagne, la construction du mur de Berlin est destinée à stopper l'émigration d'Allemands de l'Est vers l'Allemagne de l'Ouest (3,5 millions de fugitifs entre 1945 et 1961).

• Les Américains dénoncent le mur comme « le mur de la honte » et le président Kennedy vient y prononcer un célèbre discours en 1963.

➤ Question 48

Réponse : **b)**

• En 1945, l'Allemagne est divisée en quatre zones d'occupation : française, britannique et américaine à l'Ouest, soviétique à l'Est.

Les trois zones d'occupation de l'Ouest sont unifiées pour donner naissance à la République fédérale allemande (RFA), aussi appelée « Allemagne de l'Ouest ».

La zone soviétique est transformée en une République démocratique allemande (RDA) ou « Allemagne de l'Est ».

• Les deux Allemagne sont réunifiées en 1990.

➤ Question 49

Réponse : **a)**

La victoire des États-Unis n'a pas été obtenue sur le champ de bataille, mais à cause de l'effondrement de leur adversaire.

Victime des imperfections de son modèle économique, l'URSS éclate et disparaît en 1991.

➤ Question 50

Réponses : **1.** 1951 **2.** 1957 **3.** 1993 **4.** 2002

• L'actuelle Union européenne est l'héritière de la Communauté économique européenne, elle-même héritière de la Communauté européenne du charbon et de l'acier (CECA).

• À chaque étape, les pays membres, toujours plus nombreux, ont intensifié leur coopération et augmenté le nombre des secteurs concernés.

➤ Question 51

Réponse : **c)**

• Créée en 1951, la CECA avait pour objectif de mettre en commun la gestion de la production française, allemande (RFA), belge et hollandaise de charbon et d'acier.

• En rendant commune la production et la gestion de ces ressources stratégiques, on cherchait à éviter la possibilité d'une nouvelle guerre entre ces pays, leurs économies étant désormais largement interdépendantes.

➤ Question 52

Réponses : **a) b) c) d) e) f)**

• Les six pays fondateurs de la CEE sont la France, l'Italie, la RFA (Allemagne de l'Ouest), la Belgique, le Luxembourg et les Pays-Bas.

• Ils ont en commun de se localiser à l'ouest du continent européen et d'être plus ou moins proches des États-Unis durant la guerre froide.

• Ils sont rejoints par le Royaume-Uni, l'Irlande et le Danemark en 1973, la Grèce en 1981, l'Espagne et le Portugal en 1986, l'Autriche, la Finlande et la Suède en 1995 et la plupart des pays d'Europe centrale et orientale par la suite.

➤ Question 53

Réponse : **c)**

• Le dernier État à avoir rejoint l'Union européenne est la Croatie.

• À ce jour, cinq autres pays sont candidats pour intégrer l'UE s'ils en remplissent les conditions : la Turquie, la Serbie, la Macédoine, l'Islande et le Monténégro.

➤ Question 54

Réponses : Maastricht / 27 / Monnet / Schuman

• L'objectif des pères fondateurs de l'Europe était d'éviter la répétition d'une guerre, de s'unir contre le communisme et de favoriser la reconstruction du continent.

• Ces objectifs ont été atteints et largement dépassés, puisque l'UE est devenue une instance unique au monde, qui réunit la quasi-totalité des États européens.

➤ Question 55

Réponse : **a)**

• Bruxelles est la capitale de l'Europe car c'est là que siègent les plus importantes instances de l'Union européenne.

• La Commission européenne est le gouvernement de l'UE, et comprend 27 commissaires nommés par les 27 pays membres.

• Strasbourg abrite quant à elle le Parlement européen et la ville de Luxembourg est le siège de la Cour de justice européenne.

➤ Question 56

Réponses : des États-Unis / gendarmes / terroristes / l'émergence

• Avec la disparition de l'URSS, plus aucun État ne peut prétendre rivaliser économiquement et plus encore militairement avec les États-Unis, qui sont définis comme les « gendarmes du monde », car ils sont en mesure d'intervenir partout, en un temps très bref.

• La toute-puissance des États-Unis a cependant été attaquée, comme lors des attentats terroristes du 11 septembre 2001.

• Le terrorisme est une méthode d'action qui consiste à susciter la peur chez l'adversaire. Il peut être utilisé par des groupes ou des États aux idéologies très variées.

➤ Question 57

Réponses : **b) c) e) g)**

• La puissance américaine repose d'abord sur sa richesse économique, mais aussi sur son armée qui est incontestablement la plus puissante du monde.

• C'est l'armée la plus performante et la mieux équipée au monde, moins nombreuse que l'armée chinoise (2 250 000 soldats), mais qui dispose de bases lui permettant d'intervenir rapidement et sur tous les continents.

➤ Question 58

Réponses : **a) b) d)**

• Un pays émergent est un pays qui, grâce à sa forte croissance économique, parvient à devenir une puissance qui compte sur la scène internationale.

• Le Brésil, la Russie, l'Inde et la Chine, que l'on réunit sous l'acronyme BRIC, sont des puissances émergentes.
• On considère cependant la Russie comme un pays re-émergent plutôt qu'émergent. En effet, il a été l'une des deux plus grandes puissances mondiales, jusqu'à la disparition de l'URSS en 1991.

➤ Question 59

Réponse : **c)**

La Russie s'inquiète de voir l'Union européenne intégrer des pays qui étaient auparavant membres de l'URSS ou faisant partie de l'ancien bloc de l'Est.

Elle craint d'être encerclée par les pays membres de l'OTAN et s'oppose donc à son élargissement aux pays voisins.

➤ Question 60

Réponses : **a) d) e)**

• Les États-Unis sont très attentifs au Moyen-Orient, notamment parce que cette région recèle de nombreuses ressources pétrolières nécessaires à leur économie. C'est pourquoi ils ont développé un système d'alliances avec de nombreux pays de la région, dont les principaux sont la Turquie, Israël et l'Arabie Saoudite.
• À l'inverse, ils entretiennent des relations difficiles avec d'autres pays comme l'Iran, la Syrie ou le Yémen.

➤ Question 61

Réponse : **a)**

Le 11 septembre 2001, des terroristes islamistes détournent plusieurs avions. Le Pentagone (siège du ministère de la Défense des États-Unis) à Washington et le Wolrd Trade Center à New York, symbole de la puissance économique américaine, sont les cibles atteintes.

➤ Question 62

Réponses : **a) b) d)**

• Les trois grandes religions monothéistes (judaïsme, christianisme et islam) ont pour point commun d'être toutes issues du Moyen-Orient et coexistent encore de nos jours.

• Aujourd'hui, l'islam est majoritaire, mais est divisé en plusieurs courants rivaux, dont les deux principaux sont le chiisme et le sunnisme.

• La cohabitation entre ces différentes religions est parfois conflictuelle dans les pays du Moyen-Orient, notamment en Égypte et en Irak où les violences interconfessionnelles ne sont pas rares.

➤ Question 63

Réponses : prospérité / urbaine / vieillit

La période d'après-guerre est connue sous le nom des Trente Glorieuses. Elle prend fin avec les chocs pétroliers des années 1970.

➤ Question 64

Réponse : **c)**

La crise de mai 1968 est avant tout une révolte des étudiants : ils réclament de nouveaux droits et rêvent d'une société neuve. Elle s'accompagne de mouvements de grèves de la part des ouvriers.

➤ Question 65

Réponses : **b) c) e) f)**

La période des Trente Glorieuses s'étend de la fin de la Seconde Guerre mondiale jusqu'aux chocs pétroliers des années 70. L'économie connaît une forte croissance durant cette période.

➤ Question 66

Réponses : 1967 / 1974 / 1975

Parallèlement à l'essor de l'économie, la société française se transforme durant les Trente Glorieuses. Les Français deviennent plus urbains, les naissances sont plus nombreuses et l'espérance de vie s'allonge.

➤ Question 67

Réponses : **1.** 1946 **2.** 1944 **3.** 1958 **4.** 1962

• Au lendemain de la Seconde Guerre mondiale, la France est à reconstruire.

Le régime de Vichy s'est effondré en 1944 et il faut donc mettre en place une nouvelle politique.

• Au terme d'intenses débats, la IVe République voit le jour en 1946. Elle ne convient pas au général de Gaulle qui choisit de se retirer.

C'est en 1958 qu'il revient pour devenir président de la nouvelle Ve République, dont la Constitution est plus conforme à ses conceptions.

➤ Question 68

Réponses : **b) d)**

• De nos jours, la IVe République est souvent critiquée pour son instabilité et son incapacité à gérer la décolonisation, ce qui a provoqué sa chute en 1958.

• Elle a cependant laissé un bilan non négligeable, puisqu'elle a assuré la reconstruction du pays au lendemain de la guerre et initié la construction européenne.

➤ Question 69

Réponses : **a) c) e) f) h)**

• Le général de Gaulle est le seul président de la Ve République a avoir d'abord été élu au suffrage universel indirect avant d'être élu, conformément à la réforme de 1962, au suffrage universel direct.

• Jacques Chirac est à la fois le dernier président à avoir été élu pour 7 ans (en 1995) et le premier à l'avoir été pour 5 ans (2002).

➤ Question 70

Réponse : **a)**

La réforme de 2000 qui réduit le mandat présidentiel à 5 ans a été conçue pour que les députés soient élus en même temps et pour la même durée que le chef de l'État.

Cela est fait pour éviter que la majorité des députés à l'Assemblée nationale soit d'un autre bord politique que le président de la République, situation dite « de cohabitation » qui rend compliqué le gouvernement de la France.

➤ Question 71

Réponses : parlementaire / président / 5

La Ve République renforce considérablement les pouvoirs du président de la République, ce qui a pour conséquence d'affaiblir ceux du Parlement. La réforme de 2000 vise à éviter la cohabitation, c'est-à-dire la situation où le président, principal initiateur de la politique nationale sous la Ve République, se trouve dans l'incapacité de gouverner car les députés ne sont pas du même bord politique.

➤ Question 72

Réponses : **c) d)**

- En tant que chef de l'État, le président de la République est le chef des armées.
- Un référendum est une procédure de consultation des électeurs sur une question d'importance à laquelle ils doivent répondre par oui ou par non.

➤ Question 73

Réponses : **b) c) e)**

- Sous la Ve République, le pouvoir exécutif est partagé entre le président et le gouvernement.

Tandis que le président est élu, depuis 1962, au suffrage universel direct, le Premier ministre et les ministres sont nommés en fonction de la majorité parlementaire.

Mais il est possible d'être ministre ou Premier ministre sans jamais avoir été élu ni même candidat à une élection.

- Le gouvernement reste sous le contrôle du Parlement, qui peut le renverser par une motion de censure adoptée à la majorité absolue.

Géographie

Évaluation – Révisions – Entraînement

Connaître les caractéristiques de l'agriculture française

Je m'évalue

➤ Question 1

Complète le texte comme il convient.

l'agriculture biologique	la mécanisation	PAC	PACS	première	seule
troisième					

La France est la .... puissance agricole européenne. C'est le résultat d'une profonde transformation de son agriculture, due notamment à .... du travail agricole et soutenue par l'Union européenne par le biais de la ....

Je révise

• Incapable de nourrir sa population en 1945, la France est aujourd'hui le **premier producteur agricole de l'Union européenne** et le quatrième exportateur mondial de produits agroalimentaires.

• Depuis les années 1960, le nombre d'exploitations agricoles n'a cessé de diminuer pour atteindre 500 000 en 2010, soit trois fois moins qu'en 1970. Dans le même temps, leur taille moyenne n'a cessé d'augmenter, pour atteindre aujourd'hui 55 hectares. Cette évolution est la conséquence de la mécanisation du travail agricole, qui permet de cultiver de plus grands espaces avec moins de main-d'œuvre.

• L'essor de l'agriculture française est également lié à son insertion dans une **politique agricole commune européenne (PAC, 1962)** qui lui garantit des débouchés. À l'origine, la PAC assurait aux agriculteurs européens un prix d'achat minimum de leur production, ce qui les incitait à produire des quantités toujours plus importantes. Depuis les années 1990, pour éviter la surproduction, l'UE a instauré des **quotas** qui limitent les quantités que peuvent produire les agriculteurs.

• Largement mécanisée, la **culture des céréales** nécessite de vastes plaines comme la Beauce ou la Limagne.

• La **culture des fruits et légumes** se concentre dans les vallées fluviales, notamment la Loire et le Rhône, et dans les régions abondamment arrosées comme la Bretagne.

• **L'élevage** recouvre en France des réalités très variées. Activité traditionnelle des régions de moyenne montagne (ovins) et de bocage (bovins), il peut également être pratiqué hors sol un peu partout dans le pays (volailles, porcs).

Je m'entraîne

➤ Question 2

Que désigne-t-on par l'acronyme PAC ?

Cocher la réponse exacte.

❍ a) politique agricole commune
❍ b) production agricole commune
❍ c) pollution agricole commune

➤ Question 3

En France, entre 1950 et 2000 :

Cocher la ou les réponses exactes.

❒ a) le nombre des exploitations agricoles a augmenté
❒ b) la taille moyenne des exploitations agricoles a diminué
❒ c) le nombre des exploitations agricoles a diminué
❒ d) le nombre des agriculteurs a augmenté
❒ e) la taille moyenne des exploitations agricoles a augmenté
❒ f) le nombre d'agriculteurs a diminué

➤ Question 4

Pour éviter la surproduction agricole, l'Union européenne a mis en place :

Cocher la réponse exacte.

❍ a) des quotas
❍ b) des campagnes d'arrachage des plants
❍ c) des amendes

Connaître les caractéristiques de l'industrie française

Je m'évalue

➤ Question 5

Complète le texte comme il convient

aéronautique	électronique	Nord et l'Est	Nord et l'Ouest	sidérurgique
Sud et l'Est	Sud et l'Ouest			

La répartition des industries sur le territoire français a connu d'importants changements au cours des dernières décennies. Alors que le ...., berceaux traditionnels des industries textile, automobile et ...., étaient les régions françaises les plus industrialisées, elles sont aujourd'hui concurrencées par le .... qui attirent de plus en plus de sites industriels.

Je révise

• Sous l'effet de la mondialisation de l'économie, l'industrie française a connu d'importantes **mutations** depuis les années 1980. Devenues non rentables du fait de la concurrence des pays à bas coût de main-d'œuvre (Chine, Inde), de nombreuses usines françaises ont fermé leurs portes, victimes de **délocalisations** (déplacement d'une entreprise dans un pays où la main-d'œuvre est moins chère).

• Les régions du nord-est de la France où se concentraient la plupart des usines françaises du fait de la proximité des mines de charbon et d'acier se sont peu à peu désindustrialisées.
• À l'inverse, les régions du sud et de l'ouest, longtemps peu industrialisées, sont devenues attractives grâce aux secteurs les plus **innovants** de l'industrie française (aéronautique, électronique, aérospatial, biotechnologies), localisés autour de villes comme Toulouse, Montpellier ou Nice.
• Deux régions dominent aujourd'hui l'industrie française : **l'Île-de-France et Rhône-Alpes**. À elles deux, elles fournissent un tiers de la production industrielle nationale et reçoivent la majorité des investissements. La première possède un **tissu industriel très diversifié**. La seconde est réputée pour son **secteur chimique**.
• La majeure partie du tissu industriel français est constituée de **petites et moyennes industries** (PMI) mais le pays compte également de **grandes multinationales** leaders de leur secteur, comme Total (hydrocarbures), Danone (agroalimentaire) ou Areva (énergie nucléaire).

Je m'entraîne

➤ Question 6
De quel type est la majorité des entreprises industrielles françaises ?

Cocher la réponse exacte.
❍ a) PMI
❍ b) PMA
❍ c) FMN

➤ Question 7

Quand parle-t-on de délocalisation ?

Cocher la réponse exacte.

❍ a) Lorsqu'une entreprise française ouvre une usine dans un autre pays.
❍ b) Lorsqu'une entreprise française ferme une usine en France et en ouvre une similaire dans un autre pays.
❍ c) Lorsqu'une entreprise étrangère ouvre une usine en France.

➤ Question 8

Complète les phrases suivantes par le nom d'une grande entreprise française.

1. Leader français dans le secteur des hydrocarbures : ....
2. Leader français dans le secteur du nucléaire : ....
3. Leader français dans le secteur de l'agroalimentaire : ....

Connaître les caractéristiques du tertiaire en France

Je m'évalue

➤ Question 9

Complète le texte comme il convient.

clandestins	industries	perpétuels	personnels	précaires	privés	services

75 % des actifs travaillent dans le secteur des ...., qu'ils soient publics ou .... C'est aujourd'hui le secteur qui crée le plus d'emplois en France, mais ceux-ci sont souvent .... ou à temps partiel.

Je révise

- L'économie française est aujourd'hui dominée par le **secteur tertiaire** qui emploie un Français sur quatre et représente **70 % du PIB**. Le secteur tertiaire rassemble l'ensemble des activités qui ne font pas partie des deux autres secteurs d'activité, c'est-à-dire essentiellement les services. Le **premier employeur** du secteur tertiaire est **l'État** qui fait travailler 5 millions de fonctionnaires.
- Les **activités de services** sont pratiquées sur l'ensemble du territoire, mais elles sont surtout localisées dans les villes où on trouve à la fois une clientèle nombreuse et une main-d'œuvre qualifiée pour ce type d'activité.
- Parmi les activités de services, la plupart (santé, loisirs, commerce) sont présentes dans toutes les régions françaises. À elle seule, l'Île-de-France regroupe ainsi 25 % des employés du secteur tertiaire en France.
- La France est le pays qui accueille le plus de visiteurs étrangers au monde (environ 75 millions par an) et les Français sont nombreux à voyager à l'intérieur de leur pays (environ 40 millions par an).
- L'**espace touristique français** est dominé par trois pôles : **Paris**, qui est la destination de la moitié des touristes étrangers visitant la France, le **littoral méditerranéen**, qui attire chaque été des millions de touristes venus de toute l'Europe, et les Alpes.

Je m'entraîne

➤ Question 10

Parmi ces secteurs d'activités, lesquels font partie du tertiaire ?

Cocher la ou les réponses exactes.

❒ a) loisirs
❒ b) automobile
❒ c) transports
❒ d) administration
❒ e) agriculture

❒ f) tourisme
❒ g) pêche

➤ Question 11

Où sont majoritairement localisés les emplois tertiaires ?

Cocher la réponse exacte.

❍ a) sur les littoraux
❍ b) dans le sud de la France
❍ c) en ville
❍ d) à la campagne

➤ Question 12

Quel pourcentage des emplois tertiaires français la région Île-de-France concentre-t-elle à elle seule ?

Cocher la réponse exacte.

❍ a) 15 %
❍ b) 25 %
❍ c) 35 %
❍ d) 50 %

Connaître les espaces de faible densité

Je m'évalue

➤ Question 13

Complète le texte comme il convient.

l'agriculture	l'industrie	le tourisme	les campagnes	les littoraux
les massifs montagneux	les services			

Les espaces de faible densité regroupent .... et .... Les activités dominantes dans ces territoires sont essentiellement .... et ....

Je révise

- Zones montagneuses (Massif central), grandes plaines agricoles, bas plateaux (Bourgogne)…, les territoires peu peuplés sont très différents les uns des autres. Ils ont pour point commun d'avoir une **densité de population 4 fois inférieure à la moyenne française**, qui est de 115 habitants par km^2. Ces « campagnes » se sont souvent vidées entre les années 1950 et 1980, lors de **l'exode rural**.
- Ces espaces faiblement peuplés ne connaissent pas tous le même dynamisme. Les territoires **les mieux connectés aux aires urbaines** ou situés à proximité sont plutôt **attractifs**. Les citadins vont chercher de meilleures conditions de vie dans ce rural périurbain, la population est plutôt jeune. Leur situation économique est, elle-même, plutôt favorable, bien que parfois marquée par un chômage supérieur à la moyenne. Les habitants ont accès à de nombreux services et commerces. Les espaces de faible densité **plus isolés**, eux, sont en retrait. Éloignés des aires urbaines ou mal reliés à elles, ils **attirent beaucoup moins**. Leur population vieillit, diminue. Les services publics deviennent moins nombreux, renforçant les difficultés économiques et le manque d'attractivité de ces territoires.
- Les éléments naturels (bois, forêts, lacs…) et les activités agricoles occupent une place importante dans le paysage des espaces de faible densité. Ainsi, les grandes plaines d'Île-

de-France sont consacrées à une agriculture essentiellement intensive, caractérisée par de vastes parcelles céréalières. Dans les campagnes du Sud-Ouest ou les coteaux de l'Aude, l'agriculture est marquée par les vignobles ou l'élevage. Le bocage normand, lui, se caractérise par des parcelles de tailles et de formes différentes, séparées par une végétation haute.

• Les espaces ruraux ne se limitent pas à l'agriculture. **Le tourisme** leur donne parfois un nouvel essor : le Lubéron, les Cévennes, victimes d'un exode rural important jusqu'aux années 1990, deviennent des territoires attractifs pour les touristes. **L'industrie** est aussi présente dans les espaces de faible densité, notamment dans le secteur agroalimentaire. En montagne, les installations énergétiques (barrages, notamment) font vivre les populations de ces territoires. Les parcs nationaux y constituent aussi un enjeu central.

Je m'entraîne

➤ Question 14

En dessous de quel nombre d'habitants au km^2, parle-t-on de faible densité en France ?

Cocher la réponse exacte.

❍ a) 100
❍ b) 60
❍ c) 30
❍ d) 20

➤ Question 15

Vrai ou faux ?

Tous les espaces de faible densité sont en difficulté économique.

Cocher la réponse exacte.

❍ a) vrai
❍ b) faux

➤ Question 16

Associe à la région proposée son activité économique ou agricole dominante.

céréaliculture	élevage	tourisme	viticulture

- Plaine de l'Île-de-France : ....
- Bocage normand : ....
- Le Lubéron : ....
- Coteaux de l'Aude : ....

Décrire l'organisation et l'aménagement du territoire français

Je m'évalue

➤ Question 17

Complète le texte comme il convient.

décentralisation	délocalisation	départements	Lyon	métropoles	Paris	régions

Le principal objectif des politiques d'aménagement du territoire depuis 1945 a été d'atténuer la domination de .... en mettant en œuvre des politiques de .... destinées à développer des .... d'équilibre en province.

Je révise

• **L'organisation du territoire français** résulte de l'action de trois acteurs principaux : l'Union européenne, l'État et les régions. Ensemble, par le lancement de grands chantiers et par des politiques incitant populations et entreprises à s'installer en certains lieux, ils tentent d'orienter le développement du pays.

• **L'Union européenne** participe à l'aménagement des territoires français en versant certaines **subventions** à des projets de développements. Les subventions européennes sont réservées à des **projets d'infrastructures** (aménagements pour les transports et lignes à grande vitesse : routes, rails…) permettant de rapprocher les différentes régions européennes.
• **L'État** est traditionnellement l'acteur principal de l'aménagement du territoire en France. En 1963, il a créé la **Délégation à l'aménagement du territoire et à l'action régionale (DATAR)** afin d'organiser les grands chantiers dans le pays. L'État veille notamment à aider les régions victimes de désindustrialisation en y créant des pôles de conversion pour attirer de nouvelles entreprises.
• La **loi Defferre** de 1982, qui a marqué le début de la **décentralisation,** a donné plus de pouvoir aux régions dans l'aménagement de leur territoire. C'est notamment elles qui gèrent les réseaux de transports les concernant, et qui peuvent demander des subventions à l'UE pour financer leurs projets territoriaux.

Je m'entraîne

➤ Question 18

Quel organisme a été créé en 1963 pour piloter l'aménagement territorial en France ?

Cocher la réponse exacte.
❍ a) la DATAR
❍ b) l'INSEE
❍ c) l'OCDE

➤ Question 19

Comment s'appelle une région en difficulté économique qui reçoit des aides de l'État pour se relancer ?

Cocher la réponse exacte.
❍ a) un pôle de compétitivité
❍ b) un pôle de conversion
❍ c) un pôle de relance

➤ Question 20

De quelle manière la loi Defferre de 1982 favorise-t-elle la décentralisation ?

Cocher la réponse exacte.

❍ a) en instaurant un maire de Paris élu au suffrage universel direct

❍ b) en supprimant la fonction de préfet

❍ c) en instaurant un pouvoir exécutif régional élu

➤ Question 21

Comment l'Union européenne intervient-elle dans l'aménagement du territoire français ?

Cocher la réponse exacte.

❍ a) en subventionnant certains aménagements

❍ b) en vérifiant la conformité des aménagements locaux au droit européen

❍ c) en établissant la liste des aménagements à réaliser en priorité

Connaître les territoires ultramarins français et leur problématique spécifique

Je m'évalue

➤ Question 22

Complète le texte comme il convient.

croissance	d'îles tropicales	de régions tempérées	de territoires polaires
difficulté	élevée	faible	

Les territoires ultramarins sont composés majoritairement .... Leur densité de population est généralement .... et leur économie en .... par rapport à celle du territoire métropolitain..

Je révise

• L'outre-mer français est une partie intégrante du territoire national. Très éloignés du territoire métropolitain, les territoires français d'outre-mer sont disséminés tout autour du globe et présentent des **caractéristiques différentes**.

• Majoritairement, ils sont composés d'îles ou archipels situés sous un climat tropical. Dans les Caraïbes se situent les îles de **Martinique** et de **Guadeloupe**. Dans l'océan Pacifique se trouvent la **Polynésie française**, **Wallis-et-Futuna** ou encore la **Nouvelle-Calédonie**. Enfin, l'île de **la Réunion** se localise dans l'océan Indien. Le tourisme occupe une part importante de leur PIB.

• **La Guyane française**, située sur le continent sud-américain, au nord du Brésil, est le seul territoire à ne pas être insulaire.

• L'archipel de **Saint-Pierre-et-Miquelon**, dans l'Atlantique nord, au large du Canada, compte environ 6 000 habitants. Jusque dans les années 90, l'archipel vivait principalement de la pêche.

• Les **Terres australes et antarctiques françaises**, situées dans le sud de l'océan Indien et dans l'océan Austral, sont composées d'îlots inhabités au climat inhospitalier.

• La majorité de ces territoires sont soumis aux **risques liés au climat tropical**, et notamment les tempêtes et cyclones qui balayent les îles de Guadeloupe, de Martinique ou de la Réunion. Autre risque naturel, spécifique à la Réunion, le volcanisme. Le volcan du piton de la Fournaise représente une menace réelle pour les habitants de l'île.

• Les différents territoires d'outre-mer peuvent bénéficier de statuts politiques locaux différents de ceux de la métropole. Certains sont des **DROM** (départements et Régions d'outre-mer) et la grande majorité des lois et des institutions y sont calquées sur celles de la métropole. D'autres possèdent un **statut spécial**, comme la Polynésie française ou la Nouvelle-Calédonie, et jouissent d'une certaine autonomie.

• Ces territoires subissent aussi l'éloignement par rapport au territoire métropolitain et aux centres d'impulsion de l'économie mondiale. L'outre-mer se distingue par une situation économique plus difficile, marquée par un taux de chômage élevé et une richesse produite (PIB) inférieure à la moyenne française. Malgré les contraintes et les difficultés, les territoires d'outre-mer sont souvent plus développés que leurs voisins géographiques, composés pour l'essentiel de pays du Sud, qui les voient souvent comme des **« îlots de développement »**.

Je m'entraîne

➤ Question 23

Vrai ou faux ?

Tous les territoires d'outre-mer sont des îles situées dans un climat tropical.

Cocher la réponse exacte.

❍ a) vrai

❍ b) faux

➤ Question 24

Complète le texte comme il convient.

Malgré les contraintes et les difficultés, les territoires d'outre-mer sont souvent .... développés que leurs voisins géographiques composés pour l'essentiel de pays du .... Les outre-mer bénéficient du soutien de la .... et des fonds de l'Union pour leur politique d'aménagement et de développement économique. Ils sont souvent donc des territoires attractifs au niveau régional.

➤ Question 25

Associe chaque territoire ultramarin à sa description.

Guyane	La Réunion	Saint-Pierre-et-Miquelon	T.A.A.F.

– Située dans l'océan indien, subit les contraintes d'un climat tropical : ....

– Située sur le continent sud-américain, au nord du Brésil, est le seul territoire à ne pas être une île : ....

– Archipel situé dans l'Atlantique Nord, au large du Canada : ....

– Situées entre l'océan indien et l'océan austral, sont composées d'îlots inhabités au climat inhospitalier : ....

➤ Question 26

Parmi les phrases suivantes, lesquelles peuvent être associées aux économies de la Réunion, de la Martinique et de la Guadeloupe ?

Cocher la ou les réponses exactes.

❒ a) Le taux de chômage est faible.
❒ b) Le tourisme a une place importante dans l'économie.
❒ c) L'agriculture occupe une place moins importante que dans l'économie de la métropole.
❒ d) Ces îles bénéficient de fonds européens pour aider au développement.
❒ e) Leur PIB par habitant est supérieur aux pays voisins.

Connaître les contrastes territoriaux à l'intérieur de l'UE

Je m'évalue

➤ Question 27

Complète le texte comme il convient.

constant	de la mégalopole européenne	des littoraux	l'est et à l'ouest
l'est et au sud	variable		

L'Union européenne regroupe des pays dont le niveau de développement est .... De manière générale, les régions les plus riches sont situées à proximité .... Les régions les plus pauvres se situent principalement à .... de l'Europe.

Connaître les contrastes territoriaux à l'intérieur de l'Union européenne

Je révise

- L'Union européenne est l'une des régions les plus **riches** (produit intérieur brut élevé) et **développées** (indicateur de développement humain élevé) du monde. Mais les différents pays qui la composent sont loin d'être tous au même niveau de richesse : un Roumain gagne en moyenne vingt fois moins qu'un Suédois par exemple. Parmi les États européens, il existe également **d'importants écarts de développement** : le chômage est beaucoup plus élevé à l'Est qu'à l'Ouest de l'Allemagne.
- Les régions européennes les plus riches sont situées dans le centre de l'UE et constituent la **mégalopole européenne**. Il s'agit d'une vaste région parsemée de métropoles qui s'étend de Londres au nord à Milan au sud.
- À eux quatre, l'Allemagne, la France, l'Italie et le Royaume-Uni représentent les deux tiers du PNB de l'UE. Plus on va vers le sud et vers l'est de l'UE et plus les niveaux de richesse et de développement sont faibles.
- Les régions les plus en retard du point de vue de leur développement sont les **régions ultra-périphériques (RUP)**, les régions d'outre-mer de certains États membres : Guyane, île de la Réunion, Madère, etc.
- Pour tenter de réduire ces écarts, l'Union européenne distribue aux régions les plus pauvres des **fonds structurels**, c'est-à-dire des subventions pour les aider à se développer.

Connaître les contrastes territoriaux à l'intérieur de l'UE

Je m'entraîne

➤ Question 28

Quelle part du PNB de l'UE représentent l'Allemagne, la France, l'Italie et le Royaume-Uni ?

Cocher la réponse exacte.

❍ a) 1/3 du PNB de l'UE
❍ b) 2/3 du PNB de l'UE
❍ c) 3/4 du PNB de l'UE

➤ Question 29

Lesquelles de ces villes font partie de la mégalopole européenne ?

Cocher la ou les réponses exactes.

❒ a) Madrid
❒ b) Milan
❒ c) Naples
❒ d) Londres
❒ e) Rome
❒ f) Lille
❒ g) Bordeaux

➤ Question 30

À quoi correspondent les régions ultra-périphériques de l'UE ?

Cocher la réponse exacte.

❍ a) aux régions les plus éloignées de la mégalopole européenne
❍ b) aux régions situées sur la façade atlantique de l'UE
❍ c) aux régions d'outre-mer des pays de l'UE

➤ Question 31
Qu'appelle-t-on fonds structurels ?

Cocher la réponse exacte.
❍ a) les subventions versées par les États membres à l'UE
❍ b) les subventions versées par l'UE aux États membres
❍ c) les subventions versées par les régions des États membres à l'UE
❍ d) les subventions versées par l'UE aux régions des États membres

Connaître les forces et les faiblesses de l'Union européenne

Je m'évalue

➤ Question 32
Complète le texte comme il convient.

à égalité avec	derrière	devant	l'Inde	les États-Unis

Avec un PIB de 16 000 milliards de dollars, l'Union européenne est la région la plus riche du monde .... les États-Unis. Avec 500 millions d'habitants, elle est également l'une des régions les plus peuplées, derrière la Chine et .... mais devant ....

Je révise

- Riche d'un PIB de 16 000 milliards de dollars, l'Union européenne est la **région la plus riche du monde**. Ses 500 millions d'habitants en font également l'une des plus peuplées. Le fait de disposer d'une population à la fois nombreuse et riche est un atout considérable : ce sont autant de consommateurs qui font tourner l'économie européenne.
- Mais l'Union européenne a plusieurs faiblesses. D'abord, si sa **population** est nombreuse, elle est **vieillissante** et progresse moins vite que celle des autres régions du monde. D'un point de vue économique, elle dispose de **peu de ressources en matières premières** et doit donc les importer, ce qui la place en situation de dépendance.

• D'un **point de vue militaire et diplomatique**, malgré l'absence d'une armée commune et l'existence d'une longue tradition de guerre entre pays européens, l'Union européenne bénéficie de la **puissance de frappe** des deux grandes armées britannique et française, toutes deux détentrices de l'arme nucléaire. Ces deux pays sont également titulaires d'un siège de membre permanent au **Conseil de sécurité de l'ONU**, ce qui leur donne un droit de veto.

Je m'entraîne

➤ Question 33

Avec quelles nations les pays membres de l'UE commercent-ils principalement ?

Cocher la réponse exacte.

❍ a) les États-Unis et le Japon
❍ b) l'Afrique et l'Amérique du Sud
❍ c) entre eux

➤ Question 34

Lesquels de ces pays membres de l'UE possèdent un siège de membre permanent au Conseil de sécurité de l'ONU ?

Cocher la ou les réponses exactes.

❒ a) Allemagne
❒ b) Royaume-Uni
❒ c) Italie
❒ d) France
❒ e) Belgique

➤ Question 35

L'Union européenne est :

Cocher la ou les réponses exactes.

❒ a) la première destination touristique mondiale
❒ b) la première puissance militaire mondiale

❒ c) la région la plus vieille du monde
❒ d) dépendante d'autres régions pour son approvisionnement en énergies
❒ e) plus peuplée que la Chine
❒ f) la région la plus riche du monde

➤ Question 36
L'Union européenne exporte :

Cocher la réponse exacte.
❍ a) plus de produits manufacturés qu'elle n'en importe
❍ b) autant de produits manufacturés qu'elle n'en importe
❍ c) moins de produits manufacturés qu'elle n'en importe

Décrire les relations entre la France et l'Union européenne

Je m'évalue

➤ Question 37
Au sein de l'UE, la France est :

Cocher la ou les réponses exactes.
❒ a) la première puissance agricole
❒ b) un des pays fondateurs
❒ c) la première puissance économique
❒ d) la première puissance industrielle
❒ e) le pays le plus vaste
❒ f) le pays qui accueille le plus de touristes
❒ g) le pays qui consacre le plus d'argent à sa défense

Je révise

• La France est l'un des six membres fondateurs de la CECA, puis de la CEE devenue UE en 1993. Avec l'Allemagne, elle forme le **« couple » moteur** de l'unification européenne durant toute la seconde moitié du XXe siècle.

• La France est le pays le plus vaste de l'Union européenne et sa population devrait dépasser dans quelques décennies celle de l'Allemagne, qui est actuellement le pays le plus peuplé de la zone. Par sa **position centrale** en Europe, la France est un passage obligé pour de nombreux flux de biens et de personnes traversant le continent.

• Grâce aux **réseaux de transports transnationaux** comme les trains à grande vitesse Eurostar (reliant Paris à Londres) et Thalys (reliant Paris à Bruxelles et à Amsterdam), la France est bien connectée au reste de l'UE. La circulation des personnes y est facilitée par son insertion dans l'espace Schengen qui a permis de supprimer les contrôles aux frontières terrestres avec ses voisins.

• La France est un des dix-huit pays de l'UE à avoir adopté la **monnaie unique**. Son économie est étroitement dépendante de celle de ses partenaires européens qui constituent son principal débouché à l'exportation.

• La France est la **première destination touristique des Européens**, notamment grâce à sa capitale Paris qui est, avec Londres, la seule grande métropole de rayonnement mondial de l'UE.

Je m'entraîne

➤ Question 38

Que facilite la convention de Schengen ?

Cocher la réponse exacte.

❍ a) la circulation des Européens d'un pays de l'UE à l'autre
❍ b) la circulation des marchandises d'un pays de l'UE à l'autre
❍ c) la circulation des trains d'un pays de l'UE à l'autre

➤ Question 39

Lesquelles de ces villes sont accessibles directement depuis Paris en train à grande vitesse ?

Cocher la ou les réponses exactes.

❐ a) Lisbonne
❐ b) Bruxelles
❐ c) Manchester
❐ d) Genève
❐ e) Londres
❐ f) Athènes

➤ Question 40

La France est le seul pays de l'UE dont le territoire métropolitain :

Cocher la réponse exacte.

❍ a) ouvre à la fois sur la Méditerranée et sur l'océan Atlantique.
❍ b) est frontalier de plus de six pays.
❍ c) couvre trois domaines climatiques différents.

➤ Question 41

Avec quel autre pays membre de l'UE la France est-elle connue pour former un « couple » jouant le rôle de leader et de moteur dans la construction européenne ?

Cocher la réponse exacte.

❍ a) le Royaume-Uni
❍ b) l'Allemagne
❍ c) la Belgique

Connaître la place de la France et de l'Europe dans le monde

Je m'évalue

➤ Question 42

Complète le texte comme il convient.

COM	DOM	DROM	Français	francisants	francophones	TOM

L'influence de la France dans le monde repose sur sa langue, parlée par plus de 170 millions de ...., et sur le fait qu'elle possède sur tous les continents des .... comme la Guadeloupe ou la Réunion, et des .... comme Saint-Pierre-et-Miquelon.

Je révise

• La France possède partout dans le monde des **territoires d'outre-mer** qui lui permettent d'assurer sa présence sur tous les continents et dans tous les océans. Comme la France, l'Union européenne a des extensions outre-mer : les régions ultra-périphériques (RUP). Ces territoires, qui sont souvent des îles, permettent d'accéder à une zone économique exclusive (ZEE) c'est-à-dire une portion de mer réservée au pays qui en est riverain.

• Parmi les territoires français d'outre-mer, certains sont des **départements et régions d'outre-mer (DROM)** : la Guadeloupe, la Martinique, la Guyane et la Réunion. Les autres sont des **communautés d'outre-mer (COM)** et bénéficient d'une large autonomie dans leur gestion.

• Le rayonnement français passe également par la langue française qui est parlée par plus d'étrangers que de Français. On compte en effet **170 millions de francophones** dans le monde, principalement en Afrique.

• Deux pays européens, la France et le Royaume-Uni, disposent de **forces armées** parmi les plus puissantes du monde, assurant ainsi la **crédibilité de la défense européenne**, notamment grâce à leur arsenal nucléaire.

Je m'entraîne

➤ Question 43

Parmi ces territoires français, lesquels sont des DROM ?

Cocher la ou les réponses exactes.

❒ a) La Réunion
❒ b) Saint Pierre-et-Miquelon
❒ c) La Guadeloupe
❒ d) La Martinique
❒ e) Wallis et Futuna
❒ f) La Guyane

➤ Question 44

Lesquels de ces pays ont le français pour langue officielle ?

Cocher la ou les réponses exactes.

❒ a) Haïti
❒ b) Algérie
❒ c) Mali
❒ d) Belgique
❒ e) Suisse
❒ f) Australie
❒ g) Luxembourg
❒ h) Canada

➤ Question 45

L'Union européenne est :

Cocher la réponse exacte.

❍ a) la deuxième région la plus riche du monde derrière l'Amérique du Nord.
❍ b) la région la plus riche du monde devant l'Amérique du Nord.
❍ c) la deuxième région la plus riche du monde derrière l'Asie orientale.

Les corrigés des tests

➤ Question 1

Réponses : première / la mécanisation / PAC

• L'agriculture française a connu de profonds bouleversements au cours des dernières décennies.

• Grâce aux effets conjoints du progrès technique (mécanisation, recours aux engrais) et du soutien européen (PAC), l'agriculture française est parvenue non seulement à assurer l'autosuffisance alimentaire du pays, mais aussi à dégager des surplus exportables en grande quantité.

➤ Question 2

Réponse : **a)**

• Créée en 1957 et mise en œuvre à partir de 1962, la politique agricole commune (PAC) de l'Union européenne vise à accroître la production agricole européenne en garantissant aux producteurs un prix d'achat minimum de leur récolte.

• Elle a favorisé le passage d'une agriculture de subsistance à une agriculture capable de générer des surplus pour l'exportation.

➤ Question 3

Réponses : **c) e) f)**

• Les gains de productivité obtenus par l'agriculture française durant la seconde moitié du XXe siècle sont le résultat d'une politique initiée par l'État et soutenue par l'UE, et qui s'est mise en place avec le redécoupage des parcelles agricoles afin de constituer des parcelles de plus grande taille (remembrement).

• Le nombre des exploitations agricoles a donc diminué, mais la taille moyenne des exploitations est allée en augmentant.

• Le nombre des agriculteurs n'a cessé de décroître du fait d'une plus grande mécanisation du travail.

➤ Question 4

Réponse : **a)**

- À travers la PAC, l'Union européenne a fixé des quotas pour certains produits, comme le lait, limitant la quantité de production pour les agriculteurs.
- Les subventions ne sont donc plus liées à la quantité produite, mais aux seuls besoins de l'agriculteur.

➤ Question 5

Réponses : Nord et l'Est / sidérurgique / Sud et l'Ouest

Les régions situées au nord d'une ligne reliant Le Havre à Marseille demeurent les plus industrialisées de France, mais elles ont subi les conséquences des vagues de désindustrialisation successives du XXe siècle.

➤ Question 6

Réponse : **a)**

- 70 % du tissu industriel français est composé de petites et moyennes industries (PMI).
- Seule une minorité des entreprises industrielles françaises sont des firmes multinationales (FMN).
- Cependant, les PMI sont souvent dépendantes des FMN, car elles travaillent pour elles en tant qu'entreprises sous-traitantes. Ces entreprises sont donc plus souvent complémentaires que rivales.

➤ Question 7

Réponse : **b)**

Pour une entreprise, le simple fait d'ouvrir une usine dans un autre pays ne suffit pas à faire une délocalisation.

On parle de délocalisation quand une usine est fermée dans le pays pour être ensuite réinstallée dans un autre pays où la main-d'œuvre est moins chère.

➤ Question 8

Réponses : 1. Total 2. Areva 3. Danone

Il est important de connaître le nom et le secteur d'activité des principales firmes multinationales françaises. Par les nombreuses filiales dont elles disposent dans le monde entier ainsi que les nombreux sous-traitants auxquels elles ont recours en France et ailleurs, ce sont en effet des actrices majeures de l'économie française.

➤ Question 9

Réponses : services / privés / précaires

• Dominée par l'agriculture jusqu'au XIXe siècle, l'économie française s'est industrialisée au cours du XXe siècle.

• Dans les dernières décennies de celui-ci, c'est le secteur tertiaire qui est devenu prédominant, entraînant des changements dans la nature des emplois (hausse du temps partiel et du contrat à durée déterminée) ainsi que dans leur répartition sur le territoire.

➤ Question 10

Réponses : **a) c) d) f)**

À la différence des secteurs primaire et secondaire, le secteur tertiaire réunit l'ensemble des activités débouchant sur la production de services, et non pas de biens matériels.

➤ Question 11

Réponse : **c)**

Le secteur tertiaire regroupant les activités de services, il se localise très majoritairement là où l'on trouve de fortes concentrations de population, c'est-à-dire en ville.

➤ Question 12

Réponse : **b)**

C'est à Paris que se concentrent les principaux lieux de décision politique et économique. L'Île-de-France, avec sa population nombreuse (un Français sur cinq est francilien), s'est imposée comme la première région française pourvoyeuse d'emplois tertiaires.

➤ Question 13

Réponses : les campagnes / les massifs montagneux / l'agriculture / le tourisme

Les espaces de faible densité sont les territoires comptant moins de 40 habitants par km^2. La plupart de ces régions s'étendent du nord-est au sud-ouest de la France.

➤ Question 14

Réponse : **c)**

La densité de population moyenne en France est de 100 habitants au km^2. Le département français ayant la densité la plus faible est la Guyane avec 4 habitants par km^2.

➤ Question 15

Réponse : **b)**

La présence d'un parc naturel, d'une station de ski… peut être le moteur d'une économie régionale dans les territoires de faible densité.

➤ Question 16

Réponses : céréaliculture / élevage / tourisme / viticulture

Les espaces de faible densité sont divers. Leur économie peut être tournée vers des activités traditionnelles comme la culture de la vigne ou des activités plus récentes comme le tourisme vert ou écotourisme.

➤ Question 17

Réponses : Paris / décentralisation / métropoles

En France, l'aménagement du territoire est conçu depuis Paris et a pour principal objectif de réduire l'écart de puissance qui sépare la capitale et sa région du reste du pays.

➤ Question 18

Réponse : **a)**

La Délégation à l'aménagement du territoire et à l'action régionale (DATAR) est chargée d'orienter la politique d'aménagement du territoire français. Elle représente le rôle prépondérant joué par l'État dans cette politique.

➤ Question 19

Réponse : **b)**

Créés en 1984, les pôles de conversion (ou de reconversion) sont destinés à aider les régions frappées par la désindustrialisation, principalement dans le Nord de la France, et à attirer des investisseurs afin d'y relancer de nouvelles activités génératrices d'emplois.

➤ Question 20

Réponse : **c)**

La loi Defferre a fait des régions françaises de véritables collectivités territoriales, en les dotant de compétences spécifiques.

Élus au suffrage universel direct, leurs dirigeants sont ainsi des acteurs de l'aménagement du territoire local, en partenariat avec l'État.

➤ Question 21

Réponse : **a)**

L'aménagement du territoire, qui était un monopole de l'État par le biais de la DATAR, implique désormais avec lui des acteurs de plus en plus nombreux : communes, départements, régions, mais également l'Union européenne qui finance les aménagements destinés à réduire les écarts de développement entre régions européennes.

➤ Question 22

Réponses : d'îles tropicales / élevée / difficulté

Grâce à ces territoires ultramarins, la France se classe parmi les États possédant la zone économique exclusive la plus importante. Les ZEE permettent d'exploiter et contrôler les gisements pétroliers, miniers offshore ainsi que les zones de pêche.

➤ Question 23

Réponse : **b)**

Saint-Pierre-et-Miquelon est situé dans l'Atlantique nord, au large du Canada. Les Terres australes et antarctiques françaises sont éparpillées entre le sud de l'océan Indien et l'océan Austral.

➤ Question 24

Réponses : plus / Sud / métropole

Bien qu'ayant une économie plus fragile que le territoire métropolitain, les territoires d'outre-mer sont vus comme des « îlots de développement ». C'est le cas notamment de la Martinique ou de la Guadeloupe dans les Antilles, ou encore de la Guyane, qui attire les Brésiliens, frontaliers du département français.

➤ Question 25

Réponses : La Réunion / Guyane / Saint-Pierre-et-Miquelon / T.A.A.F.

Les territoires d'outre-mer français sont marqués par leur diversité géographique. La majorité des territoires ultramarins est composée d'îles tropicales.

➤ Question 26

Réponses : **b) d) e)**

L'agriculture est aussi un secteur dominant des économies martiniquaise et guadeloupéenne. Le tourisme occupe un poids important dans les PIB de la Réunion et de la Nouvelle-Calédonie.

➤ Question 27

Réponses : variable / de la mégalopole européenne / l'est et au sud

• La mégalopole européenne est le cœur démographique et économique de l'UE. C'est là que se concentrent les principales agglomérations et espaces productifs dynamiques.

• Plus on va vers l'est et vers le sud, plus on rencontre des régions appauvries. Celles-ci font souvent partie de pays récemment intégrés à l'UE.

➤ Question 28

Réponse : **b)**

• Alors que l'UE compte à ce jour 28 États membres, quatre d'entre eux concentrent les deux tiers des richesses de l'ensemble.

• Le PNB par habitant de ces pays est d'environ 30 000 dollars, alors qu'il atteint à peine les 10 000 dollars dans certains pays d'Europe de l'Est comme la Roumanie.

➤ Question 29

Réponses : **b) d) f)**

On appelle *mégalopole européenne* la forte concentration de métropoles qui traversent l'Europe, du Sud de l'Angleterre (région de Londres) au Nord de l'Italie (région de Milan) en passant par la France, les Pays-Bas, la Belgique, l'Allemagne, la Suisse, l'Autriche et l'Italie.

➤ Question 30

Réponse : **c)**

• Certains pays de l'UE possèdent des territoires outre-mer.

• La plupart, comme les Açores et Madère pour le Portugal ; les Canaries pour l'Espagne ; la Guadeloupe, la Guyane, la Martinique et la Réunion pour la France, font pleinement partie de l'UE et sont qualifiées de *régions ultra-périphériques* (RUP).

• Elles ont pour point commun un retard de développement par rapport au continent.

➤ Question 31

Réponse : **d)**

• Afin de réduire les écarts de richesse et de développement entre les régions européennes, l'UE verse des subventions destinées à accélérer le rattrapage des régions les plus pauvres.

• Ces *fonds structurels* servent principalement à financer les infrastructures destinées à favoriser le développement économique et l'accessibilité de ces régions.

➤ Question 32

Réponses : devant / l'Inde / les États-Unis

La force de l'Union européenne est d'être à la fois peuplée et développée. Les 500 millions d'Européens se partagent 28 % du PIB mondial, ce qui leur confère un niveau de développement parmi les plus élevés du monde. Ces consommateurs au pouvoir d'achat élevé constituent le principal marché des entreprises européennes.

➤ Question 33

Réponse : **c)**

- L'Union européenne est au cœur des échanges économiques mondiaux puisqu'elle est à l'origine de 40 % d'entre eux.
- Mais 70 % de son activité commerciale est constituée d'échanges entre pays membres, qui sont facilités par la suppression des barrières douanières (libre-échange), depuis le traité de Rome de 1957.

➤ Question 34

Réponses : **b) d)**

- L'Union européenne ne dispose pas de siège au Conseil de sécurité de l'ONU. Mais deux de ses pays membres (la France et le Royaume-Uni) font partie des cinq pays y siégeant en permanence et bénéficiant d'un droit de veto.
- En cas d'accord entre les pays membres, cela représente une force pour l'UE pour peser sur la scène internationale.

Mais en cas de désaccord, cela met en évidence l'absence d'une véritable politique étrangère commune.

➤ Question 35

Réponses : **a) c) d) f)**

- De manière générale, l'Union européenne est très puissante dans les domaines économique et culturel. Mais elle est en retrait dans les domaines géopolitique et militaire, où son manque d'unité la handicape.
- Cependant, la prospérité économique de l'UE est à la merci d'une crise énergétique car elle est en grande partie dépendante de l'étranger pour ses approvisionnements.

➤ Question 36

Réponse : **c)**

La principale faiblesse économique de l'UE est son déficit commercial en ce qui concerne l'industrie : la région achète beaucoup plus au reste du monde (notamment à la Chine) qu'elle n'exporte.

➤ Question 37

Réponses : **a) b) e) f) g)**

Bien que devancée par l'Allemagne et le Royaume-Uni en termes de puissance économique, la France est incontestablement l'un des piliers de l'UE : à la fois parce qu'elle est l'un des plus riches pays d'Europe, mais aussi par sa taille, sa situation centrale et sa population nombreuse.

➤ Question 38

Réponse : **a)**

• Grâce aux accords de Schengen, une personne peut passer d'un pays membre à l'autre sans avoir à subir un contrôle douanier.

• Attention cependant à ne pas oublier que tous les pays membres de l'UE ne sont pas membres de l'espace Schengen (le Royaume-Uni par exemple a maintenu ses contrôles douaniers) et que certains des 26 membres de l'espace Schengen ne sont pas membres de l'UE (Suisse).

➤ Question 39

Réponses : **b) d) e)**

Grâce à sa situation centrale et à la proximité de la mégalopole européenne, Paris est un point de passage de nombreuses lignes internationales à grande vitesse. Le tunnel sous la Manche permet notamment de placer Paris à moins de deux heures de Londres.

➤ Question 40

Réponse : **c)**

Par sa position à cheval sur les trois grands domaines climatiques européens (méditerranéen, océanique et continental), la France est le pays qui concentre à lui seul la diversité naturelle (climat, végétation, faune) caractérisant l'ensemble des pays de l'UE.

➤ Question 41

Réponse : **b)**

• La première forme d'Union européenne, la CECA (Communauté européenne du charbon et de l'acier, 1951), avait été mise en place pour éviter la répétition d'un conflit franco-allemand.

• Depuis, la coopération entre la France et l'Allemagne n'a cessé de se renforcer et aucune décision majeure n'est prise dans l'UE si elle n'a pas obtenu l'accord de ces deux pays.

➤ Question 42

Réponses : francophones / DROM / COM

• La France a conservé de sa longue histoire coloniale un certain nombre de territoires éloignés de la métropole qui, bien qu'ils soient en général de petite taille, constituent des relais d'influence très utiles pour la métropole.

Parmi eux, il ne faut pas confondre les départements et régions d'outre-mer (DROM), qui sont pleinement intégrés à la France et à l'UE, et les communautés d'outre-mer (COM), qui bénéficient d'une plus large autonomie.

• Par ailleurs, le français est largement parlé dans le monde : il y a de nos jours plus de francophones hors de France qu'en métropole.

➤ Question 43

Réponses : **a) c) d) f)**

• La France compte quatre DROM (départements et régions d'outre-mer). Ils ont la spécificité d'être à la fois des régions et des départements, alors qu'en métropole, une région est composée d'au moins deux départements.

• Contrairement aux COM, ils font pleinement partie de l'Union européenne.

➤ Question 44

Réponses : **a) c) d) e) g) h)**

• Le français est la onzième langue la plus parlée dans le monde ; 29 pays en ont fait (souvent à côté d'autres langues) leur langue officielle. De nombreux autres pays, comme l'Algérie, n'ont pas choisi le français pour langue officielle, mais leur population l'utilise fréquemment.

• Cette diffusion de la langue dans le monde est issue de l'histoire coloniale de la France.

➤ Question 45

Réponse : **b)**

• Au sein de la Triade, l'Union européenne est le pôle le plus riche : à lui seul, il concentre 30 % du PIB mondial.

• Cinq États membres de l'UE font partie des dix pays les plus riches du monde : l'Allemagne, le Royaume-Uni, la France, l'Italie et l'Espagne.

Enseignement moral et civique

Évaluation – Révisions – Entraînement

Connaître les valeurs, principes et symboles de la République

Je m'évalue

➤ Question 1

Complète les phrases comme il convient. N'oublie pas les majuscules lorsque c'est nécessaire.

1. L'hymne national français s'intitule la ....
3. La devise de la République française est : Liberté, Égalité, ...
2. Le drapeau français est de trois couleurs : bleu, blanc et ....
4. L'effigie de la République dont le buste orne les mairies se prénomme ....

Je révise

• À partir de la Révolution française de 1789, la France instaure progressivement un **régime républicain**. Le **suffrage universel** qui garantit le respect de la **démocratie** en est le principe fondamental.

• La **Constitution** est le texte de loi qui recense les grands principes de fonctionnement d'un pays. Celle de la France affirme ainsi son caractère **« indivisible, laïc, démocratique et social »**. Les valeurs républicaines fondamentales sont résumées par la devise nationale héritée de la Révolution : « **Liberté, Égalité, Fraternité** ».

• La République se manifeste dans l'espace public par des **symboles** : drapeau tricolore (bleu, blanc, rouge), bustes de Marianne, devise nationale gravée au fronton des bâtiments publics, hymne national (*La Marseillaise*, un chant révolutionnaire) repris lors des cérémonies et notamment lors de la **fête nationale du 14 juillet** qui donne lieu à un grand défilé militaire à Paris.

• Depuis le début du XXe siècle, la **laïcité** est une des caractéristiques fondamentales de la République française. Elle signifie que l'État ne reconnaît pas de religion officielle et n'en subventionne donc aucune. En revanche, il garantit la liberté de chacun de pratiquer sa religion ou de ne pas en avoir.

Je m'entraîne

➤ Question 2
À quel événement se réfèrent *La Marseillaise* et la fête nationale du 14 juillet ?

Cocher la réponse exacte.
❍ a) à la Première Guerre mondiale
❍ b) à la Seconde Guerre mondiale
❍ c) à la Révolution française

➤ Question 3
Selon la Constitution, la République française est :

Cocher la ou les réponses exactes.
❒ a) indivisible
❒ b) socialiste
❒ c) démocratique
❒ d) nationaliste
❒ e) laïque
❒ f) sociale
❒ g) pacifiste

➤ Question 4
Comment se caractérise un État laïque ?

Cocher la réponse exacte.
❍ a) Il subventionne de manière égale toutes les religions.
❍ b) Il interdit d'afficher ses convictions religieuses en public.

❍ c) Il ne reconnaît pas de religion officielle, mais garantit aux citoyens la liberté de croire en celle qu'ils souhaitent.
❍ d) Il reconnaît trois religions officielles, mais autorise les citoyens à en pratiquer d'autres s'ils le souhaitent.

➤ Question 5
Complète le texte comme il convient.

indirect	peuple	Premier ministre	Président	référendum	sondage
uninominal					

Dans une République, le .... est souverain, c'est-à-dire que c'est lui qui décide de la conduite du pays. Pour cela, il s'exprime au suffrage universel .... lorsqu'il choisit ses élus. Il peut être aussi consulté directement par la voie du ....

Définir la citoyenneté française et européenne

Je m'évalue

➤ Question 6
Quels droits sont reconnus aux citoyens par la Constitution ?

Cocher la ou les réponses exactes.
❒ a) d'exprimer leurs opinions librement
❒ b) de ne pas obéir aux lois s'ils les jugent mauvaises
❒ c) de pratiquer la religion de leur choix
❒ d) de ne pas pratiquer de religion
❒ e) de posséder une arme pour se protéger
❒ f) d'être élus

Je révise

- Un **citoyen français** est une personne qui possède la **nationalité française**, c'est-à-dire qui est officiellement reconnu par l'État comme membre du peuple français.
- La nationalité française s'acquiert en premier lieu par la naissance : le **droit du sol** donne la nationalité française à toute personne née en France ; le **droit du sang** la donne à toute personne née d'au moins un parent français, même s'ils sont installés à l'étranger. En second lieu, on peut obtenir la nationalité française par naturalisation : une personne peut demander à devenir française, mais elle n'est jamais sûre d'obtenir une réponse positive.
- La citoyenneté donne **des droits et des devoirs** à ceux qui la possèdent. Le premier d'entre eux est le **droit de vote et d'éligibilité** (possibilité de se présenter à une élection pour être élu). La citoyenneté offre également le droit d'intégrer un emploi dans la **fonction publique**. Le principal devoir du citoyen est de **payer l'impôt** qui permet de faire fonctionner l'État et de participer à la Défense nationale.
- Depuis le traité de Maastricht (1992), tout citoyen d'un pays membre de l'Union européenne est également **citoyen européen**. Cela facilite notamment sa circulation à l'intérieur de l'UE où il peut séjourner librement et, dans certains pays, voter et être élu.
- Enfin, tout citoyen se doit de faire preuve de **civisme**, c'est-à-dire d'adopter un comportement respectueux envers les autres citoyens afin d'assurer la coexistence pacifique de tous.

Je m'entraîne

➤ Question 7

Pour être citoyen français, il faut :

Cocher la réponse exacte.

❍ a) posséder la nationalité française.
❍ b) habiter la France.
❍ c) être né en France.

➤ Question 8

Quels sont les devoirs de tout citoyen ?

Cocher la ou les réponses exactes.

❒ a) voter
❒ b) participer à la Défense nationale
❒ c) se présenter à des élections
❒ d) respecter les lois
❒ e) vivre en France
❒ f) faire le service militaire
❒ g) payer l'impôt

➤ Question 9

Que reçoit le citoyen en échange de ces devoirs ?

Cocher la réponse exacte.

❍ a) des droits
❍ b) des allocations
❍ c) des subventions

➤ Question 10

Quel traité européen a posé les bases de la citoyenneté européenne ?

Cocher la réponse exacte.

❍ a) le traité de Lisbonne
❍ b) le traité de Maastricht
❍ c) le traité de Rome

Connaître les différentes déclarations des droits de l'homme

Je m'évalue

➤ Question 11

Complète le texte avec les éléments qui conviennent.

autorisations	devoirs	guerre froide	interdictions	l'Ancien Régime
la République	la Révolution française	Première Guerre mondiale		
Seconde Guerre mondiale				

La Déclaration des droits de l'homme et du citoyen est rédigée à l'époque de .... Elle énonce des droits mais aussi des .... Après la ...., la Déclaration universelle des droits de l'homme réaffirme et complète ces droits.

Je révise

- La Déclaration des droits de l'homme et du citoyen est adoptée le **26 août 1789** par les députés de la première Assemblée nationale française, quelques semaines après la prise de la Bastille. Organisée autour de 17 articles, cette déclaration s'inspire, en partie, de la Déclaration des droits rédigée en 1689 en Angleterre et de la Déclaration d'indépendances des États-Unis (1776).
- Dans la Déclaration des droits de l'homme et du citoyen, on retrouve affirmées trois des grandes valeurs de la République : **la liberté, l'égalité et la fraternité**.
- La Déclaration des droits de l'homme et du citoyen est placée en **préambule de la Constitution de la Ve République**. Cela signifie que la Constitution, toutes les lois et l'ensemble des règlements, en France, reposent sur ses principes.
- La Seconde Guerre mondiale et la découverte des crimes de guerre et contre l'humanité obligent une partie de la communauté internationale à travailler sur une nouvelle affirma-

tion des droits de chaque être humain. En **1948**, les Nations unies adoptent une **déclaration universelle** voulant rassembler les droits fondamentaux de chaque homme sur Terre.

• La Déclaration des droits de l'homme et du citoyen de 1789 est encore en vigueur aujourd'hui. Mais, sous la Révolution, un certain nombre de déclarations ont tenté de compléter, préciser ou modifier ces droits.

– En **1791**, Olympe de Gouges rédige une **Déclaration des droits de la femme et de la citoyenne** calquée sur la Déclaration de 1789. C'est un véritable manifeste réclamant l'égalité juridique et politique entre les hommes et les femmes. Ces dernières ne disposaient pas du droit de vote.

– En **1793**, quelques mois après la proclamation de la République, une **nouvelle Déclaration des droits de l'homme et du citoyen** est rédigée insistant particulièrement sur l'idée d'égalité. Elle ne fut **jamais appliquée**.

– En **1795**, la **Déclaration de l'an III de la République** revient aux principes de 1789 en affirmant de façon plus marquée la notion de devoirs des citoyens. Elle se divise en trois parties : les droits (16 articles), les devoirs (6 articles) et les dispositions générales (25 articles).

Je m'évalue

➤ Question 12

Associe chaque date de rédaction à sa déclaration.

1789	1791	1948

Déclaration des droits de l'homme et du citoyen : ....

Déclaration des droits de la femme et de la citoyenne : ....

Déclaration universelle des droits de l'homme : ....

➤ Question 13
Vrai ou faux ?
Aujourd'hui la Déclaration des droits de l'homme rédigée en 1789 n'est plus appliquée.

Cocher la réponse exacte.
❍ a) vrai
❍ b) faux

➤ Question 14
De combien d'articles la Déclaration des droits de l'homme est-elle composée ?

Cocher la ou les réponses exactes.
❒ a) 17 articles
❒ b) 25 articles
❒ c) 52 articles

Connaître les principes et le fonctionnement de la justice

Je m'évalue

➤ Question 15
Associe le tribunal aux infractions qu'il peut juger.

cour d'assises	tribunal de grande instance	tribunal de police

Divorce : ....
Excès de vitesse pour un automobiliste : ....
Meurtre : ....

Je révise

• La justice se doit de sauvegarder les droits de chaque citoyen et punir ceux qui contreviennent à la loi. Ses principes sont :

– Indépendance : le pouvoir judiciaire est le troisième grand pouvoir. Le pouvoir exécutif a pour but de rendre applicable la loi. Le législatif crée et modifie la loi. Le pouvoir judiciaire a pour but d'appliquer la loi, de punir les contrevenants. **Dans une démocratie, la justice doit être indépendante et les trois pouvoirs séparés.**

– Impartialité : les magistrats (juges…) doivent pouvoir rendre la justice sans prendre fait et cause pour ou contre un suspect.

– Respect de la loi et de la procédure : afin que chaque justiciable soit traité de façon équitable, la loi décrit et précise l'ensemble des procédures allant du dépôt de plainte jusqu'à la condamnation. Une des règles les plus importantes est la présomption d'innocence.

• Il y a en France plusieurs types de tribunaux, plusieurs juridictions. Chacune des juridictions est spécialisée dans certaines affaires qui relèvent de sa compétence.

– Les **juridictions pénales**, également appelées répressives, punissent les fautes, graves ou moins graves, qui constituent un danger pour la société : meurtre, mauvais traitements, vol, conduite en état d'ivresse, etc. Les **crimes, fautes les plus graves,** sont jugés par la **cour d'assises** ; les **délits, moins graves,** par le tribunal correctionnel ; les contraventions, fautes les moins graves, par le tribunal de police. Seules ces juridictions peuvent condamner à la prison ou à une amende.

– Les **juridictions civiles** règlent les désaccords, les différends **entre personnes** : demande de divorce, de paiement d'une dette, de remboursement pour des dégâts, etc. Ces juridictions peuvent imposer une solution au litige (ordonner le divorce, par exemple) ou condamner l'une des deux parties à indemniser l'autre. Ce sont les tribunaux de grande instance ou d'instance.

– Les **juridictions administratives** règlent les désaccords **entre les citoyens et l'État** ou une autre administration publique (commune, collège, etc.). Elles ont le pouvoir d'annuler les décisions qui ne respectent pas la loi, par exemple celles qui limitent les libertés sans raison valable.

• L'ordonnance de 1945 fixe les principes et juridictions concernant la **justice des mineurs**. Les mineurs disposent d'une justice spécifique car la société estime qu'en plus de punir et/ou d'exiger la réparation de la faute, la justice des mineurs doit prendre les mesures éducatives afin d'éviter que les mineurs ne récidivent. Les juridictions, tribunaux ou magistrats de la justice des mineurs sont donc différents de la justice traditionnelle (juge des enfants, tribunal pour enfants, cour d'assises des mineurs...) et les peines différentes (la condamnation à des travaux d'intérêt général est plus fréquente que l'incarcération, par exemple).

Je m'entraîne

➤ Question 16

Vrai ou faux ?

La justice des mineurs, telle qu'elle est définie aujourd'hui, date de la fin de la Première Guerre mondiale.

Cocher la réponse exacte.

❍ a) vrai

❍ b) faux

➤ Question 17

Vrai ou faux ?

Parmi les adjectifs suivants, lesquels s'appliquent à la justice française ?

Cocher la ou les réponses exactes.

❒ a) partiale

❒ b) impartiale

❒ c) indépendante

❒ d) autoritaire

Comprendre le fonctionnement de la vie politique française

Je m'évalue

➤ Question 18

Complète le texte comme il convient.

exécutif	judiciaire	législatif	médiatique	policier	politique	régalien

Dans la Ve République, le Parlement incarne le pouvoir ...., le gouvernement le pouvoir .... et les magistrats le pouvoir ....

Je révise

- Le fonctionnement politique de la France est défini par la **Constitution**. Celle en vigueur actuellement date de 1958 : elle a créé la Ve République. Elle a été adoptée par référendum, c'est-à-dire que tous les citoyens ont été appelés à voter pour ou contre.
- Le **président** et le **gouvernement** sont les deux branches du **pouvoir exécutif** : ils sont chargés de faire appliquer les lois. Le président est élu au suffrage universel direct. Il dispose du droit de dissoudre l'Assemblée nationale, c'est-à-dire de mettre fin au mandat des députés avant son terme et d'organiser de nouvelles élections. En tant que chef de l'État, le président est également le chef des armées : lui seul peut décider de l'utilisation de l'arme nucléaire.
- Les ministres qui composent le gouvernement sont nommés par le président, en coopération avec le Premier ministre, lequel est choisi par le président au sein du parti majoritaire à l'Assemblée nationale.
- Le **Parlement**, qui est composé de l'Assemblée nationale et du Sénat, incarne le **pouvoir législatif** : il est chargé d'écrire et d'adopter les lois. Les 577 députés (qui siègent à l'Assemblée nationale) sont élus pour cinq ans au suffrage universel direct. Les 321 sénateurs sont élus pour neuf ans au suffrage universel indirect (ce sont des élus qui les élisent).
- Le **pouvoir judiciaire** est indépendant des deux autres : il revient aux magistrats, qui jugent du respect ou non de la loi par les citoyens.

Je m'entraîne

➤ Question 19

Qui nomme le Premier ministre ?

Cocher la réponse exacte.

❍ a) les députés
❍ b) le président de la République
❍ c) les sénateurs
❍ d) les parlementaires
❍ e) les ministres

➤ Question 20

Pour qu'une loi soit adoptée, par qui doit-elle être approuvée ?

Cocher la réponse exacte.

❍ a) par l'Assemblée nationale
❍ b) par l'Assemblée nationale et le Sénat
❍ c) par l'Assemblée nationale ou le Sénat

➤ Question 21

Quel nom porte le texte définissant le fonctionnement politique de la France ?

Cocher la réponse exacte.

❍ a) la Déclaration des droits de l'homme et du citoyen
❍ b) la Constitution
❍ c) le code civil

➤ Question 22
Quelles affirmations sont-elles exactes ?

Cocher la ou les réponses exactes.
❒ a) Le président de la République est le chef des armées.
❒ b) Le président de la République adopte les lois.
❒ c) Le président de la République est choisi par les députés et les sénateurs.
❒ d) Le président de la République est le chef de l'État.

Connaître les éléments de la vie sociale en France

Je m'évalue

➤ Question 23
Complète le texte comme il convient.

casser	manifester	s'associer	s'en prendre	s'exprimer	se présenter
se révolter					

Pour défendre ses idées, un citoyen a le droit de .... dans les rues, de .... publiquement, de .... à d'autres personnes partageant son avis au sein d'un parti ou d'un syndicat par exemple, et de .... à des élections.

Je révise

• La citoyenneté ne s'exerce pas seulement par l'action politique. Il existe pour les citoyens bien d'autres moyens de **participer à la vie du pays**.
• Depuis la loi de 1901, tout citoyen est libre de créer ou d'adhérer à une **association**. On en compte près d'un million en France, qui vivent grâce aux cotisations de leurs adhérents et aux subventions publiques. Près de 10 millions de Français exercent par ailleurs une **activité bénévole** (travail non rémunéré au profit d'une association). Parmi les associations,

deux types ont un rôle particulièrement important dans la vie sociale : les partis politiques et les syndicats.

• Les **partis politiques**, d'abord, réunissent des militants qui se reconnaissent dans un même programme, et s'organisent afin de diffuser leurs idées dans l'opinion et de présenter des candidats aux différentes élections.

• Les **syndicats** sont des associations de travailleurs qui s'unissent pour défendre leurs droits et obtenir des améliorations dans leurs conditions de travail. Pour cela, les syndicats peuvent organiser des **grèves** (arrêt du travail pour faire pression sur un employeur) ou participer à des **négociations**.

• Les citoyens peuvent également faire entendre leurs opinions en faisant signer des **pétitions** ou réclamer une loi, mais ils doivent pour cela remplir des conditions : obtenir le soutien d'1/10e des électeurs (soit 4,5 millions de personnes) et d'1/5e des parlementaires (députés et sénateurs, soit 185 d'entre eux).

Je m'entraîne

➤ Question 24

Parmi ces organisations, lesquelles sont des syndicats ?

Cocher la ou les réponses exactes.

❒ a) CGT
❒ b) UMP
❒ c) CFDT
❒ d) PS
❒ e) MODEM

➤ Question 25
Quel droit la République reconnaît-elle aux citoyens ?

Cocher la ou les réponses exactes.
❒ a) le droit d'association
❒ b) le droit de pétition
❒ c) le droit de grève

➤ Question 26
Lequel de ces droits figure dans la Constitution ?

Cocher la ou les réponses exactes.
❒ a) le droit au repos et aux loisirs
❒ b) le droit au chômage
❒ c) le droit au travail

Connaître les enjeux de la défense et de la paix

Je m'évalue

➤ Question 27
De quelles organisations internationales la France est-elle membre ?

Cocher la ou les réponses exactes.
❒ a) l'ONU
❒ b) l'Armée rouge
❒ c) la CIA
❒ d) l'OTAN

Je révise

• La France est un des membres fondateurs de l'Organisation des Nations unies (1945). Elle y possède même un des cinq sièges de **membre permanent au conseil de sécurité**, ce qui veut dire qu'elle dispose d'un **droit de veto** (opposition) sur toutes les décisions.

• La Défense française a été réorganisée depuis les années 1990. En effet, la fin de la guerre froide a éloigné le risque d'un conflit international pour la France. En revanche, l'essor du terrorisme et des missions de maintien de la paix à l'étranger nécessite des moyens nouveaux. Pour faire face à ces nouveaux besoins, l'armée a été professionnalisée et le service militaire auquel devaient se soumettre tous les jeunes a été supprimé. À la place a été créé un **parcours de citoyenneté** composé de trois étapes : l'enseignement de la défense en troisième et en première ; le recensement à 16 ans, et la **Journée Défense et Citoyenneté (JDC)** à 18 ans.

• En France, c'est le président de la République qui est le chef de l'armée. Le ministre de la Défense applique ses directives. Les missions, moyens et objectifs de la défense nationale sont consignées dans un document appelé le « Livre Blanc de la Défense ».

• La France s'est engagée au cours des dernières années dans des **missions de maintien de la paix** à la demande de l'ONU : guerre de Yougoslavie, crise en Côte d'Ivoire, intervention en Afghanistan et en Libye. Elle possède des bases militaires au Moyen-Orient (Abu Dhabi) et en Afrique (Djibouti, Sénégal) ainsi que dans les territoires d'outre-mer.

Je m'entraîne

➤ Question 28

Qui dirige les armées françaises ?

Cocher la réponse exacte.

❍ a) le président de la République

❍ b) le ministre de la Défense

❍ c) le chef d'état-major

➤ Question 29

Que signifie le sigle JDC ?

Cocher la réponse exacte.

❍ a) Journée de Devoir du Citoyen
❍ b) Journée de Défense et de Conduite
❍ c) Journée de défense et de Citoyenneté

➤ Question 30

Quels droits est donné au citoyen lors de l'accomplissement de la JDC ?

Cocher la ou les réponses exactes.

❒ a) se présenter aux examens
❒ b) se présenter aux concours de la fonction publique
❒ c) pouvoir être inscrit sur les listes électorales
❒ d) le droit de voter

Les corrigés des tests

➤ Question 1

Réponses : **1.** Marseillaise **3.** Fraternité **2.** rouge **4.** Marianne

Pour marquer son ancrage dans l'espace public et se différencier des régimes précédents ainsi que de ceux des pays voisins, la République française a adopté un certain nombre de symboles.

Hérités de l'histoire, ils sont brandis lors de la fête nationale ou dans les compétitions sportives : ce sont des signes de ralliement destinés à unir l'ensemble du peuple français.

➤ Question 2

Réponse : **c)**

- Comme la plupart des symboles républicains, l'hymne national et la fête nationale commémorent des épisodes de la Révolution française.
- *La Marseillaise* est un chant de guerre écrit par Rouget de Lisle en 1792.
- Le 14 Juillet fait référence à la prise de la Bastille en 1789 et surtout à la fête de la Fédération organisée à Paris un an plus tard.

➤ Question 3

Réponses : **a) c) e) f)**

Selon l'article 1 de la Constitution de 1958, « la France est une République indivisible, laïque, démocratique, sociale et décentralisée ».

➤ Question 4

Réponse : **c)**

Depuis 1905, l'État et la religion sont séparés, c'est-à-dire que l'État ne reconnaît pas de statut officiel à la religion et ne la subventionne pas. Il garantit en revanche à chacun de ses citoyens la liberté de croire (ou pas) en une religion, quelle qu'elle soit.

➤ Question 5

Réponses : peuple / indirect / référendum

La République (*res publica* en latin, c'est-à-dire la « chose publique ») est un système politique dans lequel le pouvoir est exercé par le peuple et dans l'intérêt de celui-ci. Les décisions sont prises directement (démocratie directe), ou par ceux qui sont élus pour le faire (démocratie indirecte).

➤ Question 6

Réponses : **a) c) d) f)**

La Constitution garantit aux citoyens le respect des libertés fondamentales nécessaires au bon fonctionnement de la démocratie.

Mais le citoyen n'est pas pour autant libre de faire tout ce qu'il souhaite car le respect de sa liberté ne peut se faire au détriment de celle d'autrui.

➤ Question 7

Réponse : **a)**

Est citoyen celui qui est reconnu par l'État comme un de ses ressortissants. Il est citoyen dès lors que l'État le reconnaît comme tel, c'est-à-dire lui reconnaît la nationalité française.

➤ Question 8

Réponses : **b) d) g)**

- Si la Constitution reconnaît des droits aux citoyens, ceux-ci sont assortis de contreparties.
- Le citoyen a en effet un certain nombre de devoirs à remplir envers l'État, et donc envers le reste de la communauté nationale à laquelle il appartient.
- S'il ne respecte pas ces devoirs, il met en péril l'unité nationale et donc le respect des libertés de chacun.

➤ Question 9

Réponse : **a)**

Être citoyen, c'est avoir des droits et des devoirs. Les deux sont liés. Un citoyen peut se voir retirer une partie de ses droits, s'il n'accomplit pas certains de ces devoirs.

➤ Question 10

Réponse : **b)**

Le traité de Maastricht (1992) a établi l'existence d'une citoyenneté au niveau européen, qui donne des droits aux citoyens des différents pays membres pour l'ensemble de l'Europe et leur reconnaît également certaines libertés fondamentales.

➤ Question 11

Réponses : la Révolution française / devoirs / Seconde Guerre mondiale

La première Déclaration des droits de l'homme et du citoyen est rédigée en août 1789. C'est en 1948 que les Nations unies adoptent une Déclaration universelle des droits de l'homme.

➤ Question 12

Réponses : 1789 / 1791 / 1948

La Révolution française aboutit à la rédaction d'au moins quatre déclarations des droits. Les plus connues sont celle de 1789 et la Déclaration des droits de la femme et de la citoyenne rédigée par Olympe de Gouges.

➤ Question 13

Réponse : **b)**

La Constitution fait toujours référence à ce texte. Elle est complétée par la Charte de l'environnement et constitue ainsi le préambule de la Constitution de 1946.

➤ Question 14

Réponse : **a)**

Ces 17 articles comportent les droits et devoirs de chaque homme et citoyen. Elle définit notamment les termes de liberté et d'égalité et définit ce qu'est la loi et les conditions de son application.

➤ Question 15

Réponses : tribunal de grande instance / tribunal de police / cour d'assises

L'existence de plusieurs juridictions et de tribunaux permet à la justice de rendre la justice de façon plus précise. Chaque juge est spécialisé dans son « domaine ».

➤ Question 16

Réponse : **b)**

L'ordonnance de 1945, à la fin de la Seconde Guerre mondiale, fixe les principes de l'actuelle justice des mineurs.

➤ Question 17

Réponses : **b) c)**

Le juge se doit d'être impartial (n'avoir aucun lien ni aucun intérêt avec une affaire qu'il doit juger) et être indépendant (des autres pouvoirs). Si l'une de ces conditions n'est pas respectée, son verdict ou ses décisions peuvent être remis en cause.

➤ Question 18

Réponses : législatif / exécutif / judiciaire

Les institutions françaises fonctionnent selon le principe de la séparation des pouvoirs, théorisé au XVIIIe siècle par Montesquieu : ce ne sont pas les mêmes personnes qui font les lois (pouvoir législatif), qui les appliquent (pouvoir exécutif) et qui veillent à ce qu'elles soient respectées (pouvoir judiciaire).

➤ Question 19

Réponse : **b)**

• C'est le président de la République qui nomme le Premier ministre. Cependant, son choix est limité par l'Assemblée nationale, car pour qu'un Premier ministre puisse gouverner, il faut qu'il ait le soutien d'une majorité de députés.

• Le Premier ministre est donc généralement choisi par le président au sein du parti majoritaire à l'Assemblée. Si cette dernière est opposée politiquement au Président, on parle alors de cohabitation.

➤ Question 20

Réponse : **b)**

• Une loi est adoptée si elle reçoit l'assentiment des deux Chambres (Assemblée nationale et Sénat) qui composent le Parlement. Elle passe de l'une à l'autre pour être modifiée jusqu'à ce qu'elle soit approuvée par les deux (on parle de navette parlementaire).

• En cas de désaccord persistant, c'est l'Assemblée nationale qui a le dernier mot.

➤ Question 21

Réponse : **b)**

La Constitution est la loi « suprême ». Tout règlement, loi ou texte découle et doit être conforme à la Constitution. Toutes les règles de la vie politique sont donc fixées dans ce document.

➤ Question 22

Réponses : **a) d)**

Le président de la République est le chef des armées et le chef de l'État. Élu par le peuple depuis 1962, il dispose du pouvoir exécutif et non du pouvoir législatif.

➤ Question 23

Réponses : manifester / s'exprimer / s'associer / se présenter

Les citoyens sont libres de défendre leurs idées et de s'organiser pour les diffuser. Mais ils n'ont pas le droit de recourir à la contrainte ou à la violence pour se faire entendre.

➤ Question 24

Réponses : **a) c)**

Il ne faut pas confondre les partis politiques (UMP, PS, MODEM, etc.) avec les syndicats (CGT, CFDT, etc.). Contrairement aux partis politiques, les syndicats n'ont pas pour ambition d'exercer le pouvoir, mais d'organiser la défense des droits des travailleurs au sein des entreprises.

➤ Question 25

Réponses : **a) b) c)**

Être membre d'une association, s'engager par le biais d'une pétition, faire une grève… sont pour le citoyen trois moyens de s'exprimer et d'agir.

➤ Question 26

Réponses : **a) c)**

Selon la Constitution, tout citoyen a le droit d'avoir un travail afin de pouvoir gagner sa vie dignement. C'est pour cela qu'il existe un système de solidarité nationale afin de venir en aide aux citoyens qui n'ont pas de travail et dont l'un des droits fondamentaux n'est alors pas respecté. Le droit au repos et aux loisirs figure également dans la Constitution.

➤ Question 27

Réponses : **a) d)**

• La France, en tant que membre de l'ONU (Organisation des Nations unies), participe au maintien de la paix.

• Si elle rentre en guerre, elle peut le faire dans le cadre de l'OTAN (Organisation du traité de l'Atlantique Nord) où elle siège au côté des États-Unis.

➤ Question 28

Réponse : **a)**

En tant que chef de l'État, le président de la République est aussi le chef des armées. C'est donc lui qui prend la décision d'entrer en guerre (décision qui doit être avalisée par le Parlement) et conduit les opérations. Il est notamment le seul à pouvoir décider de l'usage de l'arme nucléaire.

➤ Question 29

Réponse : **c)**

La JDC remplace la JAPD, qui remplaçait elle-même l'ancien service militaire. Elle est obligatoire pour tous les jeunes Français (garçons et filles) de plus de 16 ans.

➤ Question 30

Réponses : **a) c)**

La Défense nationale n'est pas l'affaire des seuls militaires. Lorsque l'indépendance du territoire et des institutions du pays sont menacées, l'ensemble des citoyens doivent se mobiliser pour les défendre en fonction de leurs moyens et de leurs capacités.

La JDC est destinée à les sensibiliser à cette nécessité.

Sciences de la vie et de la Terre

Évaluation – Révisions – Entraînement

Décrire le globe terrestre

Je m'évalue

➤ Question 1

La terre s'est formée, il y a environ :

Cocher la réponse exacte.

❍ a) 2,5 milliards d'années.
❍ b) 3,5 milliards d'années.
❍ c) 4,5 milliards d'années.

Je révise

• La Terre s'est formée il y a 4,6 milliards d'années. Elle était alors recouverte de lave et la température avoisinait les 1 000 °C : la vie y était impossible. Des transformations et des événements géologiques ont permis le refroidissement de la Terre, la **création de l'atmosphère** et la **formation des océans**. Les premières formes de vie, les **cyanobactéries**, sont apparues il y a 3,5 milliards d'années. Elles ont joué un rôle essentiel dans le rejet de dioxygène dans l'air, permettant l'apparition de nouvelles formes de vie.

• D'autres événements géologiques (activités volcaniques intenses, chutes de météorites) ont affecté la surface de la Terre depuis son origine, modifiant les milieux et les conditions de vie. Les modifications de l'environnement marquent des **crises de la biodiversité**, suivies de périodes de **diversification** importante liée à la libération des milieux écologiques, qui diminue la compétition entre les espèces. Le renouvellement des espèces peut être retracé grâce aux roches sédimentaires renfermant des **fossiles**.

• Les transformations géologiques depuis l'origine de la Terre permettent de proposer un découpage du temps en quatre ères (primaire, secondaire, tertiaire, quaternaire), elles-mêmes découpées en périodes.
• Aujourd'hui, la surface de la Terre est occupée à 70 % par les océans et seulement à 30 % par les continents. La répartition des séismes et des volcans à la surface de la Terre montre qu'elle est composée de **12 grandes plaques tectoniques** (ou **lithosphériques**), qui peuvent être **divergentes** (elles s'éloignent au niveau des **dorsales océaniques**), **convergentes** (elles se rapprochent, plongent l'une sous l'autre dans la **zone de subduction** et forment une **fosse océanique** ou une **chaîne de montagne**) ou **transformantes** (elles coulissent les unes sous les autres).
• Dans l'organisation de la Terre en profondeur, on peut distinguer deux grandes couches différentes : la lithosphère et l'asthénosphère. La **lithosphère** est la **couche supérieure** de la croûte terrestre : constituée de roches rigides , elle peut atteindre 200 km de profondeur en milieu continental et 100 km de profondeur en milieu océanique. L'**asthénosphère**, la **couche inférieure**, est constituée de roches moins rigides que celles de la lithosphère.

Je m'entraîne

➤ Question 2
On date l'apparition de la vie à :

Cocher la réponse exacte.
❍ a) – 2,5 milliards d'années.
❍ b) – 3,5 milliards d'années.
❍ c) – 4,5 milliards d'années.

➤ Question 3
Vrai ou faux ?
Les bactéries seraient les premières formes de vie sur Terre.

Cocher la réponse exacte.
❍ a) vrai
❍ b) faux

➤ Question 4
En combien d'ères sont découpés les temps géologiques ?

Cocher la réponse exacte.
❍ a) trois
❍ b) quatre
❍ c) cinq

➤ Question 5
Associe chaque mot à sa définition.

asthénosphère	lithosphère	plaque lithosphérique

Partie superficielle de la terre, rigide, d'une épaisseur d'environ 100 km : ....
Partie située sous la lithosphère d'environ 700 km d'épaisseur et peu rigide :...........
Zone stable constituée par la lithosphère et délimitée par des zones à forte activité volcanique et sismique :...........

Décrire les risques sismiques et volcaniques

Je m'évalue

➤ Question 6
Associe chaque mot à sa définition.

épicentre	faille	foyer sismique	intensité	magnitude

Mesure l'étendue des dégâts en surface : ....
Mesure l'énergie libérée par le séisme : ....
Déformation liée à un mouvement de terrain : ....
Point de rupture et de libération de l'énergie : ....
Projection en surface du point de rupture : ....

Je révise

• Un séisme est une secousse qui déforme le paysage et cause des dégâts en surface. L'étendue des dégâts en surface détermine **l'intensité du séisme** et la déformation du paysage permet de mesurer la **magnitude**, l'énergie libérée par le séisme. Les **ondes sismiques** des séismes sous-marins peuvent également provoquer des **raz-de-marée**, qui déferlent sur les côtes.

• Il y a séisme lorsqu'un mouvement de terrain cause une **rupture de roches en profondeur** au niveau des **frontières de plaques**.

• La rupture, au **foyer sismique**, libère de l'énergie sous forme d'**ondes sismiques**. La projection du foyer sismique en surface marque l'**épicentre** du séisme, où les secousses sont les plus importantes.

• Les ondes sismiques qui se propagent sont enregistrées par des **sismographes**, qui permettent de déterminer l'amplitude d'un séisme. À partir de la vitesse des ondes et de l'heure d'arrivée dans les stations, il est possible de déterminer où se trouve l'épicentre du séisme.

• Les mouvements de terrain provoquant un séisme se produisent le long d'une **faille**. Il existe plusieurs types de failles. Les **failles normales** sont formées par des mouvements de **dilatation** alors que les **failles inverses** sont liées à une **compression**.

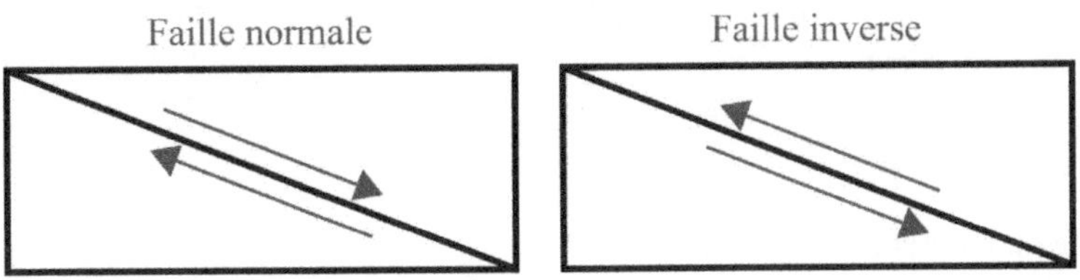

• Il est possible d'évaluer le risque sismique dans un lieu particulier en fonction de l'aléa sismique, du degré de vulnérabilité et du site. L'**aléa sismique** représente la **possibilité d'une région de subir un séisme**, selon la localisation des failles. Le **degré de vulnérabilité** est évalué selon **la densité de la population et la qualité des constructions**, plus ou moins adaptées aux secousses sismiques. L'étude du **site** prend en compte la capacité du sol à amplifier ou propager les ondes sismiques.

• Le **volcanisme** se manifeste à la surface de la Terre par des éruptions volcaniques de lave, c'est-à-dire de roches fondues. Les volcans **effusifs** se situent notamment au niveau des dorsales océaniques. Ils sont caractérisés par un écoulement de laves fluides, pauvres en gaz. Les volcans **explosifs** se situent principalement en zone de subduction. L'éruption est bien plus dangereuse : le dôme, un assemblage de roches qui bouche le cratère, explose. Lors de l'éruption du volcan, les fragments de roches sont envoyés en l'air et une lave visqueuse, riche en gaz, s'écoule. S'y ajoutent des nuages de cendres, une avalanche de débris et une **nuée ardente**, mélange de gaz brûlant et de cendres.

• Le **risque volcanique**, comme le risque sismique, dépend de l'impact possible sur la population et de la situation géographique, qui constitue l'aléa. il est **plus facile de surveiller l'activité d'un volcan** que celle d'un seisme : il faut pour cela mesurer la température des fumerolles, émissions de gaz qui précèdent l'éruption volcanique.

Je m'entraîne

➤ Question 7

Complète la phrase comme il convient.

Les failles normales sont formées par des mouvements de .... alors que les failles inverses sont liées à une ....

➤ Question 8

L'aléa sismique :

Cocher la ou les réponses exactes.

❒ a) représente le nombre de séismes qu'une région peut subir.
❒ b) représente la possibilité d'une région à subir un séisme.
❒ c) dépend de la localisation des failles.
❒ d) évalue la densité de la population.
❒ e) évalue la qualité des constructions en fonction de leur adaptation aux secousses.
❒ f) prend en compte la propriété du sol.

➤ Question 9

Vrai ou faux ?

Les éruptions volcaniques explosives présentent un danger pour l'homme plus important que les éruptions volcaniques effusives.

Cocher la réponse exacte.

❍ a) vrai
❍ b) faux

➤ Question 10

Indique les caractéristiques du volcanisme effusif, du volcanisme explosif et des deux types de volcanismes.

1. Le volcanisme effusif :

Cocher la ou les réponses exactes.

❒ a) présente une lave visqueuse.
❒ b) présente une lave fluide.
❒ c) se situe en général au niveau des dorsales océaniques.
❒ d) présente des nuées ardentes.

2. Le volcanisme explosif :

Cocher la ou les réponses exactes.

❒ a) se manifeste par une violente explosion.
❒ b) contient beaucoup de gaz.
❒ c) se situe en général au niveau des zones de subduction.
❒ d) se manifeste par une éruption volcanique

3. Les deux types de volcanismes :

Cocher la ou les réponses exactes.

❒ a) se manifestent par une éruption volcanique.
❒ b) présentent une lave fluide.

❒ c) ont une éruption accompagnée par un gonflement du volcan.
❒ d) présentent des nuées ardentes.

Décrire des phénomènes météorologiques et climatiques

Je m'évalue

➤ Question 11
Vrai ou faux ?
L'effet de serre est provoqué par les activités humaines.

Cocher la réponse exacte.
❍ a) vrai
❍ b) faux

Je révise

• Le globe se découpe en **trois zones climatiques**. Aux pôles se trouvent les **zones polaires**, où la température est la plus basse. La **zone chaude** est située autour de l'équateur et la zone intermédiaire correspond à la **zone tempérée**. Cette zonation est liée à la forme ronde de la Terre, supposant une répartition inégale de l'énergie solaire à sa surface. La différence de répartition de la température sur le globe terrestre est à l'origine des dynamiques des masses d'eau et des masses d'air.
• Les mouvements des masses d'air de surface s'effectuent **des zones les plus froides vers les zones les plus chaudes**. Ils sont à l'origine des vents. L'air se réchauffe à l'équateur et remonte en altitude. Lorsque les vents d'altitude atteignent des zones à températures plus basses, l'air se refroidit et retombe à la surface. Les masses d'air suivent donc un **cycle constant, ramenant les vents de surface des zones tempérées à l'équateur**.
• Les masses d'eau à la surface de l'océan sont mises en mouvement par les vents et sont à l'origine des courants marins de surface. Lorsque l'eau atteint les **zones à température chaude**, elle **s'évapore** et est transportée par les vents. Elle retombe sous forme de

précipitations dans les **zones à température plus basse**. L'eau ruisselle depuis les reliefs jusqu'aux océans. C'est le **cycle de l'eau**.

• Au cours des temps géologiques ont eu lieu des changements de climat, dépendant de la position de la Terre et de la quantité d'énergie solaire reçue : ils sont à l'origine des périodes glaciaires et interglaciaires. L'**effet de serre** est un phénomène naturel accentué par les activités humaines et favorisant le **réchauffement climatique**. La surface de la Terre reçoit de l'énergie solaire sous forme d'ultraviolets ou d'infrarouges, qui sont soit réémis vers l'espace soit retenus par les **gaz à effet de serre**, comme le dioxyde de carbone, la vapeur d'eau ou le méthane, et renvoyés sur le sol, où ils sont absorbés.

• Le **risque météorologique** peut correspondre à un risque d'inondation, de tornade ou de cyclone… Des **constructions adaptées** au risque peuvent être entreprises à titre de prévention, comme des bassins de rétention dans les endroits susceptibles d'être inondés. L'**éducation de la population** permet également de réduire les dégâts humains.

Je m'entraîne

➤ Question 12

En combien de zones climatiques le globe se découpe-t-il ?

Cocher la réponse exacte.

❍ a) 2
❍ b) 3
❍ c) 4

➤ Question 13

Quelles sont les zones climatiques du globe ?

Cocher la ou les réponses exactes.

❐ a) la zone océanique
❐ b) la zone tempérée
❐ c) la zone chaude

❒ d) la zone humide
❒ e) la zone polaire

➤ Question 14
Quelles sont la ou les affirmations correctes ?

Cocher la ou les réponses exactes.
❒ a) Les mouvements des masses d'air sont à l'origine des vents.
❒ b) L'air chaud est moins dense donc il descend à une altitude inférieure.
❒ c) L'air chaud monte en altitude.
❒ d) Les masses d'eau sont mises en mouvement par les vents.
❒ e) Les masses d'air sont mises en mouvement par les courants.
❒ f) L'eau chaude monte en surface.

➤ Question 15
Complète le texte comme il convient.
L'effet de serre est un mécanisme .... Dans l'atmosphère, la vapeur d'eau et le .... piègent les rayons infrarouges émis par la Terre et les renvoie au sol. Ceci permet une augmentation de la .... de la planète. La pollution renforce l'effet de serre par le rejet de grandes quantités de .... et d'autres gaz.

Expliquer les enjeux de l'exploitation des ressources naturelles

Je m'évalue

➤ Question 16
Complète la phrase comme il convient.
Le pétrole, le gaz ou le charbon sont des énergies.........., c'est-à-dire non...........

Je révise

• Pour produire de l'énergie, l'être humain exploite des **ressources naturelles**, dont les **énergies fossiles**, formées à partir de restes d'organismes, comme le **charbon** ou le **pétrole**. La matière organique accumulée est recouverte par des **sédiments** qui descendent dans le sol au cours du temps et se transforment en charbon ou en pétrole. Les énergies fossiles ne se forment que sur de très longues périodes, alors que leur utilisation est très fréquente. Ce sont donc des **énergies non renouvelables**, qui s'épuisent. Il est donc important de chercher une solution de remplacement avec les **énergies renouvelables**.

• Renouvelables, les **énergies éolienne, solaire, hydraulique et géothermique** s'appuient sur l'utilisation de ressources naturelles disponibles dans l'environnement de façon **illimitée**. Ainsi, les **éoliennes** produisent de l'électricité grâce à la force du vent. L'électricité peut aussi être produite par l'intermédiaire de **panneaux solaires** exploitant l'énergie du soleil ou de **stations hydrauliques** utilisant la force des courants. Pour le chauffage, des installations comme les **pompes à chaleur** exploitent la chaleur interne de la Terre.

• L'extraction des énergies fossiles et la production des installations pour exploiter les énergies renouvelables libèrent du **dioxyde de carbone** dans l'atmosphère. Le dioxyde de carbone est un **gaz à effet de serre** qui favorise le **réchauffement climatique** et présente par conséquent des **répercussions sur la biodiversité**. Ceci doit conduire à une responsabilisation de la population humaine sur son comportement en matière d'**économies d'énergie**.

Je m'entraîne

➤ Question 17

Quelles sont la ou les affirmations correctes ?

Cocher la ou les réponses exactes.

❒ a) Les énergies fossiles résultent de la transformation de la matière organique d'être vivants par enfouissement.

❒ b) La formation d'énergie fossile est rapide, environ une cinquantaine d'années.

❐ c) Il faut des centaines de millions d'années pour former les énergies fossiles.
❐ d) La consommation d'énergie fossile produit du dioxyde de carbone dans l'air.
❐ e) Le dioxygène est un gaz à effet de serre.
❐ f) Le dioxyde de carbone est un gaz à effet de serre.
❐ g) Le réchauffement climatique peut conduire à la disparition de certaines espèces.

➤ Question 18

Trouve quelles sont les énergies renouvelables et les énergies non renouvelables.

1. Énergies renouvelables :

Cocher la ou les réponses exactes.
❐ a) le gaz
❐ b) l'énergie géothermique
❐ c) le pétrole
❐ d) l'énergie hydraulique
❐ e) le charbon
❐ f) l'énergie éolienne
❐ g) l'énergie solaire
❐ h) l'énergie nucléaire

2. Énergies non renouvelables :

Cocher la ou les réponses exactes.
❐ a) le gaz
❐ b) l'énergie géothermique
❐ c) le pétrole
❐ d) l'énergue hydraulique
❐ e) le charbon
❐ f) l'énergie éolienne
❐ g) l'énergie solaire
❐ h) l'énergie nucléaire

➤ Question 19

Pour chacune des énergies, indique la source utilisée.

l'eau	la chaleur de la Terre	le Soleil	le vent

Énergie hydraulique : ....
Énergie solaire :..........
Énergie géothermique :..........
Énergie éolienne :..........

Décrire les mécanismes de l'évolution

Je m'évalue

➤ Question 20

Vrai ou faux ?
L'homme s'inscrit dans le processus d'évolution.

Cocher la réponse exacte.
❍ a) vrai
❍ b) faux

Je révise

• L'**évolution** est le processus par lequel des espèces ou groupes d'espèces apparaissent, se diversifient, s'éteignent ou se maintiennent. Au sein d'une espèce, elle correspond aux **modifications partielles de l'information génétique (ADN)**, qui entraînent l'apparition de caractères héréditaires nouveaux. Cette modification, ou **mutation aléatoire**, se produit de manière imprévisible et pourra être transmise aux descendants : elle est responsable de la **diversité génétique** des individus.

• D'après la théorie de **Charles Darwin**, l'évolution repose sur la **sélection naturelle** : **les individus qui présentent des caractères avantageux à la survie dans un milieu**

spécifique voient leur population augmenter. Lorsqu'à la suite d'une modification spontanée de l'information génétique un nouveau caractère apparaît : soit il présente un avantage pour l'espèce dans un milieu donné et sera sélectionné soit il présente un désavantage pour l'espèce et disparaîtra. Un caractère qui n'apporte aucun avantage ou inconvénient sera transmis au hasard. On parle alors de **dérive génétique**.

• Les êtres vivants possédant des **caractères communs** peuvent être regroupés ensemble dans une « boîte » pour former un **groupe emboîté**. Plusieurs groupes peuvent posséder un autre caractère qu'ils partagent et appartenir à un nouveau groupe emboîté. On parle alors de **classification en groupes emboîtés**.

• La comparaison des espèces apparues et disparues au cours du temps permet de reconstituer les **liens de parenté entre espèces**, qui expliquent l'évolution. Un **arbre phylogénétique** réalisé à partir de la classification en groupes emboîtés représente les liens de parenté entre espèces vivantes. L'arbre phylogénétique est une représentation schématique d'un arbre avec au bout de chaque branche une espèce actuelle. Ces branches s'insèrent sur le « tronc » fictif au niveau des nœuds. Ces nœuds représentent l'**ancêtre commun** à tous les êtres vivants partageant les mêmes caractères que ce dernier. Ces êtres vivants conservent les caractères ancestraux d'une espèce antérieure dont ils sont issus, et possèdent aussi des caractères nouveaux apparus grâce à des mutations.

• L'espèce humaine peut être classée parmi les animaux selon les caractères qu'elle partage avec d'autres espèces. La **cellule** est, par exemple, un caractère ancestral présent chez toutes les espèces et qui fonde l'unité du vivant. L'être humain résulte ainsi d'une série de transformations, à partir d'un **ancêtre commun partagé avec les chimpanzés**. L'espèce humaine possède également des **caractères nouveaux propres à son espèce**, comme la parole ou la bipédie.

Je m'entraîne

➤ Question 21

Quelles sont la ou les affirmations correctes ?
L'évolution :

Cocher la ou les réponses exactes.
❒ a) est un processus par lequel un individu se modifie au cours du temps.
❒ b) correspond à des modifications totales de l'information génétique (ADN).
❒ c) correspond à des mutations aléatoires sur une portion d'ADN.
❒ d) correspond à une mutation imprévisible.

➤ Question 22

Indique, pour chaque affirmation, si elle concerne « la sélection naturelle » ou « la dérive génétique ».
Sélectionne les individus présentant des caractères avantageux : ....
Correspond à une modification aléatoire de la fréquence des caractères : ....
Se produit de façon plus marquée si l'effectif de la population est faible : ....

➤ Question 23

Vrai ou faux ?

1. Les espèces vivantes sont classées selon des caractères communs.

Cocher la réponse exacte.
❍ a) vrai
❍ b) faux

2. La classification en groupe emboîté a pour autre nom « arbre phylogénétique ».

Cocher la réponse exacte.
❍ a) vrai
❍ b) faux

3. L'homme possède un caractère ancestral présent chez toutes les espèces animales, la cellule.

Cocher la réponse exacte.
❍ a) vrai
❍ b) faux

Expliquer la diversité génétique des individus

Je m'évalue

➤ Question 24
Associe chaque caractère à sa définition.

caractère héréditaire	caractère individuel

Caractère propre à son espèce : ....
Caractère transmis d'une génération à l'autre : ....

Je révise

• Chaque individu présente des **caractères propres à son espèce** et des **caractères individuels** qui font de lui un être unique et différent de tous les autres. Ces caractères sont déterminés par l'**information génétique**. On les dit **héréditaires** lorsqu'ils se retrouvent dans des générations successives.

• L'information génétique se trouve dans le **noyau** de chaque **cellule**. Elle est portée par les chromosomes. Il y a chez l'être humain **23 paires de chromosomes, soit 46 chromosomes**. L'une des paires de chromosomes diffère selon le sexe de l'individu. Ce sont les chromosomes sexuels (XX chez la femme et XY chez l'homme).

• Un chromosome est composé d'**ADN**, qui contient l'information génétique déterminant les caractères héréditaires. La molécule d'ADN présente la même structure chez tous les êtres vivants : elle est composée de **deux chaînes de nucléotides enroulées en une double**

hélice. Un nucléotide contient l'une des quatre bases azotées (adénine, thymine, cytosine et guanine), qui sont associées par des liaisons au centre de la molécule d'ADN.

• Le **gène** est une **portion de l'ADN**. Chaque gène code pour un caractère, par exemple la couleur des cheveux, le groupe sanguin, etc. L'**allèle** est une **version du gène** qui exprime un caractère pour un gène. Si le gène code pour le groupe sanguin, l'allèle déterminera le groupe A, B, AB ou O. Comme les chromosomes vont par paires identiques, le gène est en deux exemplaires, mais **l'allèle peut différer d'un chromosome à l'autre**. Dans le cas de la détermination du groupe sanguin, les deux allèles du gène peuvent soit être identiques (AA ou BB ou OO), soit être différents (AO ou AB ou BO).

• Le **génotype** correspond à l'**ensemble des gènes et allèles**. Les **allèles dominants** expriment le caractère s'ils sont présents en au moins un exemplaire. Les **allèles récessifs**, en revanche, n'expriment le caractère que s'ils sont présents en plusieurs exemplaires. Il y a **codominance** lorsque les deux allèles expriment leur caractère. Le **phénotype** correspond aux **caractères visibles** déterminés par les combinaisons d'allèles.

• Les **gamètes** (spermatozoïdes chez l'homme et ovule chez la femme) ne contiennent que **la moitié de l'information génétique de départ**, soit **22 chromosomes et 1 chromosome sexuel, X ou Y** car les paires de chromosomes de la cellule initiale sont séparées au cours de la **méiose**. Cette séparation est un processus **aléatoire** qui peut aboutir à diverses combinaisons : on parle alors de **brassage**.

• L'union du gamète mâle (23 chromosomes) et du gamète femelle (23 chromosomes) forme une **cellule œuf de 23 paires de chromosomes, soit 46 chromosomes**. C'est l'étape de la fécondation. La cellule œuf hérite donc d'une seule combinaison parmi toutes celles possibles.

Je m'entraîne

➤ Question 25

Complète le texte comme il convient.

L'information génétique est portée par le .... Elle est présente dans le .... de la cellule.

➤ Question 26

Vrai ou faux ?

1. La molécule d'ADN présente une double hélice.

Cocher la réponse exacte.

❍ a) vrai
❍ b) faux

2. La molécule d'ADN est composée de trois chaînes de nucléotides enroulées.

Cocher la réponse exacte.

❍ a) vrai
❍ b) faux

➤ Question 27

Si une mère est de groupe sanguin A avec les allèles AA et que le père est de groupe sanguin B avec les allèles BO :

Cocher la ou les réponses exactes.

❒ a) il y a autant de chance d'avoir un garçon qu'une fille.
❒ b) l'enfant sera forcément de groupe sanguin AB.
❒ c) l'enfant a autant de chance d'être AO que OB.
❒ d) l'enfant peut être de tous les groupes sanguins (A, AB, B ou O).
❒ e) l'enfant ne peut être que de groupe sanguin AB ou A.
❒ f) l'enfant aura obligatoirement un allèle A.
❒ g) l'enfant aura obligatoirement un allèle B.

➤ Question 28

Vrai ou faux ?

La mère a pour chromosome sexuel XX.

Cocher la réponse exacte.

❍ a) vrai
❍ b) faux

Décrire les reproductions sexuée et asexuée

Je m'évalue

➤ Question 29

Vrai ou faux ?

La fécondation est la rencontre d'un gamète femelle et d'un gamète mâle.

Cocher la réponse exacte.

❍ a) vrai

❍ b) faux

Je révise

• La **reproduction sexuée** implique la production de gamètes par chacun des parents : le spermatozoïde chez le mâle et l'ovule chez la femelle.

• La **fécondation interne** (animaux terrestres et aériens) consiste à introduire le gamète mâle dans le corps de la femelle. La fécondation externe (milieu aquatique) consiste au rapprochement des gamètes mâles et femelles dans le milieu.

• Lors de la fécondation, un spermatozoïde pénètre dans un ovule, qui ne peut en accueillir qu'un seul. Le noyau du gamète mâle fusionne avec celui du gamète femelle et forme une **cellule œuf** avec un seul et unique noyau.

• La cellule œuf donnera un nouvel individu avec la moitié du patrimoine génétique de chacun des parents. Elle contient donc une nouvelle combinaison d'allèles déterminée par le **brassage** lors de la fécondation.

• La **reproduction asexuée** des plantes nécessite également la production de gamètes. Le gamète mâle est contenu dans les grains de pollen, eux-mêmes regroupés dans les étamines, et l'ovule (gamète femelle), dans l'ovaire.

• Lorsque les conditions le permettent, c'est la **pollinisation** : le pollen est libéré des étamines et vient se poser sur le pistil, c'est-à-dire sur l'organe reproducteur femelle, d'une autre fleur de la même espèce. L'ovule présent dans l'ovaire est encore inaccessible. Un tube pollinique s'allonge alors du grain de pollen et descend jusqu'à l'ovaire. Les gamètes empruntent ce tube pollinique pour atteindre l'ovule. On parle de fécondation interne.

• Cette fécondation aboutit à la formation d'un fruit contenant la ou les graines. La graine sera disséminée par diverses stratégies selon l'espèce de la plante. Pour que la graine puisse à son tour donner un nouvel individu, elle doit se déposer dans un milieu présentant des conditions adaptées à la germination (présence d'eau). L'individu naissant contient une nouvelle combinaison d'allèles provenant de la moitié du patrimoine génétique contenue dans chacun des gamètes.

Je m'entraîne

➤ Question 30

Parmi ces animaux, lesquels ont une fécondation externe ?

Cocher la ou les réponses exactes.

❒ a) les poissons
❒ b) les oiseaux
❒ c) les oursins
❒ d) les grenouilles
❒ e) les humains

➤ Question 31

Vrai ou faux ?

La pollinisation est le transport du pollen d'une fleur sur le pistil d'une autre fleur.

Cocher la réponse exacte.

❍ a) vrai
❍ b) faux

Décrire l'anatomie et le fonctionnement des appareils reproducteurs masculin et féminin

Je m'évalue

➤ Question 32

La puberté est marquée chez l'homme par :

Cocher la ou les réponses exactes.

❒ a) l'apparition des caractères sexuels primaires
❒ b) des transformations physiques
❒ c) la mue de la voix
❒ d) l'apparition des poils
❒ e) l'arrêt de la croissance
❒ f) le développement de la musculature
❒ g) le développement des testicules
❒ h) la production d'ovules

Je révise

• Lors de la **puberté**, des transformations physiques et anatomiques rendent l'individu **apte à procréer**. Chez l'homme,sous l'effet de la testostérone (une hormone sexuelle), les **caractères sexuels secondaires**, comme la **mue de la voix**, l'**apparition de poils**, l'accélération de la **croissance** et le **développement de la musculature** apparaissent. Au niveau anatomique, la masse de l'organe reproducteur, **le testicule, se développe** et le garçon commence à produire des gamètes, les **spermatozoïdes**. Chez la femme, sous l'effet de l'œstrogène et de la progestérone (deux hormones sexuelles) les caractères sexuels secondaires qui apparaissent sont les **poils pubiens, l'accélération de la croissance, le développement des seins et l'élargissement du bassin. Les deux organes reproducteurs, l'utérus et les ovaires se développent**. La fille a ses premières **menstruations** et commence à **expulser des gamètes, les ovules.**

• L'homme a un **organe génital externe, le pénis**, et **deux gonades externes, les testicules**. À partir de la puberté et tout au long de la vie de l'individu, les gonades fabriquent, au sein des **tubes séminifères**, de nombreux **spermatozoïdes**. Ces gamètes sont stockés dans le testicule au niveau de **l'épididyme**. Lors d'une **éjaculation**, les spermatozoïdes quittent le testicule et circulent dans les voies génitales internes. Ils passent par le **canal déférent**, puis s'assemblent avec le **liquide séminal** produit par la **vésicule séminale** et la **prostate**. Ce liquide séminal nourrrit les spermatozoïdes et permet leur mobilité dans les voies génitales de la femme. Le sperme emprunte **l'urètre** pour sortir du pénis.

• Les ovaires de la femme contiennent, dès la naissance, un stock important, mais limité d'ovules. À partir de la puberté, un ovule est expulsé par un ovaire lors de chaque **cycle menstruel, qui dure environ 28 jours** et pendant lequel ont lieu deux cycles : un **cycle ovarien** et un **cycle utérin**. Le cycle utérin se divise en deux grandes phases, lorsqu'il n'y a aucune fécondation :

– une phase de règles (plus ou moins 5 jours). Le premier jour des règles est le premier jour du cycle. La **muqueuse utérine, ou endomètre,** régresse et devient fine ;

– une phase d'épaississement de la muqueuse utérine, préparant l'éventuelle implantation d'un œuf fécondé. S'il n'y a pas fécondation, la muqueuse utérine régresse à nouveau et un nouveau cycle commence. S'il y a fécondation, il y a absence de règles.

• Le cycle ovarien est divisé en deux phases, séparées par une ovulation :

– une **phase folliculaire de 14 jours**, où le follicule contenant l'ovule arrive à maturation.

– l'**ovulation** : l'ovule sort du follicule aux alentours du quatorzième jour ;

– une **phase lutéale de 14 jours**, où l'ovule passe dans la **trompe utérine**. Le follicule rompu reste dans l'ovaire et se transforme en corps jaune. S'il n'y a pas fécondation de l'ovule, le corps jaune dégénère dans les derniers jours du cycle.

• Lors de la reproduction, les spermatozoïdes sont expulsés dans le vagin. Ils passent par le **col de l'utérus** avant d'arriver à l'utérus, qui se sépare en deux trompes utérines aboutissant aux **pavillons** puis à **l'ovaire**. Le spermatozoïde doit circuler dans une des trompes pour arriver jusqu'à l'ovule. **Lorsque le spermatozoïde pénètre dans l'ovule, il y a fécondation**.

• La procréation peut être maîtrisée. Le **préservatif** empêche le passage des spermatozoïdes dans les organes reproducteurs féminins. La **pilule** agit sur le système hormonal de la femme en diffusant des hormones de synthèse proches de l'oestrogène et de la progestérone. En cas de rencontre d'un spermatozoïde et d'un ovule, la **pilule du lendemain** empêche l'implantation de l'embryon dans l'utérus jusqu'à 72 heures après un rapport sexuel non protégé. L'**interruption volontaire de grossesse (IVG)** peut être effectuée par voie médicamenteuse jusqu'à la cinquième semaine de grossesse ou par voie chirurgicale jusqu'à la douzième semaine de grossesse.
• Afin de remédier à l'infertilité, les couples peuvent faire appel à la **procréation médicalement assistée (PMA).** L'**insémination artificielle** permet d'assister la fécondation avec des injections d'hormones chez la femme qui stimulent l'ovulation. Chez l'homme, le sperme est recueilli puis trié pour injecter les meilleurs spermatozoïdes directement dans l'utérus. La **FIVETE (fécondation in vitro et transfert d'embryon)** réalise la fécondation in vitro, c'est-à-dire à l'extérieur des organes reproducteurs, après prélèvement des ovules et spermatozoïdes. Une fois l'embryon formé, il est réimplanté directement dans l'utérus. Plusieurs embryons sont en général transférés pour l'obtention de meilleurs résultats.
• L'utilisation d'un préservatif masculin ou féminin est le seul moyen de se protéger des **sexuellement transmissibles (IST).**

Je m'entraîne

➤ Question 33

La puberté est marquée chez la femme par :

Cocher la ou les réponses exactes.

❒ a) l'apparition des caractères sexuels primaires
❒ b) des transformations physiques
❒ c) la mue de la voix
❒ d) l'apparition des poils

❐ e) l'arrêt de la croissance
❐ f) le développement des seins
❐ g) le développement des organes reproducteurs
❐ h) la production d'ovules

➤ Question 34

Complète le trajet des spermatozoïdes dans l'appareil reproducteur masculin lors de l'éjaculation.

canal déférent	épididyme	tubes séminifères	urètre

.... → .... → .... → .... → sortie des spermatozoïdes et du liquide séminal par le pénis

➤ Question 35

Vrai ou faux ?
Le testicule fonctionne sans l'action d'hormones.

Cocher la réponse exacte.
❍ a) vrai
❍ b) faux

➤ Question 36

À quel moment du cycle sexuel de la femme s'effectue l'ovulation, appelée aussi « ponte ovulaire » ?

Cocher la réponse exacte.
❍ a) au 1er jour du cycle
❍ b) au dernier jour du cycle
❍ c) au 14e jour du cycle

➤ Question 37

Trouve les nombres correspondants dans les phrases.

Un cycle menstruel dure .... jours. Le cycle utérin comprend .... phases dont la phase des règles qui dure plus ou moins .... jours. Le cycle ovarien comprend une phase folliculaire durant .... jours, l'ovulation et une phase lutéale de .... jours.

➤ Question 38

Indique le mot correspondant à la définition.

Période de la vie ou le corps passe de l'état d'enfant à l'état d'adulte. Le corps évolue dans son ensemble et les organes sexuels deviennent fonctionnels : ....

Gonades de l'appareil reproducteur masculin : ....

Gonades de l'appareil reproducteur féminin :..........

Gamètes féminins : ....

Gamètes masculins : ....

Union des gamètes mâle et femelle :..........

Hormone sexuelle masculine :..........

Moyen de contraception qui diffuse des hormones de synthèse proches de l'œstrogène et progestérone :..........

Incapacité d'un couple à procréer :..........

Ensemble de techniques médicales permettant de remédier à l'infertilité d'un couple..........

Connaître les besoins des cellules chlorophylliennes

Je m'évalue

➤ Question 39

Complète le texte comme il convient.

chloroplastes	feuilles	lumière

La photosynthèse se déroule dans les .... des cellules chlorophylliennes. Elle s'effectue au niveau des .... de la plante en présence de ....

Je révise

• Chaque cellule chlorophyllienne est constituée d'une **paroi cellulaire**, d'une **membrane plasmique**, d'un **noyau**, d'un **cytoplasme**, d'un compartiment aux fonctions multiples – la **vacuole** –, qui peut changer de forme et de taille, et de **chloroplastes**, essentiels à la production de matière organique utilisée par la plante.

• Les plantes chlorophylliennes, aussi appelées plantes vertes, réalisent la **photosynthèse**. Ce processus, qui consiste à produire du dioxygène (O_2) et de la matière organique, a lieu dans les chloroplastes de la cellule chlorophyllienne. **La photosynthèse s'effectue au niveau des feuilles, en présence de dioxyde de carbone (CO_2), d'eau (H_2O) et de lumière**. Cette lumière ne participe pas directement à la réaction, mais lui fournit l'énergie nécessaire à sa réalisation.

→ lumière

dioxyde de carbone + eau → matière organique + dioxygène

• La surface inférieure de la feuille, ou la surface la moins éclairée, présente des **stomates**, par lesquels le dioxyde de carbone entre dans l'organisme, puis atteint les chloroplastes des cellules. L'eau et les sels minéraux sont absorbés par les poils absorbants des racines. Ces éléments constituent la **sève brute**, qui circule par un système de transport jusqu'aux feuilles.

• La matière organique produite au niveau des feuilles constitue la **sève élaborée**, qui circule par un système de transport différent de celui de la sève brute, jusqu'aux autres parties de la plante. Cette sève est ensuite soit utilisée par la plante comme source d'énergie pour sa respiration, soit stockée dans les chloroplastes ou dans des organes de réserve, comme les tubercules.

• On dit que chaque cellule végétale « respire ». Ce processus consiste à produire de l'énergie, que la cellule va utiliser pour se développer, à partir de la matière organique et du dioxygène issus de la photosynthèse.

Je m'entraîne

➤ Question 40

Quels éléments constituent la cellule végétale sans être présents dans la cellule animale ?

Cocher la ou les réponses exactes.

❒ a) la paroi
❒ b) la membrane plasmique
❒ c) le noyau
❒ d) la vacuole
❒ e) l'information génétique
❒ f) les chloroplastes

➤ Question 41

Vrai ou faux ?

1. Les cellules chlorophylliennes ont besoin de dioxyde de carbone pour leur respiration.

Cocher la réponse exacte.

❍ a) vrai
❍ b) faux

2. La respiration permet de produire de l'énergie.

Cocher la réponse exacte.

❍ a) vrai
❍ b) faux

3. L'énergie produite par la respiration permet la photosynthèse.

Cocher la réponse exacte.

❍ a) vrai
❍ b) faux

Connaître les besoins nutritifs des cellules animales et décrire le système digestif

Je m'évalue

➤ Question 42

Complète le texte comme il convient.

aliments	digestion	dioxyde de carbone	dioxygène	énergie	énergie
glucose	nutriments				

Les cellules de nos organes ont besoin d'.......... pour fonctionner (se multiplier, fabriquer des protéines…). Ce sont les ...., qui, lors de la.........., sont transformés en petites molécules, aussi appelées.........., qui assurent les besoins nutritifs de nos cellules. Dans les cellules, la réaction chimique entre le.......... et le .... (gaz prélevé lors de la respiration et transporté par le sang) produit de l'.......... ainsi que des déchets tels que le..........(gaz qui sera éliminé lors de la respiration).

Je révise

• Tous les êtres vivants sont constitués d'une ou plusieurs **cellules**. Toutes les cellules ayant une même organisation et une même fonction sont rassemblées pour former le **tissu**. Chaque tissu a un rôle bien défini. L'ensemble des tissus ayant la même fonction forme un **organe**.

• Pour fonctionner, les organes ont besoin d'**énergie**. L'énergie est produite par une réaction chimique entre le **glucose** (un nutriment provenant de l'alimentation) et le **dioxygène** (provenant de la respiration). Cette réaction libère non seulement de l'énergie, mais également du dioxyde de carbone : **glucose (nutriment) + dioxygène → dioxyde de carbone + autres déchets (dont l'urée) + énergie**.

• Les organes prélèvent le dioxygène et les nutriments dans le sang entrant et rejettent le dioxyde de carbone dans le sang sortant de l'organe : ils effectuent ainsi **des échanges avec le sang**.
• Pour être assimilés, les aliments consommés doivent subir des transformations, afin d'obtenir des nutriments assez petits pour passer dans le sang. Une première digestion, dite **digestion mécanique**, consiste à réduire les aliments en de plus petits morceaux. La première réduction s'effectue lors de la **mastication**. Puis, les aliments passent par l'**œsophage**, qui pousse les aliments vers l'**estomac**, où ils subissent un brassage et sont envoyés dans l'**intestin grêle**.
• En plus de la digestion mécanique, une **digestion chimique** aide à transformer les aliments en de très petites molécules pour qu'elles puissent passer dans le sang. Certaines glandes du tube digestif sécrètent des **enzymes digestives**, qui coupent les grandes molécules des aliments en molécules plus petites. Les **glandes salivaires** produisent ainsi la **salive**, qui agit sur l'amidon et le coupe en molécules de glucose. Les **sucs gastriques** produits par des **glandes de l'estomac** ont également pour rôle de réduire la taille des molécules.
• Au niveau de la paroi de l'intestin grêle, les nutriments transformés par les actions mécaniques et chimiques passent dans le sang présent dans les capillaires sanguins. C'est l'**absorption intestinale**. Les substances ne passant pas dans le sang sont les nutriments non transformés. Ils forment les **excréments** et ressortent par l'**anus** après leur passage par le **gros intestin**.

Je m'entraîne

➤ Question 43
Vrai ou faux ?
L'organe correspond à un assemblage de tissus ayant la même fonction.

Cocher la réponse exacte.
❍ a) vrai
❍ b) faux

➤ Question 44

Reconstitue la réaction chimique permettant la libération de l'énergie dont les organes ont besoin pour fonctionner.

dioxyde de carbone	dioxygène

nutriments + ... → .... + autres déchets + énergie

➤ Question 45

Vrai ou faux ?

1. La digestion assure la transformation des aliments en nutriments.

Cocher la réponse exacte.

❍ a) vrai
❍ b) faux

2. Le passage des nutriments dans le sang se fait au niveau de l'estomac.

Cocher la réponse exacte.

❍ a) vrai
❍ b) faux

➤ Question 46

Remets dans l'ordre les différents éléments constitutifs de l'appareil digestif.

anus	bouche	estomac	gros intestin	intestin grêle	œsophage

1.

....

2.

....

3.

....

4.

....

5.

....

6.

....

Décrire les systèmes respiratoires, cardiovasculaires et nerveux

Je m'évalue

➤ Question 47

Indique le mot correspondant à la définition.

Muscle situé sous les côtes et indispensable aux mouvements respiratoires : ....

Organe qui permet la propulsion du sang dans l'organisme : ....

Zone de communication entre les cellules nerveuses :..........

Je révise

• Pour que l'air rentre dans le corps humain, des mouvements respiratoires sont effectués par un muscle, le **diaphragme**. La contraction de ce muscle permet à l'air de rentrer dans le corps lors de l'**inspiration** par la bouche ou le nez. Le dioxygène est ensuite conduit jusqu'aux **poumons** par la **trachée** et les **bronches**. À l'intérieur du poumon, le dioxygène poursuit sa route dans les **bronchioles** et termine dans les **alvéoles pulmonaires**. Au niveau des alvéoles pulmonaires, le dioxygène de l'air passe dans le sang présent dans les **capillaires sanguins**. Le dioxyde de carbone produit par les organes effectue le trajet inverse en passant du sang des capillaires sanguins vers les alvéoles pulmonaires dans les poumons, pour être rejeté par l'**expiration**.

• **Le dioxygène, le dioxyde de carbone et les nutriments** sont acheminés par le sang vers les organes, au moyen des vaisseaux sanguins. Acteur principal du cheminement du sang dans tout le corps, le cœur est une **pompe active**, cloisonnée en deux parties distinctes, le **cœur droit** et le **cœur gauche**. Le **cœur gauche** reçoit le sang oxygéné qui arrive par les **veines pulmonaires**. Le sang passe ensuite dans **l'oreillette gauche**, puis dans le **ventricule gauche**, et est renvoyé jusqu'aux organes par **l'artère aorte**. Le **cœur droit** reçoit le sang non oxygéné arrivant des organes par le biais des **veines caves**, qui débouchent sur **l'oreillette droite**. Le sang est ensuite propulsé jusqu'aux **poumons** par **l'artère pulmonaire** pour être à nouveau oxygéné. Le passage du sang des oreillettes vers les ventricules et des ventricules vers les artères n'est possible que lorsque les **valvules** s'ouvrent ou se ferment sous la pression.

• Il y a deux circulations sanguines distinctes. La **circulation pulmonaire** consiste à acheminer le sang non oxygéné par l'artère pulmonaire jusqu'aux poumons, pour y être oxygéné et renvoyé au cœur par les veines pulmonaires. La **circulation générale** envoie le sang oxygéné vers les organes par l'artère aorte et reçoit, par les veines caves, le sang non oxygéné produit par les cellules des organes.

• Lors d'une activité physique, **la fréquence respiratoire augmente**, permettant d'absorber une quantité plus importante de dioxygène pour répondre aux besoins accrus du muscle. **La fréquence cardiaque augmente** également, pour transporter une **quantité plus importante de dioxygène et de nutriments** présents dans le sang. Le dopage améliore les performances physiques des sportifs : l'érythropoïétine, EPO, est par exemple une substance qui augmente le nombre de globules rouges porteurs du dioxygène dans le sang. Cependant, le dopage peut avoir des effets néfastes sur la santé, comme augmenter le risque d'accident cardiovasculaire.

• Les stimulations des organes des sens par l'environnement prennent la forme de messages nerveux sensitifs qui sont envoyés par l'intermédiaire de nerfs. au cortex, une zone du cerveau bien précise, divisée en aires cérébrales. Chacune de ces aires reçoit un type d'information (auditive, visuelle…) et les informations sont ensuite traitées simultanément par le cerveau, qui réalise une **intégration** aboutissant à la retranscription de l'environnement.

• Pour réaliser cette intégration, les zones cérébrales communiquent par l'intermédiaire de neurones, des cellules nerveuses par lesquelles passe l'information. Le neurone est constitué d'un corps cellulaire, contenant le **noyau**, d'un **axone** par lequel passe le message, et se termine à son extrémité par des **synapses**. Le message nerveux est réceptionné par les **dendrites** au niveau du corps cellulaire du neurone. Il est acheminé le long de l'axone jusqu'à la synapse. Le message est alors véhiculé par des **neurotransmetteurs** libérés dans la fente synaptique. Les dendrites d'un second neurone possèdent des récepteurs à ces neurotransmetteurs. Le message nerveux traverse ensuite le second neurone et ainsi de suite.

• L'**activité cérébrale** peut être **perturbée** par divers facteurs, comme le **manque de sommeil** ou l'**ingestion de drogues ou d'alcool**.

Je m'entraîne

➤ Question 48

Complète la phrase comme il convient.

Lors d'une activité physique, la fréquence cardiaque .... pour apporter une quantité plus .... de dioxygène et de nutriments présents dans le sang et répondre aux besoins accrus du ....

➤ Question 49

Vrai ou faux ?

1. Le sang oxygéné arrive au cœur droit.

Cocher la réponse exacte.

❍ a) vrai

❍ b) faux

2. Les messages nerveux « circulent » dans des nerfs.

Cocher la réponse exacte.
❍ a) vrai
❍ b) faux

3. L'intégration aboutit à la retranscription de l'environnement.

Cocher la réponse exacte.
❍ a) vrai
❍ b) faux

Décrire le rôle microbien et le fonctionnement du système immunitaire

Je m'évalue

➤ Question 50
Vrai ou faux ?
Tous les microbes sont pathogènes.

Cocher la réponse exacte.
❍ a) vrai
❍ b) faux

Je révise

• Les **micro-organismes**, aussi appelés **« microbes »**, sont des organismes vivants microscopiques présents dans notre environnement ou au sein de l'organisme. Ce sont en grande partie des **bactéries** et des **champignons** microscopiques, formés d'**une seule cellule**.
• Les **virus** présentent une diversité de forme et de taille. Ils ne sont cependant pas constitués d'au moins une cellule et ne rentrent donc pas dans la définition actuelle du vivant.

Ils peuvent posséder une **enveloppe** de la même composition qu'une membrane cellulaire et comportent une **capside** protégeant un génome viral ADN ou ARN. Contrairement à la bactérie, le virus est incapable de croître et de se diviser seul, mais se multiplie en utilisant une **cellule hôte**.

• Certains micro-organismes sont des **pathogènes** : ils véhiculent les maladies ou sont responsables d'intoxications alimentaires. Ils sont présents dans l'environnement, sur la peau, sur les objets, dans l'eau ou les aliments. Ils peuvent se transmettre d'un individu à l'autre par simple **contact**, par la **salive**, par le **sang** ou encore la **respiration** d'air contaminé. Les bactéries pathogènes présentent à la surface de leur membrane cellulaire des molécules appelées **antigènes**. Ces molécules sont reconnues comme étrangères à l'organisme infecté et déclenchent les **défenses immunitaires**.

• Tous les micro-organismes ne sont pas pathogènes. Certains sont même bénéfiques ou indispensables à notre organisme. Par exemple, la **flore intestinale** participe à la digestion des aliments et aide le système immunitaire en réduisant la multiplication des micro-organismes pathogènes.

• La peau et les muqueuses (nasale, buccale, intestinale…) sont constituées de couches de cellules qui forment une **barrière naturelle** difficile à franchir. Le micro-organisme peut les franchir en raison d'une **plaie**, par exemple, et ainsi pénétrer dans l'organisme. C'est la **contamination**. Il y a **infection** lorsque les micro-organismes trouvent des conditions favorables à leur développement dans l'organisme contaminé et arrivent à se multiplier. Cette infection se manifeste par l'apparition de **gonflements** ou de **rougeurs** sur une zone localisée et peut être accompagnée d'une **fièvre**.

• Il est possible de prévenir la contamination et l'infection par diverses pratiques. L'**asepsie** vise à éviter tout contact avec les micro-organismes par la **stérilisation** des objets et le **lavage** des parties du corps, notamment les mains, en contact avec les aliments ou un autre organisme. L'utilisation de **préservatifs** lors des rapports sexuels évite toute contamination par les micro-organismes responsables des infections sexuellement transmissibles (IST). Un **antiseptique** a pour rôle de limiter la multiplication des micro-organismes, ou de les tuer, et donc de limiter l'infection après leur entrée dans l'organisme. En cas d'infection, la prise d'**antibiotiques** élimine les bactéries et lutte contre l'infection.

- Si l'infection a lieu, l'organisme réagit rapidement par l'intermédiaire de **phagocytes**, des cellules immunitaires spécialisées qui réalisent la **phagocytose** : ils arrivent sur le lieu de l'infection et reconnaissent les agents pathogènes qu'ils englobent puis digèrent grâce à des enzymes.
- Tout comme les **phagocytes**, les **lymphocytes B et T**, produits par la **moelle osseuse**, sont des **leucocytes**, autrement dit des **globules blancs** spécialisés dans la reconnaissance de micro-organismes pathogènes. Au contact des **antigènes** que les bactéries possèdent à leur surface, des **lymphocytes B** présents dans le sang reconnaissent les antigènes et se multiplient. Ils produisent ensuite des **anticorps spécifiques** qui se multiplient et neutralisent les antigènes par la formation de complexes anticorps-antigène favorisant la **phagocytose**. Les lymphocytes T reconnaissent les fragments antigéniques des virus et **détruisent par contact direct les cellules infectées**.
- Après un premier contact avec un antigène ou une cellule infectée, des **lymphocytes B et T à mémoire** sont produits. Lors du deuxième contact, la réaction immunitaire est bien plus rapide que la première fois, car l'antigène et la cellule infectée sont reconnus plus facilement. C'est la **mémoire immunitaire**, mise à contribution lors de la **vaccination**.

Je m'entraîne

➤ Question 51

Vrai ou faux ?

1. L'organisme possède des barrières naturelles comme la peau.

Cocher la réponse exacte.

❍ a) vrai

❍ b) faux

2. L'infection correspond au franchissement des barrières naturelles par les micro-organismes.

Cocher la réponse exacte.
❍ a) vrai
❍ b) faux

3. La contamination peut être évitée par l'asepsie.

Cocher la réponse exacte.
❍ a) vrai
❍ b) faux

4. Il y a infection lorsque les micro-organismes se multiplient.

Cocher la réponse exacte.
❍ a) vrai
❍ b) faux

➤ Question 52

Complète le texte comme il convient.

La mémoire immunitaire correspond à la production de .... à mémoire lors du premier contact avec l'.......... ou une .... Lors du second contact, la réponse immunitaire est plus .... que la première fois. Cette mémoire immunitaire est mise à contribution lors de la ....

Les corrigés des tests

➤ Question 1

Réponse : **c)**

La Terre s'est formée, il y a 4,5 milliards d'années, en même temps que l'ensemble du système solaire. Sa température externe devait alors être très élevée à cause des multiples impacts de météorites et d'un volcanisme intense. Elle est longtemps restée une planète sans eau liquide. Perdant progressivement de la chaleur dans l'univers, sa température externe s'est ensuite abaissée. La vapeur d'eau contenue dans l'atmosphère terrestre s'est alors condensée, formant les pluies diluviennes à l'origine des premières étendues d'eau.

➤ Question 2

Réponse : **b)**

On date l'apparition de la vie à – 3,5 milliards d'années.

➤ Question 3

Réponse : **a)**

Il existe encore actuellement au fond des océans des bactéries capables de vivre dans des conditions extrêmes (température de 350°C, absence d'oxygène, forte teneur en soufre, etc.).

Certaines de ces conditions sont très proches de celles qui devaient exister sur Terre, il y a 3,5 milliards d'années.

Il semble donc que les ancêtres communs à toutes les espèces vivantes soient des bactéries et que les premières formes de vie soient apparues dans l'eau.

➤ Question 4

Réponse : **b)**

Les temps géologiques sont découpés en quatre **ères** : ères primaire, secondaire, tertiaire et quaternaire.

Les ères sont partagées en **étages**. L'ère secondaire, par exemple, comprend trois étages : le Trias, le Jurassique et le Crétacé.

➤ Question 5

Réponses : lithosphère / asthénosphère / plaque lithosphérique

➤ Question 6

Réponses : intensité / magnitude / faille / foyer sismique / épicentre

➤ Question 7

Réponses : dilatation / compression

➤ Question 8

Réponses : **b) c)**

L'aléa sismique représente la probabilité qu'un séisme se produise dans un région donnée. Plus la région présente des failles sismiques, plus le nombre de séismes dans la région est important.

➤ Question 9

Réponse : **a)**

➤ Question 10

Réponses : **b) c)**

Réponses : **a) b) c)**

Réponses : **a) c)**

➤ Question 11

Réponse : **b)**

L'effet de serre est un mécanisme naturel.

La vapeur d'eau et le dioxyde de carbone jouent le rôle d'une vitre de serre en piégeant les rayons. Ils maintiennent ainsi à la surface de la Terre, une température moyenne de +14°C alors que, sans cet effet, la température moyenne est évaluée à −18°C.

Toutefois, le rejet de certains gaz (CO_2, vapeur d'eau, méthane, etc.) en quantité croissante dans l'atmosphère, tend à augmenter l'effet de serre naturel.

➤ Question 12
Réponse : **b)**
Le globe se découpe en trois zones climatiques : la zone polaire, la zone tempérée et la zone chaude.

➤ Question 13
Réponses : **b) c) e)**
Les zones climatiques du globe sont au nombre de trois: la zone polaire, la zone tempérée et la zone chaude.

➤ Question 14
Réponses : **a) c) d) f)**
Les mouvements des masses d'air sont à l'origine des vents et les mouvements des masses d'eau à l'origine des courants. Les masses d'air ou d'eau sont moins denses lorsqu'elles sont froides (donc elles descendent) et plus denses lorsqu'elles sont chaudes (donc elles montent).

➤ Question 15
Réponses : naturel / dioxyde de carbone / température (temperature) / dioxyde de carbone

➤ Question 16
Réponses : fossiles / renouvelables
Pour produire l'énergie nécessaire à ses besoins, l'homme peut utiliser des énergies fossiles telles que le pétrole, le gaz ou le charbon. On parle d'énergies fossiles car elles résultent d'un processus très lent de transformation des matières organiques. Elles sont donc non renouvelables

➤ Question 17
Réponses : **a) c) d) f) g)**

➤ Question 18

1. Réponses : **b) d) f) g)**
2. Réponses : **a) c) e) h)**

➤ Question 19

Réponses : l'eau / le Soleil / la chaleur de la Terre / le vent

➤ Question 20

Réponse : **a)**

➤ Question 21

Réponses : **c) d)**

L'évolution est un processus par lequel des espèces ou groupes d'espèces apparaissent, se diversifient, s'éteignent ou se maintiennent. La mutation spontanée et aléatoire d'une portion d'ADN participe à l'évolution d'une espèce.

➤ Question 22

Réponses : sélection naturelle / dérive génétique / dérive génétique

La sélection naturelle est une théorie où les individus présentant un caractère avantageux sont sélectionnés. La dérive génétique est un processus correspondant à une modification aléatoire de la fréquence des caractères.

➤ Question 23

1. Réponse : **a)**
2. Réponse : **a)**
3. Réponse : **a)**

Les espèces vivantes sont classées selon des attributs en groupe emboîté ou dans un arbre phylogénétique.

L'ancêtre commun possède les caractères ancestraux qu'il transmet à ses descendants.

➤ Question 24

Réponses : caractère individuel / caractère héréditaire

➤ Question 25
Réponses : chromosome / noyau

➤ Question 26
1. Réponse : **a)**
2. Réponse : **b)**

➤ Question 27
Réponses : **a) e) f)**
Il y a 50% de chances d'avoir une fille ou un garçon. L'enfant peut être AB [AB] ou AO [A].

➤ Question 28
Réponse : **a)**
La mère apporte uniquement un chromosome X alors que le père peut donner soit le chromosome X (pour une fille) soit le chromosome Y (pour un garçon).

➤ Question 29
Réponse : **a)**
La fécondation aboutit à la formation d'une cellule œuf.
Cette rencontre a lieu, en principe dans les trompes de la femme mais elle peut maintenant être réalisée in vitro, à l'extérieur de l'organisme.

➤ Question 30
Réponses : **a) c) d)**
La fécondation est interne lorsqu'elle se déroule à l'intérieur du corps de la femelle. La fécondation est externe lorsqu'elle se passe en milieu extérieur.

➤ Question 31
Réponse : **a)**

➤ Question 32

Réponses : **b) c) d) f) g)**

La puberté est marqué par l'apparition des caractères sexuels secondaires correspondant aux transformations physiques et anatomiques (musculature, apparition de poils, mue de la voix…). Les caractères sexuels primaires correspondent aux organes reproducteurs tels que les testicules.

➤ Question 33

Réponses : **b) d) f) g) h)**

➤ Question 34

Réponses : tubes séminifères / épididyme / canal déférent / urètre

➤ Question 35

Réponse : **b)**

➤ Question 36

Réponse : **c)**

On appelle « ovulation » l'émission d'un ovule par un ovaire : un des follicules constituant l'ovaire arrive à maturation, se rompt et rejette, dans la trompe, un ovule prêt à être fécondé.

➤ Question 37

Réponses : 28 / 2 / 5 / 14 / 14

➤ Question 38

Réponses : puberté / testicules / ovaires / ovules / spermatozoïdes / fécondation / testostérone / pilule / stérilité / PMA (procréation médicalement assistée)

➤ Question 39

Réponses : chloroplastes / feuilles / lumière

➤ Question 40

Réponses : **a) d) f)**

La cellule animale possède une membrane plasmique, un cytoplasme et un noyau contenant l'information génétique.

➤ Question 41

1. Réponse : **b)**
2. Réponse : **a)**
3. Réponse : **b)**

Les cellules chlorophylliennes réalisent la photosynthèse (utilisant le dioxyde de carbone pour la réaction) dans les chloroplastes. Elles effectuent également la respiration à partir du dioxygène.

➤ Question 42

Réponses : énergie / aliments / digestion / nutriments / glucose / dioxygène / énergie / dioxyde de carbone

➤ Question 43

Réponse : **a)**

➤ Question 44

Réponses : dioxygène / dioxyde de carbone

➤ Question 45

1. Réponse : **a)**
2. Réponse : **b)**

➤ Question 46

Réponses : bouche / œsophage / estomac / intestin grêle / gros intestin / anus

➤ Question 47

Réponses : diaphragme / cœur / synapse

➤ Question 48

Réponses : augmente / grande / muscle

➤ Question 49

1. Réponse : **b)**
2. Réponse : **a)**
3. Réponse : **a)**

Lors de la stimulation d'un organe de sens (vue, toucher…), un message sensitif est envoyé au cortex cérébral. Les aires cérébrales du cortex traitent l'information simultanément.

➤ Question 50

Réponse : **b)**

Certains microbes sont inoffensifs ou même utiles : c'est le cas de ceux utilisés pour la fabrication de produits alimentaires (fromage, vin, etc.).

D'autres sont en effet pathogènes car ils peuvent provoquer des maladies infectieuses s'ils sont transmis à l'homme (bactérie diphtérique, virus de la rage, etc.).

➤ Question 51

1. Réponse : **a)**
2. Réponse : **b)**
3. Réponse : **a)**
4. Réponse : **a)**

➤ Question 52

Réponses : lymphocytes / antigène / cellule infectée / rapide / vaccination

Physique-chimie

Évaluation – Révisions – Entraînement

Décrire les états de la matière

Je m'évalue

➤ Question 1

Combien y a-t-il d'états de la matière ?

Cocher la réponse exacte.

❍ a) 1
❍ b) 2
❍ c) 3

Je révise

• La **matière** peut se présenter sous **trois états physiques différents** : solide, liquide ou gazeux. Dans l'état solide, les molécules de la matière sont **liées** les unes aux autres et **organisées** pour former une **structure compacte et ordonnée**. Dans l'état liquide, les molécules sont **moins liées** : elles se déplacent mais forment un **ensemble compact**. Dans l'état gazeux, les molécules sont **indépendantes** les unes des autres : elles occupent tout l'espace disponible de façon **désordonnée**.

• Un changement d'état est le **passage d'un état physique à un autre** sous l'effet d'un changement de **température** ou de **pression**.

Les changements d'état

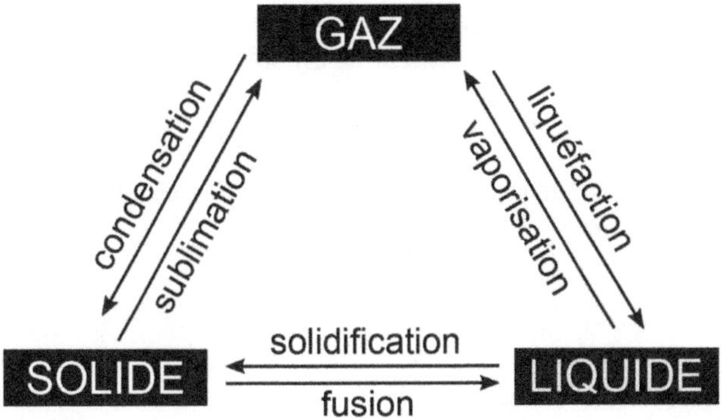

• Un changement d'état physique se produit à une température particulière appelée **température de changement d'état**. Lorsqu'on réalise un changement d'état : il y a **conservation de la masse** mais le **volume ne se conserve pas**.

• Un **corps pur** est un matériau constitué d'une seule **espèce chimique**, contrairement au **mélange** qui en comporte plusieurs. Un **corps pur simple** est constitué d'un seul type d'atomes (exemples : fer, Fe ; dioxygène, $O_{2(g)}$ ...). Un **corps pur composé** est constitué de plusieurs types d'atomes (exemples : sel, $NaCl_{(s)}$; sucre, $C_6H_{12}O_{6(s)}$ ...).

• On différencie les corps purs notamment grâce à leurs **températures de changement d'état**, à leur **masse volumique** (qui change selon l'état physique), à leur **solubilité** dans différents solvants.

• Il existe deux types de mélanges. Dans les **mélanges homogènes**, on ne peut pas distinguer les constituants à l'œil nu après agitation, alors que dans les **mélanges hétérogènes** on observe plusieurs **phases** après agitation. Un mélange homogène liquide est appelé **solution chimique**. Une substance solide qu'on dissout dans un **solvant** liquide est appelée **soluté**.

• Pour évaluer la **solubilité** d'un soluté dans un solvant, on mesure la masse maximum de soluté qu'on réussit à dissoudre dans un litre de solution. La **masse totale se conserve** lorsqu'on effectue un mélange. La **masse volumique** d'un liquide ou d'un solide est la **masse de matériau par unité de volume**. Elle est notée μ (« mû ») ou ρ (« rhô ») et est déterminée par la relation : $\rho = \frac{m}{v}$ (ou $m = \rho \times v$) et exprimée en kg/L ou g/mL.

• Tous les matériaux ont des masses volumiques différentes, ce qui permet de les **caractériser** et de les différencier.

Je m'entraîne

➤ Question 2

Quelles sont la ou les affirmations correctes ?

Cocher la ou les réponses exactes.

❒ a) Un mélange est toujours un liquide.
❒ b) Un corps pur est toujours un solide.
❒ c) Un corps pur est constitué d'un seul composant.
❒ d) Un mélange est constitué d'au moins deux composants différents.
❒ e) Un corps pur est une substance sans danger pour l'organisme.

➤ Question 3

Quelles sont les propositions exactes ?

1. Qu'est-ce qu'un mélange homogène ?

Cocher la réponse exacte.

❍ a) Un mélange homogène ne contient qu'un seul constituant.
❍ b) Un mélange est homogène si l'on ne distingue pas les différents constituants à l'œil nu.
❍ c) Un mélange est homogène si l'on distingue les différents constituants à l'œil nu.
❍ d) Un mélange est homogène si c'est un corps pur.

2. Le passage de la matière d'un état à l'autre dépend :

Cocher la réponse exacte.
❍ a) de la température uniquement.
❍ b) de la pression uniquement.
❍ c) de la température ou de la pression.
❍ d) de la température et de la pression.

3. Un mélange qui n'est pas homogène est qualifié de :

Cocher la réponse exacte.
❍ a) corps pur.
❍ b) mélange discontinu.
❍ c) mélange hétérogène.

➤ Question 4
Vrai ou faux ?
Le poids est proportionnel à la masse.

Cocher la réponse exacte.
❍ a) vrai
❍ b) faux

Connaître la composition de l'air

Je m'évalue

➤ Question 5

Vrai ou faux ?

L'air est constitué en majorité de diazote.

Cocher la réponse exacte.

❍ a) vrai

❍ b) faux

Je révise

• L'air est **inodore** et **incolore**. Il contient environ **21 % de dioxygène O_2** et **78 % de diazote N_2** (+ 1 % d'autres gaz : argon, dioxyde de carbone CO_2…).

• L'air est une matière gazeuse : les molécules qui le composent sont en **mouvement désordonné**, occupent tout le volume disponible et exercent une **action sur les parois du contenant** où elles se trouvent : cette **force surfacique** est appelée **pression** et s'exprime en **pascals (Pa)** ou en **bars (1 bar = 105 Pa).** Lorsqu'on augmente la pression du gaz, il s'agit d'une **compression** ; si on la diminue, c'est une **dilatation** ; si elle est constante, on parle d'**équilibre**.

• À la surface de la Terre, les molécules de l'air sont en équilibre (au repos) lorsqu'elles sont à la **pression atmosphérique** (P_{atm} = 1 013 hPa). Lorsqu'on se déplace en altitude, la pression de l'atmosphère diminue.

Je m'entraîne

➤ Question 6
Quels sont les deux gaz majoritairement présents dans l'air ?

Cocher la ou les réponses exactes.
❒ a) le dioxyde de carbone
❒ b) l'azote
❒ c) le dioxygène
❒ d) le méthane

➤ Question 7
Associe chaque mot à sa définition.

compression	dilatation

Augmentation du volume du gaz : ....
Diminution du volume du gaz :..........

➤ Question 8
Vrai ou faux ?
La pression atmosphérique augmente lorsque l'on monte en altitude.

Cocher la réponse exacte.
❍ a) vrai
❍ b) faux

➤ Question 9
Quelles sont la ou les affirmations correctes ?

Cocher la ou les réponses exactes.
❒ a) L'air contient environ 80 % de dioxygène et 80 % de diazote.
❒ b) L'air contient environ 80 % de diazote et 20 % de dioxygène.

❒ c) L'air contient environ 80 % de dioxygène et 20 % de dioxyde de carbone.
❒ d) Les autres gaz contenus dans l'air représentent environ 1 % en volume.

Décrire et expliquer des transformations chimiques

Je m'évalue

➤ Question 10

Que se produit-il au cours d'une transformation chimique ?

Cocher la ou les réponses exactes.
❒ a) il apparaît de nouveaux atomes.
❒ b) il apparaît de nouvelles molécules.
❒ c) le nombre d'atomes de chaque espèce est conservé.

Je révise

• Une **transformation physique** est le passage d'un corps d'une **forme physique** à une autre, sans modification de la nature des molécules mises en jeu : **changement d'état**, modification de la **température** du **système chimique**, de sa **pression**, de son **volume**… Une **transformation chimique** s'accompagne d'une **modification des espèces chimiques** présentes dans l'état initial. Les atomes présents dans les molécules de départ sont **redistribués** afin de former de nouvelles molécules.

• Pour décrire une transformation chimique, on représente deux **cadres**, l'un décrivant **l'état initial** et l'autre **l'état final** de la **transformation**. On y indique les espèces présentes (**réactifs** et **produits**) ainsi que les **paramètres physiques** connus.

• Pour **équilibrer** une équation de réaction chimique, il faut s'assurer de placer les bons **coefficients stœchiométriques** devant les molécules de l'équation, pour qu'il y ait autant d'atomes à gauche qu'à droite de la flèche.

• Ainsi, pour la réaction de combustion complète du méthane : du méthane CH_4 réagit avec du dioxygène O_2 pour former du dioxyde de carbone CO_2 et de la vapeur d'eau H_2O.
Équation provisoire : $CH_4 + O_2 \rightarrow CO_2 + H_2O$.

Étape 1 : on pense à préciser les **états physiques** des différents constituants :
$CH_{4(g)} + O_{2(g)} \rightarrow CO_{2(g)} + H_2O_{(g)}$

Étape 2 : on compte **le nombre d'atomes de carbone** à droite et à gauche de la flèche et on ajuste les coefficients stœchiométriques si besoin :

$\underbrace{CH_{4(g)} + O_{2(g)}}_{\text{1 atome C}} \longrightarrow \underbrace{CO_{2(g)} + H_2O_{(g)}}_{\text{1 atome C}}$ } *Rien à modifier.*

Étape 3 : on compte **le nombre d'atomes d'hydrogène** à droite et à gauche de la flèche et on ajuste les coefficients stœchiométriques si besoin :

$\underbrace{CH_{4(g)} + O_{2(g)}}_{\text{4 atomes H}} \longrightarrow \underbrace{CO_{2(g)} + H_2O_{(g)}}_{\text{2 atomes H}}$ } *Il faut donc 2 molécules d'eau à droite pour avoir 4 atomes H à droite :* $CH_{4(g)} + O_{2(g)} \longrightarrow CO_{2(g)} + \mathbf{2}\, H_2O_{(g)}$

Étape 4 : on compte **le nombre d'atomes d'oxygène** à droite et à gauche de la flèche et on ajuste les coefficients stœchiométriques si besoin :

$\underbrace{CH_{4(g)} + O_{2(g)}}_{\text{2 atomes O}} \longrightarrow \underbrace{CO_{2(g)} + 2\, H_2O_{(g)}}_{\text{2 atomes O}}$ } *Ici, l'équation chimique est bien équilibrée.*

Étape 5 : on **équilibre les charges** quand cela est nécessaire.

Je m'entraîne

➤ Question 11

L'équation de la combustion du méthane dans le dioxygène s'écrit : $CH_4 + 2\,O_2 \rightarrow CO_2 + 2H_2O$.
Quelles sont la ou les affirmations correctes ?

Cocher la ou les réponses exactes.

❒ a) Une molécule de méthane réagit avec 2 molécules de dioxygène.

❒ b) 4 atomes d'hydrogène réagissent.

❒ c) 4 molécules de dioxygène sont nécessaires pour la combustion d'une molécule de méthane.
❒ d) 2 molécules d'eau sont obtenues.

➤ Question 12
Complète les phrases comme il convient.
Au cours d'une transformation chimique, il y a .... de la masse.
La masse des produits obtenus est égale à la .... de la masse des réactifs.
Lorsqu'on écrit l'équation d'une transformation chimique, pour que le nombre d'atomes de chaque sorte soit ...., il faut mettre, devant les formules des réactifs et des produits, des .... convenables : l'équation est alors ....

Identifier les solutions acides et basiques

Je m'évalue

➤ Question 13
Comment mesure-t-on le pH ?

Cocher la ou les réponses exactes.
❒ a) On utilise du papier indicateur de pH.
❒ b) On utilise un spectrographe.
❒ c) On utilise un pH-mètre.
❒ d) On utilise un tampon pH.

Je révise

• Une solution de **pH = 7** est **neutre**. Elle contient autant d'ions H^+ que HO^-. Une solution de **pH < 7** est **acide**. Elle contient davantage d'ions H^+ que HO^-. Une solution de **pH > 7** est **basique**. Elle contient davantage d'ions HO^- que H^+.
• On évalue le pH d'une solution grâce au nuancier d'un **papier pH**. On peut le mesurer grâce à un **pH-mètre**.

• Plus une solution est acide, plus son pH est faible. Lorsqu'on dilue une solution acide, elle devient un peu moins acide et **son pH se rapproche de** 7. Lorsqu'on dilue une solution basique, son pH se rapproche également de 7.
• Les solutions acides et basiques sont **corrosives**, elles peuvent entraîner des **brûlures** graves de la peau, des muqueuses et des yeux surtout si elles sont **concentrées**.
• Les espèces acides et basiques peuvent réagir entre elles pour former un mélange soit acide, soit basique, soit neutre.

Je m'entraîne

➤ Question 14

Vrai ou faux ?

1. Le pH détermine le degré d'acidité ou de basicité d'un milieu.

Cocher la réponse exacte.

❍ a) vrai
❍ b) faux

2. Le pH d'une solution est lié à la teneur en ions.

Cocher la réponse exacte.

❍ a) vrai
❍ b) faux

3. Les solutions acides ou basiques ne sont pas dangereuses pour la peau.

Cocher la réponse exacte.

❍ a) vrai
❍ b) faux

➤ Question 15

Complète le texte comme il convient.

acide	basique	neutre

Une solution dont le pH est inférieur à 7 est dite ....
Une solution dont le pH est égal à 7 est dite ....
Une solution dont le pH est compris entre 7 et 14 est ....

➤ Question 16

Quelles sont les propositions exactes ?

1. Une solution de pH acide contient :

Cocher la réponse exacte.

❍ a) autant d'ions OH^- que d'ions H^+.
❍ b) davantage d'ions OH^- que d'ions H^+.
❍ c) moins d'ions OH^- que d'ions H^+.

2. Une solution de pH basique contient :

Cocher la réponse exacte.

❍ a) autant d'ions OH^- que d'ions H^+.
❍ b) davantage d'ions OH^- que d'ions H^+.
❍ c) moins d'ions OH^- que d'ions H^+.

3. Une solution de pH neutre contient :

Cocher la réponse exacte.

❍ a) autant d'ions OH^- que d'ions H^+.
❍ b) davantage d'ions OH^- que d'ions H^+.
❍ c) moins d'ions OH^- que d'ions H^+.

4. Une solution d'acide chlorhydrique est :

Cocher la réponse exacte.
❍ a) acide.
❍ b) basique.

5. Une solution de soude est :

Cocher la réponse exacte.
❍ a) acide
❍ b) basique.

Connaître les constituants de la matière

Je m'évalue

➤ Question 17
Complète les phrases comme il convient.

atomes	électrons	molécules	négativement	neutrons	noyau	protons

La matière est constituée de..........très diverses.
Les molécules sont formées d'...........
Les atomes sont organisés en un..........autour duquel gravitent les...........
Le noyau des atomes contient des éléments positifs, les..........et des éléments neutres, les
....
Les électrons sont chargés...........

Je révise

• La matière qui nous entoure est constituée d'une multitude d'infimes entités : les **molécules**, elles-mêmes constituées d'**atomes**. Les atomes sont organisés en un **noyau** (protons positifs + neutrons neutres) autour duquel gravitent des **électrons** négatifs.

• Dans le noyau, il y a un nombre de protons propre à chaque matériau et qui définit **l'élément chimique**. Ainsi, si l'élément « fer » est macroscopiquement différent de l'élément « aluminium », c'est parce que le noyau de fer contient 26 protons alors que celui d'aluminium en contient 13.

• Un atome étant **électriquement neutre**, il contient autant d'électrons que de protons. La nature de l'élément chimique ne dépend que de la constitution de son noyau et non de son nombre d'électrons. Pour gagner en stabilité, certains atomes perdent ou gagnent des électrons : on dit qu'ils forment des **ions**. Par conséquent, leur charge est modifiée : si l'atome gagne des électrons, il gagne des charges négatives et l'ion porte donc une charge « – » (anion) ; si l'atome perd des électrons, il perd des charges négatives et l'ion porte donc une charge « + » (cation). Exemple : l'atome Cl gagne un électron : il devient l'anion Cl^-.

• On écrit un élément chimique avec la notation suivante :

$$^{A}_{Z}X$$

où X = symbole de l'élément chimique, A = nombre de nucléons (protons + neutrons) et Z = nombre de protons (numéro atomique).

• Les éléments chimiques sont regroupés par Z croissant dans un tableau appelé **« Classification périodique des éléments »** proposé par Dimitri Mendeleïev en 1869.

Je m'entraîne

➤ Question 18

Vrai ou faux ?

Les électrons varient en fonction du type d'atomes considéré.

Cocher la réponse exacte.

❍ a) vrai

❍ b) faux

➤ Question 19

Quelles sont les affirmations correctes ?

Cocher la ou les réponses exactes.

❒ a) Un atome est électriquement neutre.

❒ b) Un atome contient autant de d'électrons que de protons.

❒ c) Les anions sont des ions chargés positivement.

❒ d) Les anions sont des ions chargés négativement. Exemple : Cl^-.

❒ e) Les cations sont des ions chargés négativement.

❒ f) Les cations sont des ions chargés positivement. Exemple : Na^+.

❒ g) L'ion K^+ est un cation.

❒ h) L'ion Na^+ est un anion.

➤ Question 20

La classification périodique des éléments a été proposée par :

Cocher la réponse exacte.

❍ a) Dostoïevski

❍ b) Mendeleïev

❍ c) Tourgueniev

➤ Question 21

Lesquels de ces éléments sont des cations ?

Cocher la ou les réponses exactes.

❐ a) Na^+
❐ b) K^+
❐ c) Cl^-
❐ d) OH^-
❐ e) H^+

Décrire l'organisation de la matière dans le système solaire

Je m'évalue

➤ Question 22

Complète le texte comme il convient.

Le système solaire s'est formé il y a..........milliards d'années. Il est composé d'une étoile, le..........autour de laquelle gravitent..........planètes.

Je révise

• L'**Univers** est un vaste espace contenant des **objets gigantesques** , comme les **galaxies.** Tous ces objets sont constitués des mêmes **briques élémentaires** de la matière, les **atomes**, et obéissent aux **mêmes lois physiques** en tout point de l'Univers.

• Pour décrire les objets de l'Univers, on a recours à plusieurs **échelles** et donc plusieurs **unités adaptées** : **l'échelle microscopique** (l'infiniment petit) a pour unité le **micromètre** (1 μm = 10^{-6} m) et le **nanomètre** (1 nm = 10^{-9} m) ; l'**échelle macroscopique** (l'infiniment grand) a pour unité le **mégamètre** (1 Mm = 10^6 m), le **gigamètre** (1 Gm = 10^9 m), l'**unité astronomique UA, année-lumière**.

• L'Univers n'a pas toujours eu la forme que nous connaissons aujourd'hui. Selon certaines théories, il serait en **expansion** depuis sa **création lors du Big Bang** (assimilable à une gigantesque explosion) il y a environ 13,8 milliards d'années. En se refroidissant, l'Univers a vu apparaître de nouveaux **éléments chimiques** : légers (hydrogène, hélium), puis lourds (oxygène, carbone, fer, silicium…). Ces éléments se sont peu à peu assemblés pour constituer des **amas de roches ou de gaz**, eux-mêmes regroupés par **gravité** pour former les **étoiles** et **planètes**.

• Formé il y a 4,6 milliards d'années, notre système solaire est constitué d'une **étoile** centrale (le Soleil), autour de laquelle gravitent huit **planètes** dont quatre planètes telluriques, de petite taille et essentiellement constituées de roches : Mercure, Vénus, la Terre, Mars ; et quatre planètes géantes, composées de gaz ou de glace : Jupiter, Saturne, Uranus, Neptune. Pluton n'est plus considérée comme une planète depuis 2006, c'est désormais une planète naine.

• Les planètes telluriques et les planètes gazeuses sont séparées par une **ceinture d'astéroïdes**. Au-delà des grandes planètes est présente une autre ceinture d'astéroïdes appelée **ceinture de Kuiper**. Autour de certaines planètes orbitent des **satellites** naturels. Ainsi la Lune est-elle l'unique satellite de la Terre.

• Dans le Système solaire évoluent également des **comètes**, composées de glace et de poussières, des satellites artificiels, tels que les **sondes** envoyées par l'homme pour **explorer** le système solaire ou les satellites météorologiques, GPS…

Je m'entraîne

➤ Question 23

Distingue les unités microscopiques et les unités macroscopiques.

1. Les unités microscopiques :

Cocher la ou les réponses exactes.

❒ a) nanomètre (nm) 10^{-9} m
❒ b) mégamètre (Mm) 10^{6} m
❒ c) gigamètre (Gm) 10^{9} m
❒ d) micromètre (µm) 10^{-6} m

2. Les unités macroscopiques :

Cocher la ou les réponses exactes.
❒ a) nanomètre (nm) 10^{-9} m
❒ b) mégamètre (Mm) 10^{6} m
❒ c) gigamètre (Gm) 10^{9} m
❒ d) micromètre (µm) 10^{-6} m

➤ Question 24
Parmi ces propositions, quelles sont les planètes qui existent ?

Cocher la ou les réponses exactes.
❒ a) les planètes liquides
❒ b) les planètes de petite taille
❒ c) les planètes telluriques
❒ d) les planètes gazeuses
❒ e) les planètes doubles

➤ Question 25
Vrai ou faux ?

1. Les planètes telluriques sont constituées de roches, elles sont de grande taille.

Cocher la réponse exacte.
❍ a) vrai
❍ b) faux

2. Les planètes gazeuses sont de petite taille.

Cocher la réponse exacte.
❍ a) vrai
❍ b) faux

3. Les comètes sont composées de roches et de poussières.

Cocher la réponse exacte.
❍ a) vrai
❍ b) faux

4. Pluton n'est plus considérée comme une planète depuis 2006.

Cocher la réponse exacte.
❍ a) vrai
❍ b) faux

Caractériser le mouvement d'un objet

Je m'évalue

➤ Question 26
Complète le texte comme il convient.

accéléré	circulaire	constante	ralenti	rectiligne

Le mouvement d'un objet est..........si sa trajectoire est droite, ...si elle est un cercle, ...si la vitesse augmente, uniforme si la vitesse est .... ou ....si sa vitesse diminue.

Je révise

• Un mouvement est le **déplacement** d'un objet ou d'une personne. Il est décrit par deux informations : la **vitesse** et la **trajectoire**. La trajectoire est l'ensemble des **positions successives** empruntées par l'objet qui se déplace. La vitesse permet de savoir combien de temps met l'objet à parcourir une certaine distance.
• Différents adjectifs sont attribués au mouvement, selon la **nature de la trajectoire** et **l'évolution de la vitesse**. Le mouvement peut être **rectiligne**, si la trajectoire est une

droite, ou **circulaire**, si elle est un cercle, et **accéléré**, si la vitesse augmente, **uniforme**, si elle est constante, et **décéléré** (ou **ralenti**), si elle diminue.

• Pour observer un mouvement, il est nécessaire de **se référer** à un objet qui sert de **point de repère** : le **référentiel**. En effet, le mouvement n'est pas le même selon le référentiel. Par exemple, si un passager avance à vitesse constante dans un train qui accélère : par rapport au train, le passager a un mouvement **rectiligne uniforme**, mais par rapport à un observateur immobile sur le quai, le passager a un mouvement **rectiligne accéléré**.

• La vitesse est représentée par une flèche, appelée **vecteur vitesse**, qui donne plusieurs informations : la **direction** de la flèche est tangente au mouvement à chaque instant et indique l'orientation du mouvement ; le **sens** de la flèche indique de quel côté s'effectue le mouvement ; la longueur de la flèche indique la **valeur** de la vitesse (petite ou grande).

• La vitesse, la distance et la durée sont liées par la relation : $\mathrm{v} = \frac{d}{t}$ où v = vitesse (unité : m/s), d = distance parcourue (unité : m) et t = durée du parcours (unité : s).

Je m'entraîne

➤ Question 27

Vrai ou faux ?

L'objet qui sert de point de repère pour observer un mouvement s'appelle un référentiel.

Cocher la réponse exacte.

❍ a) vrai
❍ b) faux

➤ Question 28

Le déplacement d'un objet est décrit par :

Cocher la ou les réponses exactes.

❒ a) la vitesse
❒ b) le temps
❒ c) la trajectoire

➤ Question 29
Quelle formule permet de calculer la vitesse ?

Cocher la réponse exacte.

❍ a) $v = \frac{t}{d}$ (t = temps, d = distance)

❍ b) $v = d \times t$ (t = temps, d = distance)

❍ c) $v = \frac{d}{t}$ (t = temps, d = distance)

➤ Question 30
La direction de la flèche du vecteur vitesse est :

Cocher la réponse exacte.
❍ a) perpendiculaire au mouvement.
❍ b) tangente au mouvement.
❍ c) parallèle au mouvement.

Connaître la notion de force

Je m'évalue

➤ Question 31
Complète la phrase comme il convient.
Un vecteur force est déterminé par son point.........., sa.........., son..........et sa valeur.

Je révise

• Une force est une **interaction** entre deux **systèmes physiques** (objets ou personnes). On distingue : les **actions de contact** (action de pousser quelqu'un, force de rappel d'un ressort) et les **actions à distance** (aimantation, force gravitationnelle).

• On représente une force par un **vecteur force** déterminé par son **point d'application** (le point en lequel s'exerce la force), sa **direction**, son **sens**, sa **valeur**.

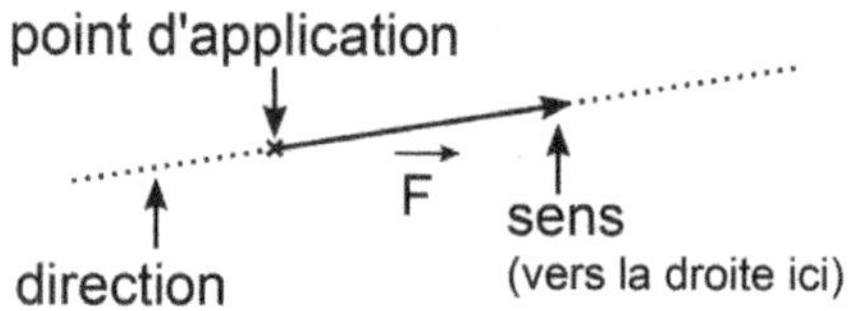

• Les forces ont **plusieurs effets** sur le mouvement. Elles permettent de **mettre en mouvement** un système ou de l'arrêter et de **modifier sa vitesse ou sa trajectoire**.
• Il existe quelques cas particuliers où les effets des forces appliquées **se compensent** (sont égales et opposées) : situations **d'équilibre statique**, mouvements **rectilignes uniformes**…
• Dans sa loi de la **gravitation universelle**, **Newton** décrit la gravitation comme une **force** d'**attraction à distance** entre deux corps qui ont une **masse**. Cette force s'exprime par la relation $F_{(A/B)} = G \times \frac{m_A \times m_B}{d^2}$, où $F_{A/B}$ = force d'attraction gravitationnelle exercée par le corps A sur le corps B (unité : Newton N) et G = constante de gravitation universelle ($G = 6{,}67 \times 10^{-11}$ N.m/kg²).
• **Il ne faut pas confondre** le poids et la masse : le poids, exprimé en **Newton (N)**, est une **force d'attraction gravitationnelle** exercée par un astre (comme la Terre) sur un objet ayant une **masse**, exprimée en **kilogramme (kg)** qui est une **caractéristique** propre à chaque objet, liée à sa composition en atomes. Ainsi, si on prend un objet de masse 50 kg, c'est son poids (et non sa masse) qui diminue lorsqu'on le transporte de la Terre à la Lune.
• Dans le cas où l'un des deux corps est un astre (une planète, un satellite…), on appelle aussi la force d'attraction gravitationnelle « **force de pesanteur** » : elle correspond au **poids**, soit $P = m \times g$, où g est le coefficient d'accélération de la pesanteur (exprimé en m/s² ou en N/kg).

Je m'entraîne

➤ Question 32

Vrai ou faux ?

Le poids d'un objet augmente lorsqu'on le transporte de la Terre à la Lune en raison de la force de pesanteur.

Cocher la réponse exacte.

❍ a) vrai

❍ b) faux

➤ Question 33

Associe le poids et la masse aux termes correspondants.

masse en kilogramme (kg)	poids en Newton (N)

Force d'attraction gravitationelle : ....

Caractéristique propre à l'object : ....

➤ Question 34

Quelle formule permet de calculer la force d'attraction gravitationnelle, au force de pesanteur, correspondant au poids p ?

Cocher la réponse exacte.

❍ a) $P = \frac{m}{g}$ (g = coefficient d'accélération de la pesanteur, m = masse en kg)

❍ b) $P = m \times g$ (g = coefficient d'accélération de la pesanteur, m = masse en kg)

❍ c) $P = \frac{g}{m}$ (g = coefficient d'accélération de la pesanteur, m = masse en kg)

Identifier les sources et formes d'énergie

Je m'évalue

➤ Question 35

Quelles propositions qualifient les énergies renouvelables ?

Cocher la ou les réponses exactes.

❒ a) inépuisables
❒ b) épuisables
❒ c) renouvellement rapide à l'échelle humaine
❒ d) renouvellement lent
❒ e) en quantité limitée
❒ f) en quantité illimitée

Je révise

• L'énergie peut être définie comme une grandeur physique qui indique la capacité d'un système à fournir du **travail** ou de la **chaleur**.

• Il existe différents types d'énergie : **l'énergie cinétique** (exemple de source : une masse d'air en mouvement), **l'énergie potentielle de pesanteur** (une pomme accrochée en haut d'un arbre possède une énergie potentielle de pesanteur), **l'énergie chimique** (exemple de source : une barre chocolatée), **l'énergie thermique** (exemple de source : un glaçon dans un verre de jus d'orange), **l'énergie nucléaire** (exemple de source : la fission de certains noyaux, comme l'uranium dans les centrales nucléaire) ; **l'énergie lumineuse** (exemple de source : les rayons du soleil) ; **l'énergie électrique** (exemple de source : une pile).

• L'énergie provient de deux types de **sources**. Les énergies dites « **renouvelables** » proviennent de sources qui **se régénèrent assez rapidement** ou qui sont **inépuisables** à l'échelle humaine. Elles sont présentes en **quantité illimitée** (Soleil, vent utile aux éoliennes, eau des barrages, terre …). Les énergies dites « **non renouvelables** » proviennent de sources qui **se régénèrent très lentement** à l'échelle humaine. C'est le cas de l'uranium, du pétrole, du charbon (ressources fossiles).

• Aujourd'hui, on ne sait pas comment **stocker l'énergie**. C'est une ressource précieuse qu'il faut consommer intelligemment en **limitant les pertes** et les effets néfastes (**effet de serre, pollution, épuisement des ressources** …) afin de trouver un équilibre entre l'énergie consommée et l'énergie disponible : c'est l'enjeu du **développement durable**.

Je m'entraîne

➤ Question 36

Complète la phrase comme il convient.

L'énergie est une grandeur physique qui indique la capacité d'un système à fournir du..........ou de la ....

➤ Question 37

Parmi ces énergies, lesquelles sont renouvelables ?

Cocher la ou les réponses exactes.

❒ a) le charbon
❒ b) la biomasse
❒ c) le pétrole
❒ d) l'énergie éolienne
❒ e) l'énergie nucléaire
❒ f) le gaz naturel
❒ g) l'énergie hydraulique
❒ h) l'énergie géothermique
❒ i) l'énergie solaire

➤ Question 38

Une utilisation excessive des énergies non renouvelables au détriment des énergies renouvelables :

Cocher la ou les réponses exactes.

❒ a) n'a pas de conséquences sur la planète.

❒ b) peut entraîner un épuisement rapide des ressources d'énergies (charbon, pétrole, gaz naturel).

❒ c) crée des pollutions.

❒ d) contribue au réchauffement climatique.

❒ e) n'aura pas de conséquences pour les générations futures.

➤ Question 39

En quoi consiste le développement durable ?

Cocher la ou les réponses exactes.

❒ a) gérer intelligemment l'utilisation des énergies renouvelables et non renouvelables

❒ b) gérer le développement seulement pour les trente ans à venir

❒ c) répondre aux besoins énergétiques tout en respectant la planète.

❒ d) veiller à ce que les générations futures puissent également vivre dans de bonnes conditions

❒ e) favoriser le développement des pays les plus riches

❒ f) limiter l'impact de l'homme sur la planète

Connaître les conventions de l'électricité

Je m'évalue

➤ Question 40

Complète les phrases comme il convient.

conducteurs	dipôles	électrons	fils de connexion

Un circuit électrique est l'assemblage de plusieurs .... reliés entre eux par des .... Le courant est lié au déplacement des .... dans les différents matériaux .... du circuit.

Je révise

• Un **circuit électrique** est l'assemblage de plusieurs **dipôles**, des composants électriques possédant deux bornes, reliés entre eux par des **fils de connexion**. On distingue les **dipôles actifs (générateurs)**, qui peuvent **produire** l'énergie électrique (générateur, pile…) et les **dipôles passifs** (récepteurs), qui **reçoivent** l'énergie électrique (interrupteur, résistance, lampe, DEL, moteur…).

• On peut associer les dipôles **en série**, avec une maille unique, ou en **en dérivation** (en « parallèle »), avec deux mailles au moins, comportant plusieurs branches et nœuds.

• Pour représenter de façon simple les dipôles d'un circuit électrique, on utilise les symboles suivants :

Pile	Générateur	Fil conducteur	Interrupteur		Résistance	Lampe	Diode	Diode électro-luminescente (DEL)	Moteur
			ouvert	fermé					
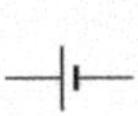	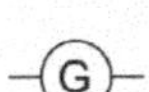					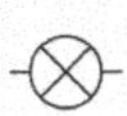		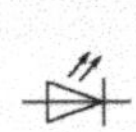	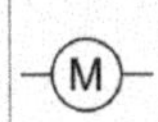

• Le courant électrique est lié au **déplacement des électrons** dans les différents matériaux **conducteurs** du circuit. Les électrons, de charge négative, sont émis par la borne négative du générateur. Ces particules se déplacent ensuite dans le circuit pour regagner la borne positive du générateur. Par convention, le courant effectue le déplacement inverse : **le courant va du + vers le − à l'extérieur du générateur** :

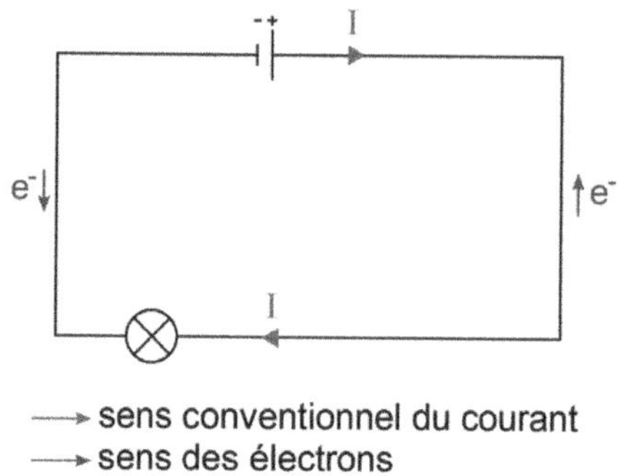

• Si la boucle formée par les éléments du circuit électrique en série est ouverte (par exemple : **ouverture de l'interrupteur**), aucun courant électrique ne peut circuler dans le circuit : on dit que le circuit est **ouvert**. Si le circuit est **fermé**, un courant électrique peut alors circuler.

Je m'entraîne

➤ Question 41

Vrai ou faux ?

1. Un courant électrique peut circuler dans un circuit ouvert.

Cocher la réponse exacte.

❍ a) vrai

❍ b) faux

2. Les électrons se déplacent de la borne négative vers la borne positive.

Cocher la réponse exacte.
❍ a) vrai
❍ b) faux

3. Le courant se déplace de la borne négative vers la borne positive.

Cocher la réponse exacte.
❍ a) vrai
❍ b) faux

➤ Question 42
Comment sont placés les dipôles d'un circuit en série ?

Cocher la réponse exacte.
❍ a) en parallèle
❍ b) les uns après les autres
❍ c) en dérivation

➤ Question 43
Comment sont placés les dipôles d'un circuit en dérivation ?

Cocher la ou les réponses exactes.
❒ a) en parallèle
❒ b) les uns après les autres
❒ c) sur différentes branches parallèles du circuit

➤ Question 44
Associe chaque mot à l'image correspondante.

l'interrupteur fermé	la diode	la lampe	la pile	le générateur	le moteur

1.

....

2.

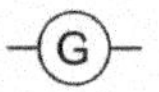

....

3.

....

4.

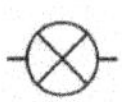

....

5.

....

6.

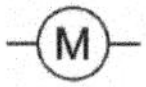

....

Connaître les lois de l'électricité

Je m'évalue

➤ Question 45

Dans un circuit en série, comment se répartit la tension aux bornes du générateur ?

Cocher la réponse exacte.

❍ a) sur l'ensemble des autres dipôles
❍ b) sur le dipôle situé à l'opposé du générateur
❍ c) sur le dipôle situé au plus près du générateur

Je révise

• **L'intensité électrique** est la grandeur associée à la **circulation du courant électrique** (flux d'**électrons**) dans un circuit. Elle se note *I* et son unité est l'**ampère (A)**.

• Dans un montage **en dérivation, la somme des intensités qui arrivent à un nœud est égale à la somme des intensités qui en repartent**. Dans un circuit **en série**, l'intensité du courant électrique est la même en tout point. Pour mesurer l'intensité qui circule dans un dipôle, on branche un **ampèremètre en série** à côté de celui-ci.

• La tension est égale à la **différence de potentiel** entre deux pôles d'un dipôle. Elle est à l'origine de la circulation du courant électrique dans un dipôle. Elle se note *U* et son unité est le **volt (V)**.

• Dans un circuit **en série, la tension aux bornes du générateur est égale à la somme des tensions aux bornes des dipôles récepteurs**. Lorsque les dipôles d'un circuit sont branchés **en dérivation**, la tension à leurs bornes est la même. Pour mesurer la tension aux bornes d'un dipôle, on branche un **voltmètre en dérivation** sur ce dipôle.

• La **loi d'Ohm** est le lien entre la valeur *R* d'une résistance, la tension *U* à ses bornes et l'intensité *I* qui la traverse. Elle s'écrit : $U = R \times I$, où U = tension aux bornes de la résistance, en volt (V) ; I = intensité qui traverse la résistance, en ampère (A) ; R = valeur de la résistance, en Ohm (Ω). La valeur de la résistance *R* d'un dipôle est liée à la **capacité de ce dipôle à résister au passage du courant électrique**.

- La puissance électrique échangée par un dipôle, l'intensité qui le traverse et la tension à ses bornes sont liées par la relation : $P = U \times I$ où P = puissance en watt (W) ; U = tension en volt (V) ; I = intensité en ampère (A).
- Lorsqu'un dipôle de grande résistance est parcouru par un courant électrique, il subit un **échauffement** : c'est ce qu'on appelle **l'effet Joule**. Lors de cet échauffement, le dipôle perd sa puissance : d'après la loi d'Ohm, $P = R \times I^2$.
- D'après la loi d'Ohm, on peut également écrire l'équivalence : $P = \frac{U^2}{R}$.
- La puissance électrique est égale à l'énergie électrique échangée (reçue ou cédée) par un dipôle par unité de temps : $P = \frac{E}{t}$ où P = puissance en watt (W) ; E = énergie en joule (J) ; t = temps en seconde (s).
- Dans un circuit électrique, certains dipôles libèrent de l'**énergie** alors que d'autres la reçoivent. Pour quantifier cette énergie, on définit la puissance électrique P : c'est **l'énergie reçue ou cédée par un dipôle par unité de temps**. La puissance s'exprime en **watt (W)**. Plus la puissance fournie à un dipôle récepteur est grande, plus le fonctionnement de ce dipôle est **efficace**.

Je m'entraîne

➤ Question 46

Lorsque plusieurs dipôles sont branchés en dérivation aux bornes d'un générateur, la tension entre leurs bornes est :

Cocher la ou les réponses exactes.

❒ a) égale à la tension aux bornes du générateur.
❒ b) inférieure à la tension aux bornes du générateur.
❒ c) supérieure à la tension aux bornes du générateur.

➤ Question 47
Quel appareil utilise-t-on pour mesurer la résistance d'un conducteur ?

Cocher la réponse exacte.
❍ a) un multimètre
❍ b) un ohmmètre
❍ c) un ampèremètre

➤ Question 48
Selon la loi d'Ohm, pour une valeur donnée d'une résistance, l'intensité du courant :

Cocher la réponse exacte.
❍ a) diminue si la tension augmente.
❍ b) augmente si la tension diminue.
❍ c) augmente si la tension augmente (et inversement).

Caractériser les signaux sonores et lumineux

Je m'évalue

➤ Question 49
Vrai ou faux ?
La lumière du Soleil nous arrive de façon instantanée.

Cocher la réponse exacte.
❍ a) vrai
❍ b) faux

Je révise

• La lumière et le son sont des **ondes**, c'est-à-dire des **transports d'énergie sans transports de matière**. Ils permettent de **transporter un signal** et donc une **information**.

• On distingue deux types de **sources** de lumière : les **sources primaires**, qui produisent leur propre lumière (étoile, lampe, télévision, laser...), et les **sources secondaires**, qui réfléchissent ou diffusent la lumière environnante, ce qui les rend visibles (la Lune, un meuble, la Terre...).
• La lumière se propage en ligne droite **dans le vide** : on parle de **propagation rectiligne** de la lumière. On **modélise** le trajet de la lumière par une droite imaginaire appelée **rayon lumineux**. On y indique par une flèche le sens de propagation de la lumière.
• La lumière se propage à la vitesse $c = 300\ 000$ km/s. C'est la plus grande vitesse de l'Univers. C'est pourquoi on l'utilise pour mesurer des distances infiniment grandes (entre deux galaxies par exemple). On définit **l'année-lumière** par la distance parcourue par la lumière en un an.
• Le son est la propagation d'une **vibration longitudinale** des molécules situées entre le **système émetteur** et le **système récepteur**. Il nécessite un milieu matériel pour se propager : il n'y a **pas de son dans le vide**.
• Dans l'air, le son se propage à la vitesse $v = 340$ m/s, bien moins vite que la lumière.
• Le son est une onde **périodique**, c'est-à-dire une **vibration** qui se reproduit **identique à elle-même** au bout d'un certain temps appelé **période**, noté T et exprimé en seconde.
• On lui associe une autre grandeur : la **fréquence** notée f et exprimée en **hertz (Hz)**. Un son de **grande fréquence** vibre avec beaucoup d'énergie : c'est un **son aigu**. Les sons trop aigus pour être audibles sont appelés **ultrasons**. Un son de **faible fréquence** vibre avec moins d'énergie : c'est un **son grave**. Les sons trop graves pour être audibles sont appelés **infrasons**.

Je m'entraîne

➤ Question 50

Quelle est la vitesse de la lumière ?

Cocher la réponse exacte.
❍ a) 3 000 km/sec.
❍ b) 30 000 km/sec.
❍ c) 300 000 km/sec.
Quelle est la vitesse du son dans l'air ?

Cocher la réponse exacte.
❍ a) 34,0 m/sec.
❍ b) 340 m/sec.
❍ c) 3 400 m/sec.

➤ Question 51
Le trajet de la lumière est représenté par un rayon lumineux. Ce rayon lumineux est :

Cocher la réponse exacte.
❍ a) une ligne droite munie d'une flèche qui indique le sens de propagation de la lumière.
❍ b) une ligne courbe munie d'une flèche qui indique le sens de propagation de la lumière.
❍ c) une ligne droite sans flèche.
❍ d) une ligne courbe sans flèche.

➤ Question 52
Vrai ou faux ?
Le son se propage moins vite que la lumière.

Cocher la réponse exacte.
❍ a) vrai
❍ b) faux

➤ Question 53
Trouve le mot qui correspond à la définition.
Source produisant sa propre lumière : ....
Source réfléchissant ou diffusant la lumière environnante : ....
Distance parcourue par la lumière en un an :..........
Vibration qui se reproduit identique à elle-même pendant un certain temps : ....
Les sons très aigus inaudibles sont appelés : ....
Les sons très gaves inaudibles sont appelés :..........

Les corrigés des tests

➤ Question 1

Réponse : **c)**

Il y a trois états de la matière : l'état liquide, l'état solide et l'état gazeux.

➤ Question 2

Réponses : **c) d)**

Les mélanges et les corps purs peuvent être des solides, des liquides ou des gaz. Un mélange est constitué d'un ensemble de particules différentes, alors qu'un corps pur ne contient que des particules identiques.

Du sucre, du sel, du dioxygène peuvent être considérés comme des corps purs. L'eau salée, du jus d'orange, de l'eau minérale, du lait sont des mélanges.

➤ Question 3

1. Réponse : **b)**
2. Réponse : **d)**
3. Réponse : **c)**

Le passage de la matière d'un état à l'autre dépend de la température et de la pression.

Un mélange homogène est un mélange dont les constituants ne sont pas distinguables à l'œil nu. C'est le cas, par exemple, de l'eau salée, de l'eau minérale et de l'eau du robinet.

Un mélange hétérogène est un mélange dans lequel on peut distinguer différents constituants à l'œil nu. C'est le cas, par exemple, d'un jus d'orange avec pulpe et de l'eau boueuse.

➤ Question 4

Réponse : **a)**

➤ Question 5

Réponse : **a)**

L'air contient 78,08 % de diazote, 20,95 % de dioxygène, 0,93 % d'argon, 0,03 % de dioxyde de carbone et d'autres gaz à l'état de traces. Retiens la proportion de 20 % de dioxygène et 80 % de diazote.

➤ Question 6

Réponses : **b) c)**

les deux gaz majoritairement présent dans l'air sont l'azote, 78 %, et le dioxygène, 21 %. L'air ne contient que 0,0400 % de dioxyde de carbone et 0,000172 % de méthane.

➤ Question 7

Réponses : dilatation / compression

➤ Question 8

Réponse : **b)**

La pression atmosphérique diminue lorsque l'on monte en altitude.

➤ Question 9

Réponses : **b) d)**

L'air contient environ 20 % de dioxygène et 80 % de diazote, les autres gaz (dioxyde de carbone, argon, etc.) représentent environ 1 % en volume.

➤ Question 10

Réponses : **b) c)**

Les atomes des molécules des réactifs s'assemblent pour donner de nouvelles molécules. Il n'apparaît pas de nouvelles espèces d'atomes et le nombre total d'atomes est conservé.

➤ Question 11

Réponses : **a) b) d)**

On lit « une molécule de méthane réagit avec deux molécules de dioxygène pour donner une molécule de dioxyde de carbone et deux molécules d'eau ». Le nombre d'atomes de chaque espèce est conservé au cours de la transformation chimique.

➤ Question 12

Réponses : conservation / diminution / conservé / coefficients / ajustée

Au cours d'une transformation chimique, il y a toujours conservation de la masse et conservation du nombre d'atomes de chaque espèce. Il faut donc ajuster une équation chimique.

➤ Question 13

Réponses : **a) c)**

Le spectrographe et le tampon pH ne servent pas à mesurer le pH.

➤ Question 14

1. Réponse : **a)**
2. Réponse : **a)**
3. Réponse : **b)**

Le pH détermine le degré d'acidité ou de basicité d'une solution.

Le pH d'une solution est lié à la teneur en ions OH^- et H^+.

Les solutions acides ou basiques peuvent provoquer des brûlures. Il est donc nécessaire de faire très attention en les manipulant.

➤ Question 15

Réponses : acide / neutre / basique

➤ Question 16

1. Réponse : **c)**
2. Réponse : **b)**
3. Réponse : **a)**
4. Réponse : **a)**
5. Réponse : **b)**

Une solution acide contient moins d'ions OH^- que d'ions H^+.

Une solution de pH basique contient davantage d'ions OH^- que d'ions H^+.

Une solution de ph neutre contient autant d'ions OH^-que d'ions H^+.

La solution d'acide chlorhydrique, comme son nom, l'indique est acide.
une solution de soude est basique.

➤ Question 17
Réponses : molécules / atomes / noyau / électrons / protons / neutrons / négativement

➤ Question 18
Réponse : **b)**
Quel que soit le type d'atomes, les électrons sont tous identiques : ils ont tous la même masse et sont tous porteurs de la plus petite charge électrique connue, appelée charge élémentaire.

➤ Question 19
Réponses : **a) b) d) f) g)**

➤ Question 20
Réponse : **b)**
La classification périodique des éléments a été proposée par le chimiste russe Dimitri Mendeleïev (1834-1907).

➤ Question 21
Réponses : **a) b) e)**
Les cations sont les ions chargés positivement.

➤ Question 22
Réponses : 4,6 / Soleil / huit

➤ Question 23
1. Réponses : **a) d)**
2. Réponses : **b) c)**
Les grandeurs microscopiques sont visibles au microscope : le micromètre et le nanomètre.
Les grandeurs macroscopiques sont ici de grande taille : le mégamètre et le gigamètre.

➤ Question 24

Réponses : **b) c) d)**

Il existe les planètes qui sont constituées de roches. Elles sont de petite taille. Les planètes gazeuses sont de grande taille et sont formées de gaz.

➤ Question 25

1. Réponse : **b)**
2. Réponse : **b)**
3. Réponse : **b)**
4. Réponse : **a)**

Les planètes telluriques sont de petite taille. Elles sont constituées de roches.
Les planètes gazeuses sont de grande taille.
Les comètes sont composées de glace et de poussières.
Pluton n'est plus considérée comme une planète depuis 2006. C'est désormais une planète naine.

➤ Question 26

Réponses : rectiligne / circulaire / accéléré / constante / ralenti

➤ Question 27

Réponse : **a)**

L'objet qui sert de point de repère pour observer le mouvement s'appelle un référentiel. Le mouvement n'est pas le même en fonction du référentiel choisi.

➤ Question 28

Réponses : **a) c)**

Le déplacement d'un objet est décrit par deux éléments, sa vitesse et sa trajectoire.

➤ Question 29

Réponse : **c)**

La vitesse en m/s se calcule en divisant la distance parcourue en mètre par le temps en seconde.

➤ Question 30

Réponse : **b)**

La direction de la flèche est tangente au mouvement à chaque instant et indique son orientation.

➤ Question 31

Réponses : d'application / direction / sens

➤ Question 32

Réponse : **b)**

Le poids diminue car la force de pesanteur diminue.

➤ Question 33

Réponses : poids en Newton (N) / masse en kilogramme (kg)

Le poids est exprimé en Newton est une force d'attraction gravitationnelle exercée par un astre sur un objet ayant une masse. La masse d'un objet, exprimée en kg, est lié à sa composition en atomes.

➤ Question 34

Réponse : **b)**

Le poids P se calcule en multipliant la masse de l'objet (m en kg) par le coefficient d'accélération de la pesanteur (g en $\frac{n}{kg}$). $P = m \times g$ exprimé en N.

➤ Question 35

Réponses : **a) c) f)**

Les énergies dites renouvelables proviennent de sources qui se régénèrent assez rapidement ou qui sont inépuisables à l'échelle humaine. Elles sont donc en quantité illimitée.

➤ Question 36

Réponses : travail / chaleur

➤ Question 37

Réponses : **b) d) g) h) i)**

Parmi les énergies renouvelables, on trouve la biomasse, l'énergie éolienne, l'énergie hydraulique, l'énergie géothermique et l'énergie solaire.

➤ Question 38

Réponses : **b) c) d)**

L'utilisation excessive et non raisonnée des énergies non renouvelables peut entraîner un épuisement rapide des ressources telles que le charbon, le pétrole et le gaz naturel. La consommation de ces ressources s'accompagne d'un rejet important de gaz responsable de pollutions. Le rejet de dioxyde de carbone contribue au réchauffement climatique.

➤ Question 39

Réponses : **a) c) d) f)**

Le développement durable vise à gérer intelligemment les énergies renouvelables et non renouvelables, afin de répondre aux besoins énergétiques des humains tout en respectant la planète pour veiller à ce que les générations futures puissent vivre dans de bonnes conditions, c'est-à-dire dans un environnement sain, non pollué et riche en biodiversité. En quelque sorte, le développement durable cherche à limiter l'impact de l'homme sur la planète mais en prenant en compte les contraintes de nos sociétés.

➤ Question 40

Réponses : dipôles / fils de connexion / électrons / conducteurs

➤ Question 41

1. Réponse : **b)**
2. Réponse : **a)**
3. Réponse : **b)**

➤ Question 42

Réponse : **b)**

Les dipôles sont situés les uns après les autres.

➤ Question 43

Réponses : **a) c)**

Le terme de « circuit en dérivation » est synonyme de circuit en parallèle. Dans ce cas, les différents dipôles sont situés sur les différentes branches de circuit placées ainsi en parallèle.

➤ Question 44

Réponses : la pile / le générateur / l'interrupteur fermé / la lampe / la diode / le moteur

➤ Question 45

Réponse : **a)**

La tension entre les deux bornes de l'association de dipôles branchés en série (s'il n'y a pas de pile parmi ces dipôles) est égale à la somme des tensions aux bornes de ces dipôles.

➤ Question 46

Réponse : **a)**

La tension est la même aux bornes de chaque dipôle.

➤ Question 47

Réponse : **b)**

Il faut placer cet appareil aux bornes du conducteur en dehors de tout circuit.

➤ Question 48

Réponse : **c)**

C'est une conséquence de la loi d'Ohm, $U = R \times I$.

➤ Question 49

Réponse : **b)**

La lumière se propage dans le vide et dans l'air, à la vitesse de 300 000 km/s. Pour parcourir les quelque 150 millions de kilomètres qui nous séparent du Soleil, la lumière met environ 8 minutes et 20 secondes. Elle met 1,3 s pour aller de la Terre à la Lune.

➤ Question 50

Réponse : **c)**

Réponse : **b)**

➤ Question 51

Réponse : **a)**

Un rayon lumineux matérialise le trajet suivi par la lumière pour aller d'un point à un autre. On le représente par un segment de droite, avec une flèche qui indique le sens de propagation.

Un rayon lumineux ne peut être visible que s'il traverse un milieu diffusant la lumière. Les rayons du Soleil sont visibles quand la lumière traverse les gouttelettes d'eau des nuages qui diffusent la lumière.

➤ Question 52

Réponse : **a)**

Le son se propage moins vite que la lumière.

➤ Question 53

Réponses : source primaire / source secondaire / année-lumière / onde périodique / ultrasons / infrasons

Technologie

Évaluation – Révisions – Entraînement

L'énoncé du besoin

Je m'évalue

➤ Question 1

À quel besoin répond principalement un VTT ?

Cocher la réponse exacte.

❍ a) se déplacer en ville
❍ b) se déplacer sur tout type de terrain
❍ c) être beau
❍ d) se ranger facilement

Je révise

• Pour construire et mener à bien un **projet**, de l'idée jusqu'à la fabrication de **l'objet technique**, il y a plusieurs étapes cruciales.

1. Analyser le besoin et les éléments du milieu extérieur.
2. Établir le cahier des charges fonctionnel.
3. Imaginer l'objet, trouver des solutions techniques aux fonctions et aux contraintes, imaginer sa fabrication.
4. Planifier les tâches, tout au long de la conception.
5. Créer une représentation 3D et simuler ses comportements.
6. Créer/valider un prototype et lancer la fabrication de l'objet.

• **L'énoncé d'un besoin** est le point de départ de la conception d'un objet technique. Pour affiner le projet et connaître au mieux les utilisateurs et leurs besoins, il faut réaliser une **enquête** et en **analyser les données**. Pour bien identifier le besoin, il est possible d'utiliser un **diagramme type « bête à cornes »**

• Pour bien concevoir un objet, il convient de **bien analyser son milieu extérieur**. Pour tout objet, les **éléments du milieu extérieur** sont **au minimum** les suivants : **l'utilisateur, l'environnement, les énergies utilisées, l'ergonomie, l'esthétique, les éléments en contact, les normes** (pas toujours précisées, mais obligatoires).

Je m'entraîne

➤ Question 2

Comment identifier un besoin ?

Cocher la ou les réponses exactes.

❒ a) en faisant une enquête
❒ b) en réfléchissant seul
❒ c) en analysant les produits existants
❒ d) en ne regardant pas les autres produits

➤ Question 3

Dans une démarche de projet, quel est le bon ordre à suivre ?

Cocher la réponse exacte.

❍ a) analyser le besoin – établir le cahier des charges – imaginer l'objet et les solutions techniques – planifier les tâches – créer des prototypes virtuels puis réels
❍ b) imaginer l'objet et les solutions techniques – planifier les tâches – analyser le besoin – établir le cahier des charges – créer des prototypes virtuels puis réels

➤ Question 4

Qu'est-ce qu'une norme ?

Cocher la ou les réponses exactes.

❒ a) une habitude de fabrication
❒ b) une règle établie par des organismes officiels
❒ c) une règle pouvant être différente selon les pays
❒ d) une technique brevetée

Le cahier des charges fonctionnel

Je m'évalue

➤ Question 5

Pour un scooter de 49,9 cm^3, rouler à 50 km/h maximum est :

Cocher la réponse exacte.

❍ a) sa fonction principale
❍ b) une fonction secondaire
❍ c) une fonction contrainte

Je révise

• Après avoir analysé le besoin, trouvé les éléments du milieu extérieur, il faut rassembler toutes les fonctions que l'objet doit assurer et toutes les contraintes liées à son fonctionnement dans le cahier des charges fonctionnel.

• Un objet technique a toujours **une fonction principale** provenant d'une étude de besoin (exemple : déplacer un utilisateur), puis d'autres **fonctions secondaires** (exemple : jouer la musique de l'utilisateur).

• Un objet technique agit sur les **éléments du milieu extérieur** par ses fonctions, mais est aussi lié à ces éléments par des **contraintes**. Ces contraintes peuvent être principalement rassemblées en cinq types :
– **contraintes environnementales** (pollution, bruit, adaptation au milieu…) ;
– **contraintes d'usage**, d'ergonomie (prise en main, vitesse, transport…) ;
– **contraintes d'estime**, d'esthétique (couleur, lumière, design…) ;
– **contraintes économiques** (prix, durée de vie…) ;
– **contraintes énergétiques** (type d'énergie, autonomie…).

• Toutes ces fonctions et contraintes sont rassemblées dans un **diagramme « pieuvre »**, liant l'objet technique, au centre, avec les **éléments du milieu extérieur**, puis détaillées dans un tableau reprenant les **critères d'appréciation** et le **niveau d'exigence**.

Je m'entraîne

➤ Question 6

Qu'est-ce qu'un cahier des charges fonctionnel ?

Cocher la réponse exacte.

❍ a) un document qui définit précisément toutes les fonctions et les contraintes d'un objet
❍ b) un document qui définit tous les moyens de fabrication d'un objet

➤ Question 7

Qu'est-ce qu'un critère d'appréciation ?

Cocher la réponse exacte.

❍ a) une qualité esthétique
❍ b) une caractéristique permettant de qualifier une fonction ou une contrainte

➤ Question 8

Comment peut-on apprécier un critère ?

Cocher la ou les réponses exactes.

❒ a) par une sensation
❒ b) par évaluation approximative
❒ c) par des niveaux quantifiables

La démarche de projet

Je m'évalue

➤ Question 9

À quel moment d'un projet faut-il constituer les groupes de travail :

Cocher la réponse exacte.

❍ a) au fur et à mesure
❍ b) dès le début du projet
❍ c) une fois le projet terminé et validé

Je révise

• La démarche de projet est l'organisation et la gestion des étapes successives qui mènent à la concrétisation d'un projet. Elle est totalement liée au **cycle de vie** de l'objet.
• Une démarche de projet suit chronologiquement les étapes suivantes :
– constitution des groupes de travail et du planning ;
– analyse du besoin ;
– cahier des charges fonctionnel ;
– écoconception : solutions techniques ;
– écoconception : étude de fabrication ;
– prototypage/simulation ;
– variation des solutions ;
– fabrication ;
– distribution.
• À partir de ces étapes, un **planning** est établi et, pour le respecter, des **revues de projet** sont organisées à chaque moment clé du projet.
• Le projet est dirigé par un chef de projet et l'équipe est constituée de membres choisis pour leurs compétences et leurs spécialités.
• Le travail peut être **collaboratif** (réalisé en groupe sans division des tâches) ou **coopératif** (réparti selon les compétences de chacun, puis mis en commun).
• Le groupe de travail établit un planning détaillant les tâches à effectuer. Des indicateurs permettent d'évaluer l'avancement de chaque tâche : la revue de projet les analyse pour prévoir des ajustements en cas de retard ou, au contraire, valider la tâche et lancer les tâches suivantes dépendantes de celle-ci.

Je m'entraîne

➤ Question 10

Lorsqu'un groupe travaille sans division des tâches, tous sur le même sujet, c'est un travail :

Cocher la réponse exacte.

❍ a) collaboratif
❍ b) coopératif

➤ Question 11

Lors d'un travail coopératif :

Cocher la ou les réponses exactes.

❐ a) tout le monde travaille en même temps sur le même sujet.
❐ b) le travail est réparti selon les compétences de chacun puis mis et validé en commun.
❐ c) divisé entre les personnes sans aucune mise en commun.

➤ Question 12

La fabrication en série se lance dès la fin de la conception.

Cocher la réponse exacte.

❍ a) vrai
❍ b) faux

La planification des tâches et le diagramme de GANTT

Je m'évalue

➤ Question 13

Un diagramme de GANTT permet :

Cocher la ou les réponses exactes.

❐ a) de relier les fonctions aux solutions techniques.
❐ b) de relier la répartition des tâches au planning.
❐ c) d'attribuer les tâches aux personnes-ressources.

Je révise

• Pour établir un planning, il faut commencer par bien identifier toutes les étapes importantes et toutes les tâches principales à effectuer.

• En fonction des capacités et des rôles de chacun, les tâches sont réparties entre les membres du groupe de travail. Le groupe détermine ensuite des périodes pour chacune des tâches et les liste dans l'ordre chronologique.

• Un diagramme de GANTT permet de relier la répartition des tâches au planning, à l'antériorité, etc. Chaque ressource (personne ou groupe de personnes) se voit attribuer une tâche et un planning en fonction des prédécesseurs et des tâches ultérieures.

Je m'entraîne

➤ Question 14

Une revue de projet n'a pas besoin d'avoir un objectif précis.

Cocher la réponse exacte.

❍ a) vrai

❍ b) faux

➤ Question 15

Dans un diagramme de Gantt, les tâches ne peuvent être réalisées et prévues que les unes après les autres.

Cocher la réponse exacte.

❍ a) vrai

❍ b) faux

Des fonctions aux solutions techniques

Je m'évalue

➤ Question 16

Une veille technologique est :

Cocher la ou les réponses exactes.

❒ a) le fait que plus aucune nouvelle technologie n'est apparue depuis longtemps.

❒ b) le fait de se tenir informé et connecté aux inventions et innovations technologiques.

❒ c) le fait de ressortir de très vieilles technologies.

Je révise

- La **veille technologique** consiste à se tenir informé en continu des dernières nouveautés dans le domaine technologique recherché. Elle peut concerner tous les aspects des objets techniques.
- Afin d'imaginer et adapter des solutions techniques pour remplir les fonctions l'objet à fabriquer, il faut mettre en œuvre une démarche de créativité. Une fois que les solutions techniques existantes sont connues par les membres du groupe de travail, il faut passer à la phase du **brainstorming**.
- La **carte mentale** permet de classer et de hiérarchiser les idées, par groupe et dépendances.
- Pour rassembler toutes les solutions techniques décidées pour chaque fonction de l'objet, un diagramme de type **FAST** (Function Analysis System Technique) est utilisé.
- Le diagramme **FAST** se lit et se construit de gauche à droite. Il va du « POURQUOI » au « COMMENT ». Chaque grande fonction technique est décomposée en sous-fonctions, auxquelles correspondent des solutions.

Je m'entraîne

➤ Question 17

Un diagramme FAST sert à relier les fonctions d'un objet technique à des solutions techniques.

Cocher la réponse exacte.

❍ a) vrai
❍ b) faux

➤ Question 18

Une carte mentale, ou carte heuristique, est :

Cocher la ou les réponses exactes.

❒ a) une représentation en détail du cerveau humain.
❒ b) un plan imaginaire.
❒ c) une représentation permettant de hiérarchiser et classer des idées.

Les procédés de fabrication : la mise en forme

Je m'évalue

➤ Question 19

Quels matériaux peuvent être forgés ?

Cocher la ou les réponses exactes.

❒ a) l'acier
❒ b) les céramiques
❒ c) le bois
❒ d) l'aluminium

Je révise

• Les **procédés de fabrication** des objets sont répartis en deux grands ensembles : les **procédés de mise en forme** et les **procédés d'assemblage**.

• Le choix des procédés dépend des **matériaux** (certains matériaux ne peuvent être mis en forme ou assemblés que selon certains procédés), des **formes à obtenir**, de la **précision** nécessaire (donnée par les **tolérances** sur les **cotes**) et de la **forme du brut**.

• Les procédés de formage sont des procédés de déformation et de moulage, souvent utilisés pour donner la forme principale d'un objet, d'un carter, **sans enlèvement de matière** : pliage, moulage, forgeage, thermoformage…

• Les procédés de formage sont des procédés souvent utilisés pour donner les formes secondaires et précises des objets, **avec enlèvement de matière : perçage, fraisage, tournage, ponçage, polissage…**

Je m'entraîne

➤ Question 20

Pour obtenir des formes cylindriques, on utilisera plutôt :

Cocher la ou les réponses exactes.

❒ a) une fraiseuse.
❒ b) un tour.
❒ c) une perceuse.

➤ Question 21

Les procédés d'usinage procèdent par enlèvement de matière.

Cocher la réponse exacte.

❍ a) vrai
❍ b) faux

➤ Question 22

Le morceau de matériau de base, avant la mise en forme, est appelé :

Cocher la ou les réponses exactes.

❒ a) une base.
❒ b) un brut.
❒ c) un bloc.

➤ Question 23

Le moulage est un moyen de mise en forme très précis.

Cocher la réponse exacte.

❍ a) vrai
❍ b) faux

Les procédés de fabrication : l'assemblage

Je m'évalue

➤ Question 24
L'assemblage par rivet est démontable.

Cocher la réponse exacte.
❍ a) vrai
❍ b) faux

Je révise

• Le choix du mode d'assemblage s'effectue selon plusieurs critères :
– **l'assemblage doit être démontable ou non**. Ce premier critère est le plus important ;
– **les matériaux utilisés**. Ils permettent ou non l'utilisation de certains modes d'assemblages ;
– **la liaison doit être complète ou non**. Il faut savoir si un mouvement est nécessaire entre les deux pièces à assembler ou si la liaison doit être complète.
• Les assemblages démontables se font avec des vis, des écrous, des boulons, des clips…
• La rupture, au **foyer sismique**, libère de l'énergie sous forme d'ondes sismiques. La projection du foyer sismique en surface marque **l'épicentre** du séisme. C'est à cet endroit que les secousses sont les plus importantes.
• Les assemblages non démontables se font avec le collage, le soudage, le brasage, le rivetage, le sertissage…

Je m'entraîne

➤ Question 25
Tous les matériaux peuvent être soudés.

Cocher la réponse exacte.
❍ a) vrai
❍ b) faux

➤ Question 26

Pour visser une vis à empreinte hexagonale creuse, il vous faut :

Cocher la ou les réponses exactes.

❒ a) un tournevis cruciforme.
❒ b) un tournevis plat.
❒ c) une clef Allen.
❒ d) une clef Torx.

➤ Question 27

Un boulon est :

Cocher la ou les réponses exactes.

❒ a) l'ensemble d'une vis et d'un écrou.
❒ b) un écrou plus gros.
❒ c) une tige filetée.

➤ Question 28

Le collage peut s'appliquer à de très nombreux matériaux.

Cocher la réponse exacte.

❍ a) vrai
❍ b) faux

La représentation 3D et la création de prototypes

Je m'évalue

➤ Question 29

Un prototype ne sert qu'à faire des démonstrations.

Cocher la réponse exacte.

❍ a) vrai
❍ b) faux

Je révise

• Avant de lancer la production d'un objet technique et après **la simulation 3D**, il faut réaliser un **prototype** pour valider sa forme, sa résistance ainsi que des tests de certification (par exemple, les crashtests sur les voitures) permettant de vérifier que les **normes** de sécurité sont respectées.
• La fabrication d'un prototype permet donc de valider : la résistance, l'étanchéité, la correspondance aux fonctions énoncées dans le besoin, le design et l'esthétique, l'ergonomie ; le respect des normes de sécurité ainsi que des normes de pollution et environnementales, les procédés de fabrication.
• Pour réaliser un prototype, tous les moyens sont bons, surtout des moyens peu chers. Des prototypes sont même réalisés en carton ou en mousse pour valider du design, des encombrements, etc. Souvent, les prototypes sont fabriqués en matières plastiques légères ou en bois, puis les composants sont assemblés.
• Les machines à commande numériques comme les **centres d'usinage** permettent de réaliser rapidement des prototypes. Ces dernières années, les **imprimantes 3D** se sont multipliées, car elles sont très peu chères et très faciles d'utilisation pour un prototypage rapide.

Je m'entraîne

➤ Question 30
Le modèle virtuel 3D d'un objet peut servir à :

Cocher la ou les réponses exactes.
❒ a) simuler les déformations.
❒ b) simuler un comportement face au milieu extérieur (aérodynamisme…).
❒ c) valider un design.
❒ d) valider des normes de sécurité.

➤ Question 31

Les imprimantes 3D sont utilisées pour :

Cocher la ou les réponses exactes.

❒ a) créer un prototype rapidement depuis le modèle virtuel 3D.
❒ b) fabriquer des pièces en grande série.
❒ c) fabriquer des pièces en petite série.

➤ Question 32

Un centre d'usinage est une machine :

Cocher la ou les réponses exactes.

❒ a) permettant d'usiner de très nombreuses formes rapidement.
❒ b) automatique pilotée par ordinateur.
❒ c) une grande usine regroupant de nombreuses machines.
❒ d) un concentré de tour, fraiseuse, perceuse et ponceuse.

➤ Question 33

La réalité augmentée permet :

Cocher la ou les réponses exactes.

❒ a) de visualiser un objet dans son milieu réel.
❒ b) d'agrandir des objets réels.
❒ c) d'améliorer la vie quotidienne.

L'évolution des objets

Je m'évalue

➤ Question 34

Parmi les objets techniques suivants, lesquels sont de la même famille que le vélo électrique ?

Cocher la ou les réponses exactes.

❒ a) scooter
❒ b) mobylette
❒ c) scooter électrique
❒ d) trottinette

Je révise

• Les objets techniques évoluent au cours du temps, selon les besoins, les évolutions et inventions, selon les goûts esthétiques, pourtant ils peuvent garder la même fonction.

• Beaucoup d'objets nouveaux ne répondent pas à un nouveau besoin, mais sont des améliorations d'autres objets, grâce à des avancées technologiques, énergétiques ou esthétiques.

• On peut classer les objets d'une même **lignée** dans une frise chronologique et même les comparer aux inventions et innovations.

• Les objets ayant une même fonction de service, c'est-à-dire répondant à un même besoin, mais sur des critères différents, sont d'une même **famille**.

• Au fur et à mesure de l'évolution, une succession d'inventions et d'innovations a permis d'arriver à nos objets actuels. Cette évolution est constante, c'est pour cela qu'il est nécessaire de maintenir une veille technologique. Or, les termes « **innovation** » et « **invention** » sont souvent confondus.

• Une **invention** est l'acte de développer quelque chose de nouveau (un nouveau produit, un nouveau logiciel, etc..) qui répond à un besoin. Elle provient souvent d'une découverte fondamentale (nouvelles énergies…).

• Une **innovation** est l'adaptation d'une invention à un objet technique commercialisé.

Je m'entraîne

➤ Question 35

Lesquels de ces objets ne font pas partie de la lignée ?

Cocher la ou les réponses exactes.

❒ a) télégraphe
❒ b) téléphone fixe
❒ c) télévision
❒ d) télécommande
❒ e) smartphone
❒ f) téléphone portable

➤ Question 36

La découverte de l'écran tactile est une :

Cocher la réponse exacte.

❍ a) invention.
❍ b) innovation.

➤ Question 37

Le smartphone est une :

Cocher la réponse exacte.

❍ a) invention.
❍ b) innovation.

➤ Question 38

Les objets suivants de la même famille : disque dur, clef USB, carte mémoire SD, mini-carte mémoire SD.

Cocher la réponse exacte.

❍ a) vrai
❍ b) faux

Le cycle de vie des objets et l'environnement

Je m'évalue

➤ Question 39

Quels symboles identifient les matériaux recyclables ?

Cocher la ou les réponses exactes.

Je révise

• Tout objet technique, tout bâtiment, suit le même cycle constitué de cinq étapes principales, de son imagination jusqu'à sa destruction ou son recyclage.

1. **Conception**. Un objet est tout d'abord imaginé et conçu à partir d'un besoin.
2. **Fabrication**. Ensuite, il est fabriqué, à partir de matières premières.
3. **Distribution**. L'objet est distribué dans les points de vente, où il y sera vendu (magasins, entrepôts pour vente en ligne, etc.).
4. **Utilisation**. C'est théoriquement sa plus longue phase, phase au cours de laquelle il répond au besoin.
5. **Fin de vie**. Cette phase débute lorsqu'il ne peut plus assurer le besoin pour lequel il a été conçu, fabriqué, puis acheté. Il est transporté vers les points de recyclage, destruction, revalorisation :

– **recyclage/destruction**. L'objet est démonté, puis les pièces sont triées pour pouvoir recréer des matières premières. Ce qui n'est pas réutilisable, les déchets ultimes, est incinéré pour produire de l'énergie ou stocké et enfoui ;

– **matières premières**. Les parties de l'objet réutilisables sont reconverties en matières premières, cela évite d'en extraire à nouveau ou d'en fabriquer (par exemple, les métaux, les plastiques, les verres).

• À chaque étape de son cycle de vie, un objet technique a un impact sur notre environnement, c'est ce qu'on appelle son **empreinte écologique**. Prendre conscience de la pollution de l'objet dès sa conception s'appelle l'**écoconception**.

• Les objets identifiés par le symbole suivant sont recyclables :

Je m'entraîne

➤ Question 40

Un objet ne pollue que lors de sa phase d'utilisation.

Cocher la réponse exacte.

❍ a) vrai

❍ b) faux

➤ Question 41

Le recyclage et la revalorisation des déchets n'ont qu'un but écologique.

Cocher la ou les réponses exactes.

❒ a) vrai

❒ b) faux

➤ Question 42

Une centrale nucléaire produit très peu de CO_2, donc elle ne pollue pas.

Cocher la réponse exacte.

❍ a) vrai

❍ b) faux

➤ Question 43

Comment s'appelle le fait de considérer l'impact écologique d'un objet tout au long de son cycle de vie ?

Cocher la ou les réponses exactes.

❒ a) l'échographie

❒ b) l'écoconception

❒ c) l'écoréflexion

❒ d) l'écoproduction

L'usage durable et raisonné des objets

Je m'évalue

➤ Question 44

Un fabricant de tablettes tactiles veut changer ses connectiques pour vendre plus de nouvelles tablettes et rendre les anciennes obsolètes.

Cocher la réponse exacte.

❍ a) En France, il a tout à fait le droit.

❍ b) En France, il n'a pas le droit.

Je révise

• Depuis les années 1970, notre société est dans une ère de surconsommation : tout est jetable, interchangeable. Aussi bien en ce qui concerne la pollution, le prix des matières premières que les données informatiques, des changements s'opèrent aujourd'hui dans notre mode de vie : la notion de durable émerge à nouveau.

• Les objets jetables ont envahi notre quotidien : serviettes, mouchoirs, gobelets, emballages, suremballages, sacs plastique… Tous ces objets du quotidien à usage unique engendrent un coût important, **on fabrique pour « conso-jeter »**. Le **retour au durable** a commencé : par exemple, en France, la distribution de sacs plastique à usage unique est interdite depuis 2017, sauf s'ils sont recyclables ou biodégradables.

• Depuis l'arrivée d'Internet, des renseignements dématérialisés, le nombre de données se multiplie. Les usagers créent des comptes en livrant leurs informations personnelles sur de nombreux sites Internet. **La loi Informatique et libertés** définit des principes à respecter par ces entreprises lors de la collecte, du traitement et du stockage de ces données. Ces données stockées, souvent inintéressantes, surchargent les capacités de stockage malgré la création de fermes de **serveurs** qui consomment énormément d'énergie.

• L'**obsolescence** est le fait pour un produit d'être dépassé, et donc de perdre une partie de sa valeur d'usage en raison des évolutions techniques ou de la mode, même s'il est en parfait état de fonctionnement.

• L'obsolescence programmée, pratiquée par nombre de fabricants (qui changent, par exemple, les connexions de rechargement, les compatibilités d'applications… pour réduire délibérément la durée de vie d'un produit), est devenue un délit en France depuis 2015.

Je m'entraîne

➤ Question 45

Changer souvent de téléphone pollue.

Cocher la réponse exacte.

❍ a) vrai
❍ b) faux

➤ Question 46

Les sacs et objets en plastique jetables :

Cocher la ou les réponses exactes.

❒ a) sont apparus il y a moins de 50 ans.
❒ b) inondent nos déchetteries et nos océans.
❒ c) sont responsables de la disparition d'espèces marines.
❒ d) sont biodégradables.

➤ Question 47

Vos données informatiques personnelles lors de recherche sur Internet :

Cocher la ou les réponses exactes.

❒ a) sont conservées et stockées par les sites Internet.
❒ b) sont effacées après une journée.
❒ c) sont stockées dans des « fermes de serveurs ».

➤ Question 48

Vos données informatiques personnelles lors de recherche sur Internet :

Cocher la ou les réponses exactes.

❒ a) sont revendues à votre insu à des compagnies publicitaires.

❒ b) sont revendues, avec votre consentement, à des compagnies publicitaires.

❒ c) sont confidentielles et ne peuvent être utilisées qu'avec votre accord.

L'analyse fonctionnelle et l'analyse structurelle

Je m'évalue

➤ Question 49

La fonction d'un objet est toujours donnée par :

Cocher la ou les réponses exactes.

❒ a) un nom commun.

❒ b) un adjectif.

❒ c) un verbe.

❒ d) un nom propre.

Je révise

• Chaque **fonction de service** d'un objet (réponse à un besoin) se décompose en sous-fonctions ou **fonctions techniques**, qui permettent de réaliser la fonction attendue, desquelles découlent les **solutions techniques**. Pour décrire, relier et analyser les solutions et les fonctions d'un système complexe, il faut effectuer une **analyse fonctionnelle descendante**.

• **L'analyse fonctionnelle descendante** part toujours d'une description globale (fonction globale) du système pour descendre vers des niveaux de détails inférieurs (fonctions techniques).

• Pour représenter graphiquement la description d'un système complexe par analyse fonctionnelle descendante, il faut utiliser la démarche systémique de modélisation **SADT** (Structured Analysis and Design Technique) : le premier **niveau** de description est le **niveau A-0**, celui de l'analyse de la fonction globale du système.

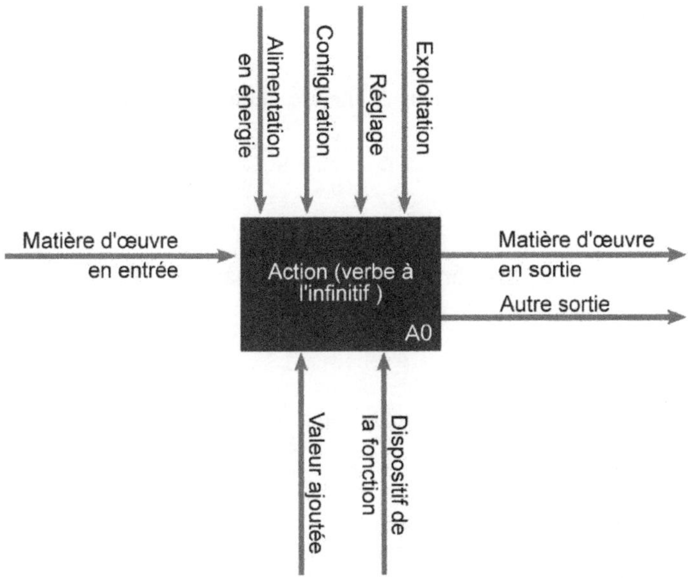

• **La matière d'œuvre** est l'élément sur lequel le système agit pour lui donner une valeur ajoutée.

• **La valeur ajoutée** est la différence entre la matière d'œuvre entrante et la matière d'œuvre sortante.

• **La fonction** permet d'obtenir la valeur ajoutée sur la matière d'œuvre.

• **Les données de contrôle, les énergies** modulent la fonction du système (informations, commandes, réglages, modes de fonctionnement…).

Je m'entraîne

➤ Question 50

L'analyse fonctionnelle descendante ne s'intéresse qu'à la fonction principale d'un objet.

Cocher la réponse exacte.

❍ a) vrai
❍ b) faux

Les énergies renouvelables

Je m'évalue

➤ Question 51

Quelles sont les sources d'énergies renouvelables ?

Cocher la ou les réponses exactes.

❐ a) énergie éolienne
❐ b) énergie solaire
❐ c) énergie électrique
❐ d) énergie nucléaire

Je révise

• Une source d'énergie est l'ensemble des matières premières ou des ressources naturelles utilisées pour créer de l'énergie. Les énergies renouvelables sont les énergies tirées de sources inépuisables comme le Soleil, le vent, la chaleur de la Terre, l'écoulement de l'eau ou la fermentation des végétaux. Elles sont pour la plupart non polluantes.

• **L'énergie solaire**. Le Soleil est une double source d'énergie, à la fois lumineuse (utilisée par les êtres vivants, les panneaux photovoltaïques pour produire de l'électricité…) et thermique (il chauffe). → Énergie non stockable.

• **L'énergie éolienne** est l'énergie du vent (bateaux à voile, éoliennes…). → Énergie non stockable.

• **L'énergie hydraulique** est l'énergie de l'eau. En effet, l'écoulement des rivières, la montée et descente des marées est une énergie qui peut être très puissante selon le débit et la hauteur de chute. Cette énergie peut être récupérée grâce à des turbines pour faire de l'électricité, faire tourner des machines, etc. → Énergie stockable dans des lacs (barrages) en hauteur.
• **La géothermie**. Plus on descend en profondeur, plus la terre est chaude ; il est possible peut utiliser et accumuler cette chaleur pour chauffer des maisons ou fabriquer de l'électricité.
• **La biomasse**. Cette **énergie** permet de fabriquer de l'électricité ou de la chaleur grâce à la combustion de matières végétales, animales ou de leur décomposition (le biogaz). → Énergie stockable (bois, granulés, gaz en cuve…).

Je m'entraîne

➤ Question 52
Comment peut-on produire de l'énergie avec des restes alimentaires ?

Cocher la réponse exacte.
❍ a) en les brûlant
❍ b) en les faisant fermenter, ils produiront des gaz combustibles

➤ Question 53
L'énergie solaire n'est utilisable que dans les pays chauds et ensoleillés.

Cocher la réponse exacte.
❍ a) vrai
❍ b) faux

➤ Question 54
En France, la majeure partie de l'électricité issue d'énergies renouvelables est produite par :

Cocher la ou les réponses exactes.
❒ a) les éoliennes.
❒ b) les panneaux photovoltaïques.
❒ c) les barrages hydroélectriques.
❒ d) les microcentrales à biomasse.

Les énergies non renouvelables

Je m'évalue

➤ Question 55
Quelles sont les sources d'énergies non renouvelables ?

Cocher la ou les réponses exactes.
❒ a) énergie éolienne
❒ b) énergie pétrolière
❒ c) énergie électrique
❒ d) énergie nucléaire

Je révise

• Une source d'énergie est l'ensemble des matières premières ou des ressources naturelles utilisées pour créer de l'énergie. Les énergies non renouvelables sont les énergies dont les réserves s'épuisent de façon irréversible, comme les énergies fossiles (pétrole, charbon, gaz) ou fissiles (fission nucléaire). Elles sont souvent très polluantes.

• **Les énergies fossiles**. Les sources d'énergie fossile proviennent de gisements : gaz, charbon, pétrole… Elles sont facilement stockables mais souvent polluantes et en voie de disparition (donc augmentation du coût). Les énergies fossiles sont utilisées dans les moteurs à explosion (véhicules essence, diesel), les centrales électriques, le chauffage (gaz, fioul).

• **Les énergies fissiles**. Ce sont les énergies à base de fission atomique, c'est-à-dire issue d'une réaction nucléaire. Elles sont utilisées dans les centrales nucléaires (électricité), pour les moteurs de sous-marins… Elles sont très puissantes, donc dangereuses, et produisent de nombreux déchets radioactifs.

Je m'entraîne

➤ Question 56

Quels sont les gaz produits par la combustion des dérivés de pétrole (essence, diesel, etc.) ?

Cocher la ou les réponses exactes.

❒ a) CO_2 (dioxyde de carbone)
❒ b) O_2 (dioxygène)
❒ c) CO (monoxyde de carbone)
❒ d) SO_2 (dioxyde de soufre)

➤ Question 57

Le gaz naturel pollue beaucoup moins que les autres énergies fossiles.

Cocher la réponse exacte.

❍ a) vrai
❍ b) faux

➤ Question 58

L'énergie nucléaire peut être utilisée :

Cocher la ou les réponses exactes.

❒ a) pour faire de l'électricité (centrale nucléaire).
❒ b) dans les bombes atomiques et les missiles nucléaires.
❒ c) pour la propulsion de sous-marins.
❒ d) pour la propulsion de camions.
❒ e) dans des piles et batteries.

Les transformateurs et les stockages d'énergie

Je m'évalue

➤ Question 59

Une centrale électrique est :

Cocher la réponse exacte.

❍ a) une source d'énergie.

❍ b) un transformateur d'énergie.

Je révise

• Un transformateur d'énergie a pour fonction principale de changer une énergie en une autre, souvent pour pouvoir l'utiliser ou la stocker. Cette transformation n'est pas parfaite, il y a des **pertes**. Chaque type de transformation a un **rendement** qui la caractérise et qui rend compte de son efficacité. L'énergie se mesure en **joules (J)** ou en **kilowattheures (kWh)**.

• Les principaux transformateurs d'énergie sont les moteurs et les centrales électriques.

• **Les centrales électriques** transforment une **source d'énergie** en **électricité** (rotation-alternateur). Cette énergie électrique devient transportable, stockable, etc. Principalement, elles utilisent la rotation d'un alternateur (bobine-aimants) pour créer du courant. Cette rotation peut provenir d'une éolienne, d'une turbine hydraulique actionnée par de l'eau ou de la vapeur chauffée par la combustion d'un gaz, de pétrole, de charbon ou d'une réaction nucléaire.

• **Les moteurs transforment** une énergie d'entrée (essence, électricité…) en un mouvement de rotation.

• Il existe de nombreux transformateurs d'énergie comme les résistances qui transforment de l'électricité en chaleur, les pompes qui transforment une rotation en énergie hydraulique, les lampes qui transforment de l'électricité en énergie lumineuse…

• Certaines énergies ne sont **pas stockables**, comme le vent, le Soleil, alors que d'autres le sont à moindre coût, c'est souvent ce qui fait qu'elles sont si utilisées.

• L'énergie **électrique peut être stockée** dans des piles ou des batteries rechargeables. Les barrages hydroélectriques permettent de stocker l'eau en hauteur et de la lâcher pour répondre à un pic de consommation d'électricité.
• Le **joule (J)** est l'unité d'énergie. C'est le nombre de **watts (puissance)** fournis en 1 seconde : **1 J = 1 Ws**. 1 joule étant une quantité d'énergie très faible, pour la consommation d'énergie électrique l'unité préférée est le kilowattheure, c'est-à-dire l'équivalent de 1 000 watts consommés pendant 1 heure, donc : **1 kWh = 3 600 000 J**.

Je m'entraîne

➤ Question 60
Par quels moyens peut-on stocker l'énergie électrique ?

Cocher la ou les réponses exactes.
❒ a) les batteries
❒ b) les piles
❒ c) les bonbonnes
❒ d) les câbles électriques.

➤ Question 61
Un moteur électrique et un moteur thermique ont la même fonction principale.

Cocher la réponse exacte.
❍ a) vrai
❍ b) faux

➤ Question 62
Un foyer qui consomme 3,5 kWh consomme donc :

Cocher la ou les réponses exactes.
❒ a) 126 000 joules.
❒ b) 12 600 000 joules.
❒ c) 3,5 millions de joules.

➤ Question 63

Un compresseur d'air électrique convertit l'énergie électrique en :

Cocher la ou les réponses exactes.

❒ a) énergie mécanique de rotation.
❒ b) énergie pneumatique.
❒ c) énergie hydraulique.
❒ d) énergie thermique.

La chaîne d'énergie et la chaîne d'information

Je m'évalue

➤ Question 64

À quoi sert un capteur dans la chaîne d'information ?

Cocher la ou les réponses exactes.

❒ a) acquérir
❒ b) traiter
❒ c) communiquer
❒ d) transmettre

Je révise

• Dans un **système automatisé** sont définies une **chaîne d'énergie**, depuis le stockage de celle-ci jusqu'à l'utilisation finale afin de répondre au besoin, et une **chaîne d'information**, qui recueille et traite les données pour commander les systèmes et la chaîne d'énergie. Il est possible de détailler chaque action sur ces chaînes par des **blocs fonctionnels**.

• La chaîne d'information d'un système automatisé décrit l'ensemble des organes qui traitent (processeurs, cartes électroniques) et qui captent (capteurs) l'information :

– **acquérir** : prélever des informations à l'aide de capteurs ;
– **traiter** : commander à l'aide d'un automate ou d'un microcontrôleur ;
– **communiquer** : assurer l'interface l'utilisateur et/ou d'autres systèmes ;
– **transmettre** : assurer l'interface avec l'environnement de la partie commande.

• La chaîne d'énergie d'un système automatisé décrit l'ensemble des organes qui réalisent une action :
– **stocker** : stocker l'énergie dans le système ;
– **alimenter** : mettre en forme l'énergie en énergie utilisable par le système ;
– **distribuer** : un distributeur ou un contacteur distribue l'énergie à l'actionneur ;
– **convertir** : transformer l'énergie (actionneur : un vérin, un moteur, une résistance…) ;
– **transmettre** : cette fonction est remplie par l'ensemble des organes mécaniques de transmission de mouvement et d'effort : engrenages, courroies, accouplement, embrayage…

Je m'entraîne

➤ Question 65
Quel est l'organe d'un automate qui traite l'information ?

Cocher la ou les réponses exactes.
❒ a) les batteries
❒ b) l'antenne
❒ c) la carte électronique
❒ d) le moteur électrique

➤ Question 66
Lesquels sont des convertisseurs d'énergie ?

Cocher la ou les réponses exactes.
❒ a) réservoir d'essence
❒ b) vérin
❒ c) résistance électrique
❒ d) engrenage

❒ e) moteur
❒ f) courroie

➤ Question 67
À quoi sert le kit pignon-chaîne d'une moto ?

Cocher la ou les réponses exactes.
❒ a) convertir l'énergie
❒ b) stocker l'énergie
❒ c) transmettre l'énergie

La transmission et la transformation de mouvement

Je m'évalue

➤ Question 68
Dans une boîte de vitesses, le sens de rotation change à chaque contact extérieur entre les engrenages.

Cocher la réponse exacte.
❍ a) vrai
❍ b) faux

Je révise

• Les transmetteurs de mouvement comme les **engrenages, les poulies-courroie, les pignons-chaîne**, servent non seulement à **transmettre un mouvement de rotation**, par exemple du moteur à la roue, mais aussi à **réduire ou augmenter la vitesse** de rotation, et **réduire ou augmenter le couple** du moteur.
• Sauf quelques pertes, la **puissance est conservée**, donc **lorsque la vitesse diminue, le couple augmente** et **lorsque la vitesse augmente, le couple diminue**.
• Les engrenages : la roue A est **menante** (force motrice) et le pignon B est **mené** (réceptrice). La roue est la plus grosse, le pignon le plus petit.

Roue menante et roue menée

• Le sens de rotation change à chaque contact extérieur. Le rapport de réduction est :

$R = \frac{Zmenante}{Zmenée} = \frac{Dmenante}{Dmenée}$, où Z = nombre de dents et D = diamètre.

• Les transformateurs de mouvement servent à **transformer** un mouvement de **rotation** en un mouvement de **translation**, ou inversement. En plus des roues, galets et systèmes d'enroulement, des systèmes de pignon-crémaillère (crémaillère de portail électrique) ou de vis sans fin (vérins électriques) sont principalement utilisés.

• La vitesse de translation (V) est proportionnelle à la vitesse de rotation (ω) du pignon et à son rayon (R) : **V = ω − R**.

Je m'entraîne

➤ Question 69

Si la roue menante a 36 dents et la roue menée a 72 dents, le rapport de transmission sera :

Cocher la ou les réponses exactes.

❒ a) $\frac{2}{3}$
❒ b) $\frac{1}{2}$
❒ c) 0,5
❒ d) 3
❒ e) 2

➤ Question 70

Un réducteur a un rapport de transmission de $\frac{1}{4}$, quelle sera la vitesse de sortie sachant qu'à l'entrée il y a 1 500 tr/min ?

Cocher la ou les réponses exactes.

❒ a) 375 tr/min
❒ b) 6 000 tr/min
❒ c) 4 000 tr/min

➤ Question 71

Si un scooter a une roue d'un diamètre de 40 cm et une vitesse de rotation de 35 rad/s, à quelle vitesse tangentielle avancera-t-il ?

Cocher la ou les réponses exactes.

❒ a) 14 m/s
❒ b) 40,7 km/h
❒ c) 50,4 km/h

❒ d) 3,2 m/s
❒ e) 1 400 cm/s
❒ f) 1 400 m/s

➤ Question 72
Une courroie est-elle un transmetteur ou un transformateur de mouvement ?

Cocher la réponse exacte.
❍ a) transmetteur de mouvement
❍ b) transformateur de mouvement

Les mesures de grandeur et les signaux

Je m'évalue

➤ Question 73
Que renvoie un capteur de température ?

Cocher la réponse exacte.
❍ a) un signal binaire
❍ b) un signal analogique

Je révise

• Les appareils de mesure et de transfert d'informations transmettent des signaux. Ces signaux peuvent être de type **analogique** ou de type **numérique**.
• Le signal **analogique** est un signal qui **varie** de façon **continue** au cours du temps. Le signal numérique est un signal composé d'une **combinaison de 0 et de 1**, appelés **bits**. Il ne peut prendre que des **valeurs définies**. Il est dit « **binaire** ».
• **Les capteurs** (de température, par exemple) mesurent une grandeur physique et la convertissent en un signal électrique proportionnel à la grandeur mesurée. C'est un **signal analogique**, il peut prendre n'importe quelle valeur dans la plage de variation.

• **Les détecteurs** (par exemple, détecteur de présence) fournissent un **signal numérique** en fonction de 0 et de 1, ouvert ou fermé. Il est basé sur la réception (1) ou non (0) du signal émis.
• Chaque grandeur physique est mesurée à l'aide d'un instrument de mesure spécifique. Il donnera cette grandeur dans une unité correspondant à cette grandeur.

Je m'entraîne

➤ Question 74
Pour mesurer une tension électrique, il faut utiliser :

Cocher la ou les réponses exactes.
❒ a) un ampèremètre.
❒ b) un anémomètre.
❒ c) un voltmètre.
❒ d) un multimètre en mode ohmmètre.
❒ e) un multimètre en mode voltmètre.

L'écriture d'un logigramme

Je m'évalue

➤ Question 75
Dans un logigramme, à quoi correspond une boîte rectangulaire ?

Cocher la ou les réponses exactes.
❒ a) au début
❒ b) à une question
❒ c) à une action
❒ d) à la fin du programme

Je révise

- Chaque **automate** (organe domotique) d'un bâtiment doit exécuter des actions en fonction de capteurs ou d'ordres envoyés par l'utilisateur. La domotique regroupe tous les domaines d'un habitat qui peuvent être programmés et automatisés, comme l'ouverture et la fermeture des volets, le chauffage, les portes et portails, la sécurité (alarmes incendie, gaz, intrusion…). Pour programmer ces **automates**, il faut réaliser un **logigramme** qui permet de créer l'**algorithme** envoyé à la **carte programmable** ou à la **centrale de commande** (ordinateur).
- Les fonctions de base d'un algorithme sont « **début/fin** » (représentées par un ovale) « **action** » (représentées par un rectangle) et la « **question** » (représentée par un losange), l'événement prenant deux valeurs possibles (oui/non, ouvert/fermé).

Logigramme d'une lampe à détecteur de présence

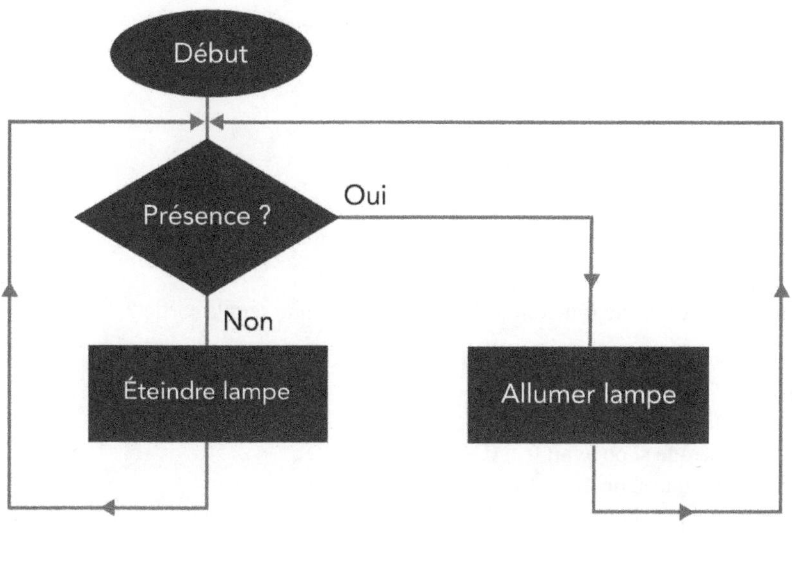

• Les fonctions ET et OU permettent de relier plusieurs « questions ». Dans le cas de la fonction ET, les deux valeurs d'entrée doivent être à 1 pour que la sortie soit 1, alors que dans celui de la fonction OU, l'une doit être à 1 et l'autre à 0 pour que la sortie soit 1.

• Pour le besoin de certains algorithmes, il faut utiliser des **variables** (sortes de boîtes). Il faut d'abord les **déclarer** : nom et contenu et les **initialiser** : valeur de départ (souvent 0), puis définir leur **évolution** (incrément de 1 à chaque passage). Ensuite, il faudra les **réinitialiser** pour recommencer leur évolution.

• L'utilisation de **sous-programmes** permet une meilleure lisibilité lors d'une succession d'actions identiques. Ce sont des algorithmes (programmes) dans l'algorithme principal. L'utilisation de sous-programmes peut aussi servir dans le cas de travail coopératif.

Je m'entraîne

➤ Question 76

Les entrées d'une fonction « ET » sont 0 et 1, que sera la sortie ?

Cocher la ou les réponses exactes.

❒ a) 0
❒ b) 1
❒ c) la même que si on avait 0 et 0
❒ d) la même que si on avait 1 et 0
❒ e) la même que si on avait 1 et 1

➤ Question 77

Les deux entrées d'une fonction « OU » sont 1 et 0, que sera la sortie ?

Cocher la ou les réponses exactes.

❒ a) 0
❒ b) 1
❒ c) la même que si on avait 0 et 0
❒ d) la même que si on avait 1 et 0
❒ e) la même que si on avait 1 et 1

Le fonctionnement d'un réseau informatique

Je m'évalue

➤ Question 78

Quel est le langage de base des ordinateurs ?

Cocher la réponse exacte.

❍ a) l'anglais
❍ b) le langage binaire
❍ c) le C++
❍ d) le russe

Je révise

• La plupart des ordinateurs, téléphones ou tablettes sont reliés entre eux par ce que l'on appelle des **réseaux**. Ces réseaux sont nombreux et à la fois locaux (maison, entreprise) et mondiaux (Internet). Il peut s'agir de **réseaux câblés de télécommunications** (anciens réseaux téléphoniques améliorés) ou de **réseaux par ondes (réseaux de téléphonie mobile)**.

• Un **réseau** local, comme le réseau informatique d'un collège, relie tous les ordinateurs, les imprimantes, les antennes WiFi, etc., à un **commutateur** réseau (Switch) et au **serveur** local (ordinateur gérant le réseau local). Chaque ordinateur ou élément du réseau possède une adresse unique permettant de l'identifier et d'y accéder. C'est **l'adresse IP** (par exemple, 192.168.1.2) pour un ordinateur dans un réseau local.

• Pour relier un **réseau** local ou un ordinateur au réseau Internet, un routeur crée la connexion avec le réseau Internet mondial. Ce **routeur** a lui **une adresse IP** internationale (par exemple, 20.0.0.12). C'est une sorte de **passerelle** pour passer d'un réseau local au réseau Internet mondial. Il est relié à des **nœuds régionaux** gérés par des **routeurs principaux**. Ceux-ci sont ensuite reliés entre eux au niveau mondial par des câbles de grande section en **fibre optique**.

• Les ordinateurs parlent entre eux en langage binaire, c'est-à-dire une succession de 0 et de 1 combinés. Un chiffre correspond à un **bit**. Un **octet** correspond à un mot de 8 bits. Par exemple, « A » se dit 01000001, il s'écrit donc avec 8 bits, soit 1 octet.
• Le **débit d'une connexion** se chiffre en **bits par seconde**, 1 Mbit/s équivaut à 1 million de bits par seconde.

Je m'entraîne

➤ Question 79
Que vaut 1 octet ?

Cocher la réponse exacte.
❍ a) 1 bit
❍ b) 64 bits
❍ c) 8 bits
❍ d) 1 000 bits

➤ Question 80
À quoi sert une adresse IP ?

Cocher la ou les réponses exactes.
❒ a) À donner une adresse unique à un ordinateur d'un réseau.
❒ b) À remplacer une adresse e-mail.
❒ c) À donner l'emplacement d'une imprimante dans un réseau.

➤ Question 81
Les ordinateurs reliés à Internet sont :

Cocher la ou les réponses exactes.
❒ a) reliés au monde entier par des câbles.
❒ b) reliés au monde entier par des satellites.
❒ c) reliés à différents routeurs (nœuds de réseau).
❒ d) reliés en WiFi au monde entier.

➤ Question 82

À quoi sert un serveur dans un réseau local ?

Cocher la ou les réponses exactes.

❒ a) À émettre et recevoir sur Internet.
❒ b) À gérer les droits et accès du réseau local.
❒ c) À stocker les données des utilisateurs du réseau.
❒ d) À ralentir les connexions.

Les corrigés des tests

➤ Question 1

Réponse : **b)**

Sa fonction première est bien de se déplacer sur tout type de terrain.

➤ Question 2

Réponses : **a) c)**

On trouve une idée de besoin en analysant les produits existants par rapport à leur milieu, on peut la confirmer grâce à une enquête.

➤ Question 3

Réponse : **a)**

Il faut bien commencer par identifier le besoin et le cahier des charges avant d'imaginer l'objet et les solutions techniques pour être cohérent et bien cibler un objet répondant à un besoin et respectant les normes et les contraintes.

➤ Question 4

Réponses : **b) c)**

Une norme est une règle établie par des organismes officiels comme l'Afnor en France et dépend des pays ; par exemple, tous les pays d'Europe doivent respecter les normes européennes.

➤ Question 5

Réponse : **c)**

C'est une fonction contrainte, donnée par une norme française. La vitesse peut être différente selon les pays.

➤ Question 6

Réponse : **a)**

Le CDCF définit toutes les fonctions, les performances, les contraintes, etc. d'un objet, mais il ne précise pas comment le fabriquer.

➤ Question 7

Réponse : **b)**

C'est bien une caractéristique permettant de qualifier une fonction ou une contrainte. Par exemple, une vitesse minimum est un critère d'appréciation.

➤ Question 8

Réponse : **c)**

Chaque critère doit être évaluable par des niveaux clairement quantifiables. Par exemple un niveau de décibels d'au moins 120 dB.

➤ Question 9

Réponse : **b)**

Les groupes de travail doivent être constitués dès le début pour pouvoir établir le planning des tâches à effectuer.

➤ Question 10

Réponse : **a)**

Le travail collaboratif est souvent utilisé pour de petits groupes.

➤ Question 11

Réponse : **b)**

Le travail coopératif est souvent utilisé pour des grands groupes et des tâches multiples, mais nécessite beaucoup de validations et de mises en commun.

➤ Question 12

Réponse : **b)**

Il faut d'abord valider les prototypes avant de lancer la production en série pour ne pas avoir de nombreux articles défectueux.

➤ Question 13

Réponses : **b) c)**

Les groupes de travail doivent être constitués dès le début pour pouvoir établir le planning des tâches à effectuer.

➤ Question 14

Réponse : **b)**

Une revue de projet ne peut être efficace que si les objectifs et l'ordre du jour ont bien été établis dès le début.

➤ Question 15

Réponse : **b)**

Souvent plusieurs tâches peuvent être lancées et effectuées en parallèle. Il faut juste respecter les antériorités.

➤ Question 16

Réponse : **b)**

Pour réaliser une veille technologique, il faut être abonné aux revues et sites Internet technologiques, visiter les salons et congrès.

➤ Question 17

Réponse : **a)**

Pour rassembler toutes les solutions techniques décidées pour chaque fonction de l'objet, on va utiliser un diagramme de type FAST.

➤ Question 18

Réponse : **c)**

C'est une représentation arborescente de données représentées selon le cheminement et le développement de la pensée.

➤ Question 19

Réponses : **a) d)**

Lors du forgeage, on chauffe le brut et on le presse dans un moule. Les céramiques et bois ne supportent pas ce moyen de formage (brûlent ou cassent).

➤ Question 20
Réponse : **b)**
Une fraiseuse est plutôt utilisée pour les pièces prismatiques et une perceuse pour effectuer des trous.

➤ Question 21
Réponse : **a)**
Tous les procédés d'usinage (fraisage, perçage, tournage…) procèdent par enlèvement de matière sur le brut.

➤ Question 22
Réponse : **b)**
On l'appelle un « brut ». Selon sa forme, on va utiliser des techniques différentes pour arriver à la forme finale de la pièce.

➤ Question 23
Réponse : **b)**
Le moulage est souvent utilisé pour obtenir une forme grossière, d'un carter par exemple. En revanche, toutes les surfaces de contact ou de liaison vont être usinées pour obtenir une meilleure précision.

➤ Question 24
Réponse : **b)**
Il faut casser les rivets pour démonter, c'est donc un moyen d'assemblage non démontable. C'est pour cela qu'on utilise cette technique pour des ouvrages comme les ponts, la tour Eiffel, etc.

➤ Question 25
Réponse : **b)**
Pour souder deux objets, il faut qu'ils se mélangent par fusion. Il faut donc que ces matériaux puissent fondre comme l'acier, l'aluminium, les plastiques. Alors que les bois, les céramiques ne peuvent être soudés.

➤ Question 26

Réponse : **c)**

Chaque empreinte de vis a son outil adapté.

➤ Question 27

Réponse : **a)**

Ce que l'on appelle un boulon est bien un ensemble soit d'une vis et d'un écrou, soit d'une tige filetée avec deux écrous.

➤ Question 28

Réponse : **a)**

Les colles sont très nombreuses et peuvent donc créer leur scellement chimique sur la plupart des matériaux. En revanche, les deux matériaux à coller doivent être identiques ou compatibles.

➤ Question 29

Réponse : **b)**

Un prototype peut servir à passer les tests des normes, valider des solutions techniques, etc.

➤ Question 30

Réponses : **a) b) c)**

La modélisation 3D permet de simuler la plupart des comportements de l'objet, voir son rendu et son design en milieu extérieur, mais il faut un prototype réel pour valider des normes de sécurité.

➤ Question 31

Réponses : **a) c)**

Le temps d'impression est assez long donc elles ne sont pas encore utilisées pour des fabrications de pièces en grande série.

➤ Question 32

Réponses : **a) b) d)**

Un centre d'usinage regroupe en une seule machine les possibilités de plusieurs (fraiseuse, tour, perceuse, ponceuset permet d'usiner très rapidement des pièces à partir d'un modèle virtuel 3D.

➤ Question 33

Réponse : **a)**

La réalité augmentée permet de visualiser un modèle 3D dans son futur milieu en l'incrustant dans la visualisation d'une caméra.

➤ Question 34

Réponses : **a) b) c)**

Seule la trottinette ne répond pas au besoin « déplacer un utilisateur grâce à un moteur ».

➤ Question 35

Réponses : **c) d)**

La télévision et la télécommande n'ont aucun lien avec la lignée des téléphones, depuis le télégraphe jusqu'à nos jours, le smartphone.

➤ Question 36

Réponse : **a)**

C'est bien la découverte d'une nouvelle technologie.

➤ Question 37

Réponse : **b)**

Le smartphone n'est que l'adaptation de l'invention de l'écran tactile au téléphone.

➤ Question 38

Réponse : **a)**

Oui, ils rendent bien le même service, c'est-à-dire stocker des données numériques.

➤ Question 39
Réponse :
Le deuxième symbole signifie que le fabricant paie une taxe écologique et le quatrième est un symbole de signalisation de produits dangereux, ici radioactifs.

➤ Question 40
Réponse : **b)**
À chaque étape de son cycle de vie, un objet technique a un impact sur notre environnement, c'est ce que l'on appelle son **empreinte écologique**.

➤ Question 41
Réponse : **b)**
Face à la baisse des « stocks » mondiaux de matières premières, le recyclage et la revalorisation ont aussi un but économique.

➤ Question 42
Réponse : **b)**
Elle ne produit pas de gaz à effet de serre, mais des radiations toxiques et de nombreux déchets radioactifs que l'on ne peut que difficilement retraiter. Ils mettront plusieurs milliers d'années à redevenir non toxiques.

➤ Question 43
Réponse : **b)**
L'écoconception est l'analyse et la diminution de l'impact écologique d'un objet aux cinq étapes de son cycle de vie : conception, fabrication, distribution, utilisation, revalorisation.

➤ Question 44
Réponse : **b)**
Depuis 2015, **l'obsolescence programmée** est devenue un délit en France.

➤ Question 45
Réponse : **a)**
L'impact écologique (pollution) de la fabrication d'un smartphone est très grand (métaux lourds, produits pétroliers et chimiques, énergie). Le changer pour une question de mode est une surpollution inutile.

➤ Question 46
Réponses : **a) b) c)**
Ils mettront environ 400 ans à se dégrader, c'est pourquoi ils sont actuellement un fléau pour la planète et les animaux.

➤ Question 47
Réponses : **a) c)**
Toutes les données circulant sur le Net (vos noms, connexions, recherches, cartes bancaires, etc.) sont stockées. Il faut donc créer des énormes espaces de stockage (fermes de serveurs) pour les conserver.

➤ Question 48
Réponses : **b) c)**
Vos données sont conservées, mais ne peuvent être revendues ou utilisées sans votre accord. C'est pour cela qu'il faut bien lire les « cases à cocher » dans les sites Internet.

➤ Question 49
Réponse : **c)**
C'est toujours un verbe à l'infinitif que l'on va utiliser pour donner la fonction d'un objet. Une action est toujours représentée par un verbe.

➤ Question 50
Réponse : **b)**
Seul le premier niveau SADT A-0 identifie la fonction globale de l'objet. Ensuite on « descend » par les fonctions internes A1, A2, etc. pour arriver aux solutions technologiques de chaque sous-fonction.

➤ Question 51

Réponses : **a) b)**

L'énergie électrique n'est pas une source d'énergie. L'énergie nucléaire n'est pas renouvelable.

➤ Question 52

Réponse : **b)**

Mélangés avec des bactéries (déjections d'élevages), ils fermentent dans des digesteurs et produisent du biogaz (méthane).

➤ Question 53

Réponse : **b)**

Le photovoltaïque utilise la lumière du jour pour produire de l'électricité et non pas la chaleur du Soleil.

➤ Question 54

Réponse : **c)**

Or, tous les cours d'eau sont déjà exploités et il est difficile de créer de nouveaux lacs de barrage. La France doit donc diversifier sa production avec l'éolien, le photovoltaïque…

➤ Question 55

Réponses : **b) d)**

L'énergie électrique n'est pas une source d'énergie. L'énergie éolienne est renouvelable.

➤ Question 56

Réponses : **a) b) d)**

Tous ces gaz sont responsables de l'effet de serre et toxiques (CO et SO_2).

➤ Question 57

Réponse : **a)**

La combustion du gaz est plus complète et rejette moins de gaz et de particules toxiques.

➤ Question 58
Réponses : **a) b) c)**
Actuellement, l'utilisation du nucléaire dans la vie de tous les jours est encore trop dangereuse, mais des recherches sont faites pour développer des piles nucléaires 50 fois plus puissantes que les meilleures batteries actuelles.

➤ Question 59
Réponse : **b)**
Elle transforme une source d'énergie en énergie électrique.

➤ Question 60
Réponses : **a) b)**
Les câbles servent au transport de l'électricité et non au stockage, alors qu'une bonbonne sert au stockage de gaz sous forme liquide.

➤ Question 61
Réponse : **a)**
Ils servent bien tous les deux à transformer une énergie en rotation.

➤ Question 62
Réponse : **b)**

➤ Question 63
Réponse : **b)**
De l'air comprimé est bien de l'énergie pneumatique.

➤ Question 64
Réponse : **a)**
Un capteur sert à acquérir l'information, par exemple une position.

➤ Question 65
Réponse : **c)**
C'est la carte électronique, ou le processeur, qui va traiter et analyser les informations.

➤ Question 66

Réponses : **b) c) e)**

Ils convertissent, transforment l'énergie qui leur est distribuée.

➤ Question 67

Réponse : **c)**

Il sert à transmettre l'énergie mécanique de rotation à la roue arrière.

➤ Question 68

Réponse : **a)**

D'ailleurs, il y a un pignon supplémentaire pour rajouter un contact pour la marche arrière.

➤ Question 69

Réponses : **b) c)**

R = Z menante / Z menée donc 36/72 = $\frac{1}{2}$ = 0,5.

➤ Question 70

Réponse : **a)**

1 500 × $\frac{1}{4}$ = 375 tr/min.

➤ Question 71

Réponses : **a) c) e)**

V = ω × R donc V = 40 × 35 = 1 400 cm/s = 14 m/s = 50,4 km/h.

➤ Question 72

Réponse : **a)**

Elle conserve une rotation, elle ne la transforme pas.

➤ Question 73

Réponse : **b)**

La tension qu'il renvoie varie linéairement avec la température ; elle peut prendre toutes les valeurs possibles dans sa gamme de fonctionnement. C'est donc un signal analogique.

➤ Question 74

Réponses : **c) e)**

Une tension se mesure en volt (V) avec un voltmètre ou plus souvent avec un multimètre en mode voltmètre.

➤ Question 75

Réponse : **c)**

La tension qu'il renvoie varie linéairement avec la température ; elle peut prendre toutes les valeurs possibles dans sa gamme de fonctionnement. C'est donc un signal analogique.

➤ Question 76

Réponses : **a) c) d)**

Dans une fonction « ET », les deux entrées doivent être à 1 pour avoir 1 en sortie. Sinon, on a toujours 0 en sortie.

➤ Question 77

Réponses : **b) d) e)**

Dans une fonction « OU », si au moins une des deux entrées est à 1 on a 1 en sortie. On a 0 en sortie uniquement si les deux entrées sont à 0.

➤ Question 78

Réponse : **b)**

Le langage binaire est une succession de 0 et de 1, qui forme des « mots » appelés octets.

➤ Question 79

Réponse : **c)**

Un bit est soit 0 soit 1. Un octet, un mot binaire, vaut 8 bits, soit une succession de huit 0 ou 1.

➤ Question 80

Réponses : **a) c)**

L'adresse IP, sous la forme 192.168.142.4, sert à déterminer une adresse unique pour tout composant d'un réseau (ordinateur, imprimante, routeur…).

➤ Question 81

Réponses : **a) c)**

La liaison à Internet se fait par l'intermédiaire de câbles, reliés à une succession de routeurs, créant des nœuds de réseau, par région. Les liaisons entre continents se font par câbles sous-marins.

➤ Question 82

Réponses : **b) c)**

Le serveur ne gère pas directement la connexion à Internet, mais il est primordial dans toute activité du réseau local puisqu'il gère les droits, les accès, les comptes et les données des utilisateurs. Sans lui, le réseau n'existe plus.